D1726809

Walter Mosley

Teufel in Blau

Roman

Aus dem Amerikanischen
von Thomas Mohr

———

Albrecht Knaus

Titel der Originalausgabe: DEVIL IN A BLUE DRESS
1990 erstmals erschienen bei
W. W. Norton & Company Inc., New York

Der Albrecht Knaus Verlag
ist ein Unternehmen der Verlagsgruppe Bertelsmann

1. Auflage
Copyright © 1990 by Walter Mosley
© für diese Ausgabe:
Albrecht Knaus Verlag GmbH, München 1992
Gesetzt aus: Korpus Iridium
Satz: Filmsatz Schröter GmbH, München
Schutzumschlag: Evelyn Schick unter Verwendung
eines Motivs von John Jinks
Printed in Germany · Presse-Druck, Augsburg
ISBN 3-8135-0997-4

Für Joy Kellman, Frederic Tuten

und LeRoy Mosley

1

Ich war erstaunt, als ich sah, daß ein Weißer in Joppys Bar marschiert kam. Er war nämlich nicht nur weiß, sondern trug auch noch einen Anzug und ein Hemd aus schmuddelig-weißem Leinen, einen Panamahut und helle Stenzschuhe über blitzweißen Seidensokken. Seine Haut war glatt und blaß mit nur wenigen Sommersprossen. Ein kleines Büschel rotblonder Haare lugte unter seiner Hutkrempe hervor. Am Eingang blieb er stehen, seine riesige Gestalt füllte den Türrahmen, und er betrachtete den Raum mit blassen Augen: Solch eine Farbe hatte ich in den Augen eines Mannes noch nie gesehen. Als er mich ansah, überkam mich ein Gefühl der Angst, das allerdings rasch wieder verebbte, 1948 war ich an Weiße nämlich schon gewöhnt.

Ich hatte fünf Jahre mit Weißen – Männern und Frauen – hinter mir, von Afrika nach Italien, über Paris und wieder zurück. Ich hatte mit ihnen gegessen und geschlafen, und ich hatte genügend blauäugige junge Männer getötet, um zu wissen, daß sie genauso große Angst vor dem Sterben hatten wie ich.

Der Weiße lächelte mich an, dann ging er an den Tresen, wo Joppy mit einem dreckigen Lappen über die Marmorplatte wischte. Sie schüttelten sich die Hand und begrüßten sich wie alte Freunde.

Außerdem erstaunte mich, daß er Joppy nervös machte. Joppy war ein zäher Ex-Schwergewichtler, der sich am wohlsten fühlte, wenn er sich im Ring oder auf der Straße prügeln konnte, aber er zog den Kopf ein und lächelte den Weißen an wie ein vom Glück verlassener Vertreter.

Ich legte einen Dollar auf den Tresen und wollte gerade gehen, aber noch bevor ich vom Hocker runter war, drehte Joppy sich zu mir um und winkte mich zu ihnen.

«Komm ma hier rüber, Easy. Ich hab hier wen, den wollt ich dir ma vorstelln.»

Ich konnte diese blassen Augen förmlich spüren.

«Das hier issen alter Freund von mir, Easy. Mr. Albright.»

«Nennen Sie mich ruhig DeWitt, Easy», sagte der Weiße. Sein Griff war fest, aber schlüpfrig, wie eine Schlange, die sich um meine Hand ringelte.

«Hallo», sagte ich.

«Ja, Easy», fuhr Joppy fort, buckelnd und grinsend. «Mr. Albright und ich kennen uns schon ewig. Weißte, er is wahrscheint's mein ältester Freund in L.A. Ja, wir kenn uns seit ewig.»

«So isses», sagte Albright und lächelte. «Muß wohl 1935 gewesen sein, wie ich Jop kennengelernt hab. Wie lang ist das jetzt? Müssen wohl dreizehn Jahre sein. Das war damals vorm Krieg, wie noch nicht jeder Hinterwäldler mit Kind und Kegel nach L.A. wollte.»

Joppy lachte schallend über den Witz; ich lächelte

8

höflich. Ich überlegte, was Joppy mit dem Mann wohl zu tun hatte, und außerdem überlegte ich, was der Mann wohl mit mir zu tun haben könnte.

«Wo sind Sie her, Easy?» fragte Mr. Albright.

«Houston.»

«Houston, das ist doch n hübsches Städtchen. Ich fahr ab und an mal da runter, geschäftlich.» Er lächelte kurz. Er hatte alle Zeit der Welt. «Was treiben Sie denn hier so?»

Aus der Nähe hatten seine Augen die Farbe von Rotkehlcheneiern; matt und stumpf.

«Bis vor zwei Tagen hat er bei Champion Aircraft gearbeitet», sagte Joppy, als ich keine Antwort gab. «Die hamm ihn vor die Tür gesetzt.»

Mr. Albright verzog seine rosigen Lippen, um sein Mißfallen zu demonstrieren. «Das nenn ich Pech. Wissen Sie, diese großen Firmen scheren sich doch einen Dreck um Sie. Wenn's mit den Finanzen mal ein bißchen hapert, werden gleich zehn Familienväter entlassen. Haben Sie Familie, Easy?» Er dehnte die Worte beim Sprechen ein wenig, wie ein wohlhabender Gentleman aus dem Süden.

«Nein, ich hab bloß mich, das ist alles», sagte ich.

«Aber das wissen die nicht. Wenn's nach denen geht, könnten Sie genausogut zehn Kinder haben, das nächste ist schon unterwegs, und die würden Sie trotzdem entlassen.»

«So isses!» brüllte Joppy. Seine Stimme klang wie ein Regiment Soldaten, das durch eine Kiesgrube marschiert. «Die Leute, den wo die großen Firmen

9

gehörn, die gehn doch gar nich erst zur Arbeit, die greifen bloß zum Hörer und frahng nach, was ihre Moneten machen. Und wennse keine anständige Antwort kriegen, kannste ein drauf lassen, daß demnächst paar Köppe rollen.»

Mr. Albright lachte und knuffte Joppy in den Arm. «Wieso machst du uns nicht was zu trinken, Joppy? Ich nehm Scotch. Womit kann ich Ihnen eine Freude machen, Easy?»

«Das Übliche?» fragte mich Joppy.

«Klar.»

Als Joppy abrückte, drehte Mr. Albright sich um und ließ den Blick durch den Raum schweifen. Das machte er alle paar Minuten, drehte sich leicht zur Seite und hielt plötzlich inne, um nachzusehen, ob sich irgendwas verändert hatte. Viel zu sehen gab es allerdings nicht. Joppys Bar war ein kleiner Laden im ersten Stock des Lagerhauses einer Schlachterei. Normalerweise waren die schwarzen Schlachter die einzigen Kunden, aber es war so früh am Nachmittag, daß sie wohl noch schwer am Schuften waren.

Der Geruch von verfaultem Fleisch drang bis in die letzte Ecke des Gebäudes; es gab nur wenige Menschen, von den Schlachtern einmal abgesehen, deren Magen es verkraftete, in Joppys Bar zu sitzen.

Joppy brachte Mr. Albrights Scotch und für mich einen Bourbon. Er stellte beides hin und sagte: «Mr. Albright sucht wen, der n klein Auftrach für ihn erledicht, Easy. Ich hab ihm verklickert, daß du aufer Straße sitzt und außerdem ne Hypothek zu zahlen hast.»

«Schlimme Geschichte.» Mr. Albright schüttelte erneut den Kopf. «Diese fetten Bonzen merken's doch gar nicht, ist denen doch völlig schnuppe, wenn ein Arbeiter mal versucht, was aus sich zu machen.»

«Und wissense, Easy will immer noch höher raus. Grad hat er auf der Abendschule sein High-School-Abschluß gemacht, und jetz droht er mittem College.»

Joppy wischte beim Sprechen über den Marmortresen. «Und er issen Kriegsheld, Mr. Albright. Easy is mit Patton losgezonng. Freiwillich! Der hat man genuch Blut gesehn, da könnse sich drauf verlassen.»

«Tatsache?» sagte Albright. Er zeigte sich nicht beeindruckt. «Warum setzen wir uns eigentlich nicht, Easy? Da drüben am Fenster.»

Joppys Fenster waren so dreckig, daß man nicht auf die 103rd Street raussehen konnte. Aber wenn man an einem kleinen Kirschbaumtisch in der Nähe saß, kam man wenigstens in den Genuß eines schwachen Schimmers Tageslicht.

«Sie haben also ne Hypothek abzuzahlen, hä, Easy? Das einzige, was noch schlimmer ist als eine große Firma, ist die Bank. Die wollen am ersten ihr Geld, und wenn du nicht rechtzeitig zahlst, rennt dir am zweiten der Marshal die Bude ein.»

«Was haben meine Angelegenheiten mit Ihnen zu tun, Mr. Albright? Ich will ja nicht unhöflich sein, aber ich hab Sie erst vor fünf Minuten kennenge-

11

lernt, und jetzt wollen Sie über alles haargenau Bescheid wissen.»

«Na ja, ich dachte, Joppy hätte gesagt, sie brauchen Arbeit, oder Ihr Haus ist weg.»

«Was hat das mit Ihnen zu tun?»

«Ich könnte jemand mit spitzen Ohren und scharfen Augen gebrauchen, der einen kleinen Auftrag für mich erledigt, Easy.»

«Und in welcher Branche arbeiten Sie?» fragte ich. Ich hätte aufstehen und verschwinden sollen, aber was meine Hypothek anging, hatte er recht. Und was die Banken anging, hatte er genauso recht.

«Als ich noch in Georgia gelebt hab, da war ich Anwalt. Aber jetzt bin ich auch bloß einer von denen, die Freunden und Freunden von Freunden Gefälligkeiten erweisen.»

«Was für Gefälligkeiten?»

«Ich weiß nicht, Easy.» Er zuckte mit seinen breiten weißen Schultern. «Was gerade so ansteht. Sagen wir, Sie wollen jemand eine Nachricht zukommen lassen, aber es käm Ihnen, äh, ein wenig ungelegen, das persönlich zu erledigen; na ja, dann melden Sie sich bei mir, und ich übernehme das. Verstehen Sie, ich übernehme alles, worum ich gebeten werde, das weiß jeder, deswegen hab ich auch immer alle Hände voll zu tun. Und manchmal brauch ich jemand, der mir bei einem Auftrag ein bißchen unter die Arme greift. Und da kommen dann Sie ins Spiel.»

«Und wieso?» fragte ich. Während er sprach, kam mir langsam zu Bewußtsein, daß Albright einem

Freund aus Texas sehr ähnlich war – er hieß Raymond Alexander, aber wir nannten ihn immer Mouse. Schon der Gedanke an Mouse machte mich ganz kribbelig.

«Ich muß jemand finden, und ich könnte bei der Suche ein bißchen Hilfe gebrauchen.»

«Und wen wollen Sie –»

«Easy», fuhr er dazwischen. «Ich sehe schon, Sie sind ein kluger Bursche und haben eine Menge guter Fragen. Und ich würd mich gern näher drüber unterhalten, aber doch nicht hier.» Aus seiner Hemdtasche zog er eine weiße Karte und einen weiß emaillierten Füllfederhalter. Er kritzelte etwas auf die Karte und reichte sie mir dann.

«Reden Sie mal mit Joppy, und wenn Sie's probieren wollen, kommen Sie heute abend irgendwann nach sieben in mein Büro.»

Er leerte sein Glas, schenkte mir noch ein Lächeln, stand auf und strich seine Manschetten glatt. Er schob sich den Panamahut in den Nacken und verabschiedete sich von Joppy, der ihm vom Tresen aus zuwinkte und grinste. Dann schlenderte Mr. DeWitt Albright aus Joppys Bar wie ein Stammkunde, der nach seinem Nachmittagsschnäpschen nach Hause geht.

Auf die Karte war in geschwungenen Lettern sein Name gedruckt. Darunter stand die Adresse, die er hingeschmiert hatte. Es war eine Adresse in der Stadt; von Watts aus eine lange Fahrt.

Mir fiel auf, daß Mr. DeWitt Albright die Drinks, die
er bestellte, nicht bezahlte. Joppy hatte es mit dem
Kassieren allerdings nicht sonderlich eilig.

2

«Woher kennsten den Lackaffen?» fragte ich Joppy.
«Den hab ich kenngelernt, wie ich noch im Ring gestanden bin. Hat er doch gesacht, vorm Krieg.»
   Joppy stand noch immer hinterm Tresen, beugte
sich über seinen feisten Wanst und polierte den Marmor. Sein Onkel, selbst Barbesitzer, war zehn Jahre
zuvor in Houston gestorben, gerade als Joppy beschlossen hatte, die Boxhandschuhe endgültig an den
Nagel zu hängen. Joppy ist damals die ganze Strecke
bis nach Hause gefahren, nur um den Marmortresen
zu kriegen. Die Schlachter waren damit einverstanden, daß er oben seinen Laden aufmachte, und dann
hatte er nur noch daran gedacht, wie er an die Marmorplatte käme. Joppy war ein abergläubischer
Mensch. Er dachte, daß er nur dann Erfolg haben
könnte, wenn er ein Stück seines Onkels, der ohne
Frage Erfolg gehabt hatte, in seinem Laden hätte. Jede
freie Minute verbrachte Joppy damit, seinen Tresen
zu wienern und zu wichsen. An seinem Tresen wurde
nicht randaliert, und wenn man mal einen Bierkrug
oder irgendwas Schweres fallen ließ, war er in null
Komma nix zur Stelle und suchte nach Splittern.

Joppy war kräftig gebaut, ein Mann von fast fünfzig Jahren. Seine Hände sahen aus wie schwarze Baseballhandschuhe, und ich hab ihn nie in Hemdsärmeln gesehen, deren Nähte sich nicht über seinem prallen Bizeps gespannt hätten. Sein Gesicht war vernarbt von all den Prügeln, die er im Ring bezogen hatte; das Fleisch um seine dicken Lippen war schorfig, und über seinem rechten Auge war ein Knoten, der immer rot und roh aussah.

In seiner Zeit als Boxer hatte Joppy nur mäßigen Erfolg gehabt. 1932 stand er auf der Rangliste an siebter Stelle, aber was die Leute anzog, war die Gewalt, die er mit in den Ring brachte. Joppy kam raus und schwang wie wild die Fäuste, steckte alles ein, was seine Gegner nur austeilen konnten. In seinen besten Jahren konnte niemand Joppy auf die Bretter legen, und auch später ging er immer über die volle Rundenzahl.

«Hat er was mit der Boxerei zu tun?» fragte ich.

«Wo immer es paar Kröten zu holen gibt, fährt Mr. Albright die Krallen aus», sagte Joppy. «Und es is ihm auch ziemlich schnuppe, ob an den Kröten schon ma n bißchen Dreck klebt oder so.»

«Dann hast du mich mit nem Gangster verkuppelt?»

«Der is doch kein Gangster, Ease. Mr. Albright is schlicht und einfach n Typ, der überall seine Pfoten drin hat, das is alles. Der is Geschäftsmann, und weißte, wennde Geschäfte machst und Hemden verscherbelst, und so n Bursche kommt an mit ner

15

Schachtel und sacht, die is vom Laster gefallen, tschä... dann gibste dem Burschen einfach paar Dollar und kuckst woanders hin.» Er fuchtelte mit seinem Baseballhandschuh vor mir herum. «So läuft das nu ma.»

Joppy wienerte eine Stelle von seinem Tresen, bis sie blitzblank war, abgesehen von dem Dreck, der in den Rissen klumpte. Die dunklen Risse, die sich durch den hellen Marmor schlängelten, sahen aus wie ein Netz von Adern am Kopf eines Neugeborenen.

«Er ist also bloß Geschäftsmann?» fragte ich.

Joppy hörte einen Moment auf zu wischen und sah mir in die Augen. «Versteh mich nicht falsch, Easy. DeWitt issen zäher Bursche, und er verkehrt in übler Gesellschaft. Aber du kannst dir vielleicht trotzdem deine Hypothek verdien, und vielleicht kannste dabei sogar noch was von ihm lern.»

Ich saß da und sah mich in dem kleinen Raum um. Joppy hatte sechs Tische und sieben Barhocker an der Theke. Selbst an einem guten Abend waren zwar nie alle Stühle besetzt, doch ich beneidete ihn um seinen Erfolg. Er hatte seinen eigenen Laden; er besaß etwas. Eines Abends erzählte er mir, daß er die Bar verkaufen könnte, obwohl er den Raum nur gemietet hatte. Ich dachte, er lügt, aber später hab ich erfahren, daß die Leute einen Laden, der bereits Kunden hat, mit Kußhand nehmen; die würden die Miete mit Freuden bezahlen, solange nur Geld reinkam.

Die Fenster waren dreckig, und der Fußboden hatte

tiefe Furchen, aber es war Joppys Laden, und wenn der weiße Schlachterboss raufkam, um die Miete zu kassieren, sagte er jedesmal: «Vielen Dank, Mr. Shag.» Weil er heilfroh war, daß er sein Geld bekam.

«Was will er denn dann von mir?» fragte ich.

«Er will bloß, daß du jemand suchen gehst, das hat er wenigstens gesacht.»

«Wen denn?»

«So ne Braut, keine Ahnung.» Joppy zuckte die Achseln. «Ich frachen nich nach seine Geschäfte, solang ich nix damit am Hut hab. Aber er bezahlt dich bloß fürs *Suchen*, hat ja keiner gesacht, daß du auch was findest.»

«Und was bezahlt er?»

«Genuch für deine Hypothek. Deswehng hab ich doch auch an dich gedacht, Easy, ich hab doch gewußt, daß du schnellstens Bares brauchst. Is mir doch völlig schnuppe, der Mann, und wen er sucht genauso.»

Bei dem Gedanken, meine Hypothek bezahlen zu können, fiel mir mein Vorgarten ein und der Schatten meiner Obstbäume in der Sommerhitze. Zwar hatte ich das Gefühl, ich sei genau so gut wie jeder Weiße, aber wenn nicht mal meine vier Wände mir gehörten, würden die Leute auf mich runtergucken, als wär ich auch bloß so ein armer Bettler, der die Hand ausstreckt.

«Nimm sein Geld, Mann. Du darfst dir das bißchen, was du hast, nich nehmen lassen», sagte Joppy, als ob er wüßte, was ich gerade dachte. «Die ganzen

17

hübschen Mädels, mit denen du durch die Gegend ziehst, die kaufen dir kein Haus.»

«An der Sache ist was faul, Joppy.»

«An den Kohlen soll was faul sein? Quatsch! Ich leg sie dir zurück.»

«Es geht nicht um das Geld... Bloß... Weißt du, Mr. Albright erinnert mich an Mouse.»

«An wen?»

«Du weißt schon, so n kleiner Knabe drüben in Houston. Hat EttaMae Harris geheiratet.»

Mißbilligend verzog Joppy seine schorfigen Lippen. «Nee, das muß nach meiner Zeit gewesen sein.»

«Ja, doch, Mouse und Mr. Albright sind sich ziemlich ähnlich. Er issen eleganter Typ, trägt schicke Klamotten und is dauernd am Lächeln. Aber er denkt immer nur ans Geschäft, und wenn du da querschießt, tut da unter Garantie nix Gutes bei rumkomm.» Ich hab mein Leben lang versucht, richtiges Englisch zu sprechen, wie es einem in der Schule beigebracht wird, aber im Lauf der Jahre hatte ich festgestellt, daß ich mich nur in dem natürlichen, «ungebildeten» Dialekt meiner Kindheit richtig ausdrücken konnte.

«‹Tut unter Garantie nix Gutes bei rumkomm› klingt zwar übel, Easy, aber so landeste ‹unter Garantie› aufer Straße.»

«Tja, Alter. Ich geh nur irgendswie mit Vorsicht an die Sache ran.»

«Vorsicht kann nich schaden, Easy. Vorsicht hält dich bei der Stange, Vorsicht macht dich stark.»

«Er ist also bloß Geschäftsmann, hä?» fragte ich noch mal.

«So isses!»

«Und was für Geschäfte macht er nu genau? Ich mein, verscherbelt er Hemden oder was?»

«Es gibt ne Redensart für seine Branche, Ease.»

«Und die wäre?»

«Alles, was der Markt hergibt.» Er lächelte und sah plötzlich aus wie ein hungriger Bär, der alles fressen würde, was man ihm gab. «Alles, was der Markt hergibt.»

«Ich denk drüber nach.»

«Keine Sorge, Ease, ich kümmer mich um dich. Meld dich ab und an einfach mal beim ollen Joppy, dann sach ich dir, ob sich's anhört, wie wenn's brenzlich würde. Halt dich einfach nur an mich, dann läuft alles wie geschmiert.»

«Danke, daß du an mich denkst, Jop», sagte ich, doch ich fragte mich, ob ich auch später noch dankbar sein würde.

3

Als ich nach Hause fuhr, machte ich mir Gedanken über Geld und wie dringend ich welches brauchte.

Ich kam gern nach Hause. Vielleicht lag das daran, daß ich auf einer Pachtfarm großgeworden bin oder daß ich nie etwas besessen hatte, bis ich mir dieses Haus gekauft hatte, aber ich liebte mein kleines Zuhause. Im Vorgarten standen ein Apfel- und ein Avocadobaum inmitten eines Rasenteppichs aus dichtem Augustiner-Gras. Neben dem Haus hatte ich einen Granatapfelbaum, der in jeder Saison mehr als dreißig Früchte trug, und eine Bananenstaude, die nie auch nur das Geringste produzierte. Es gab Dahlien und wilde Rosen in Beeten rings um den Zaun und Usambara-Veilchen, die ich in einem großen Topf auf der Veranda hielt.

Das Haus selbst war klein. Nur ein Wohnzimmer, ein Schlafzimmer und eine Küche. Im Bad gab es noch nicht mal eine Dusche, und der Garten hinter dem Haus war nicht größer als ein Kinderplanschbecken. Aber meine Hütte bedeutete mir mehr als jede Frau, die mir je begegnet war. Ich liebte sie, und ich hatte Angst um sie, und wenn die Bank den County Marshal geschickt hätte, um sie mir wegzunehmen, wäre ich wahrscheinlich eher mit dem Gewehr auf ihn losgegangen, als daß ich sie aufgegeben hätte.

Die einzige Möglichkeit, mein Haus zu behalten, sah ich darin, für Joppys Freund zu arbeiten. Aber irgendwas war faul, das spürte ich in den Fingerspitzen. DeWitt Albright gab mir ein ungutes Gefühl; Joppys harte Worte gaben mir ein ungutes Gefühl, obwohl was Wahres dran war. Ich sagte mir immer wieder: Geh ins Bett, und vergiß es.

«Easy», sagte ich, «schlaf dich richtig aus, und geh dir morgen nen Job suchen.»

«Aber heute ist der fünfundzwanzigste Juni», sagte

eine Stimme. «Wo sollen denn die vierundsechzig Dollar am ersten Juli herkommen?»

«Die werd ich schon kriegen», antwortete ich.

«Wie denn?»

So ging es immer weiter, aber es hatte von Anfang an keinen Sinn. Ich wußte, daß ich Albrights Geld nehmen und tun würde, was auch immer er von mir verlangte, vorausgesetzt, es war legal, weil mein Häuschen mich brauchte und ich nicht vorhatte, es im Stich zu lassen.

Und dann war da noch etwas.

DeWitt Albright machte mich ein wenig nervös. Er war groß und sah aus, als wäre er ein mächtiger Mann. Die Art, wie er die Schultern hielt, verriet mir, daß Gewalt in ihm brodelte. Doch groß war ich auch. Und wie die meisten jungen Männer gab ich nur ungern zu, daß Angst mich von irgend etwas abhalten konnte.

Ob er's wußte oder nicht, DeWitt Albright hatte mich bei meinem Stolz gepackt. Je mehr Angst ich vor ihm hatte, desto größer wurde meine Gewißheit, daß ich den Auftrag annehmen würde, den er mir angeboten hatte.

Die Adresse, die Albright mir gegeben hatte, war ein kleines, gelbbraunes Gebäude auf der Alvarado. Die Gebäude ringsum waren zwar höher, aber längst nicht so alt oder vornehm. Ich ging durch das schwarze schmiedeeiserne Tor und betrat die auf spanisch getrimmte Eingangshalle. Es war niemand zu sehen, nicht mal eine Hinweistafel gab es, bloß eine Wand mit cremefarbenen Türen ohne Namensschilder.

«Verzeihung.»

Die Stimme ließ mich zusammenfahren.

«Was?» Durch den Schreck wurde meine Stimme brüchig und schnappte über, als ich mich zu dem kleinen Mann umdrehte.

«Wen suchen Sie?»

Es war ein kleiner Weißer in einem Anzug, der gleichzeitig als Uniform diente.

«Ich suche ähm... äh...», stotterte ich. Ich hatte den Namen vergessen. Ich mußte blinzeln, damit der Raum nicht anfing, sich zu drehen.

Ich hatte mir diese Marotte als Junge in Texas angewöhnt. Manchmal, wenn mich eine weiße Respektsperson in einem unaufmerksamen Moment erwischte, machte ich meinen Kopf völlig leer, so daß ich kein Wort mehr sagen konnte. «Was ich nicht weiß, macht mich nicht heiß», hieß es immer. Ich haßte mich dafür, aber ich haßte auch die Weißen – und die Farbigen –, die dafür gesorgt hatten, daß ich so war.

«Kann ich Ihnen helfen?» fragte der Weiße. Er hatte rote Locken und eine spitze Nase. Als ich noch immer keine Antwort herausbrachte, sagte er: «Lieferungen nehmen wir nur zwischen neun und sechs entgegen.»

«Nein, nein», sagte ich, während ich krampfhaft versuchte, mich zu erinnern.

«Oh, doch! Sie gehen jetzt besser.»

«Nein, ich meine, ich . . .»

Der kleine Mann ging langsam rückwärts auf ein kleines Pult an der Wand zu. Ich dachte, er hätte dort einen Schlagstock versteckt.

«Albright!» brüllte ich.

«Was?» brüllte er zurück.

«Albright! Ich wollte zu Albright!»

«Albright wie?» Argwohn lag in seinem Blick, und seine Hand war noch immer hinter dem Pult.

«Mr. Albright. Mr. DeWitt Albright.»

«Mr. Albright?»

«Ja, genau.»

«Wollen Sie was abliefern?» fragte er und streckte seine knochige Hand aus.

«Nein, ich hab einen Termin. Das heißt, ich soll mich hier mit ihm treffen.» Ich haßte den kleinen Mann.

«Sie sollen sich hier mit ihm treffen? Sie wissen ja nicht mal mehr, wie er heißt.»

Ich atmete tief durch und sagte dann ganz ruhig: «Ich soll mich mit Mr. DeWitt Albright heute abend hier treffen, irgendwann nach sieben.»

«Sie sollen sich hier um sieben mit ihm treffen? Jetzt ist es halb neun. Er ist wahrscheinlich längst weg.»

«Er hat gesagt, *irgendwann* nach sieben.»

Er streckte mir noch einmal die Hand hin. «Hat er Ihnen einen Zettel gegeben, auf dem steht, daß Sie nach Geschäftsschluß hierherkommen sollen?»

Ich schüttelte den Kopf. Ich hätte ihm am liebsten die Haut vom Gesicht gefetzt, wie ich es einmal bei einem anderen Weißen getan hatte.

«Tja, woher soll ich wissen, daß Sie nicht bloß ein gewöhnlicher Dieb sind? Sie wissen nicht mal mehr, wie er heißt und verlangen von mir, daß ich Sie irgendwohin bringe. Na ja, Sie könnten doch auch einen Komplizen haben, der nur darauf wartet, daß ich Sie reinlasse...»

Ich war wütend. «Mensch, vergessen Sie's», sagte ich. «Falls Sie ihn sehen, bestellen Sie ihm bloß, daß Mr. Rawlins hier gewesen ist. Bestellen Sie ihm, daß er mir nächstes Mal besser einen Zettel gibt, weil mit ohne Zettel komm so Straßenniggers nich rein in euern Scheißladen!»

Ich wollte wieder gehen. Dieser kleine Weiße hatte mich davon überzeugt, daß ich an der falschen Adresse war. Ich wollte wieder nach Hause. Mein Geld konnte ich mir auch anders besorgen.

«Immer mit der Ruhe», sagte er. «Sie warten hier, ich bin in einer Minute wieder da.» Er schlängelte sich durch eine der cremefarbenen Türen und machte sie hinter sich zu. Einen Augenblick später hörte ich, wie das Schloß einschnappte.

Nach ein paar Minuten öffnete er die Tür einen Spaltbreit und winkte mir, ihm zu folgen. Er sah nach links und rechts, als er mich durch die Tür ließ; wahrscheinlich hielt er Ausschau nach meinen Komplizen.

Die Tür führte in einen offenen Innenhof, der mit

dunkelroten Ziegeln gepflastert war und in dem drei riesige Palmen wuchsen, die über das Dach des drei-stöckigen Gebäudes hinausragten. Um die Galerien in den oberen beiden Stockwerken liefen Gitter, von denen sich ganze Kaskaden weißer und gelber Kletterrosen in den Hof ergossen. Der Himmel war um diese Jahreszeit noch hell, aber ich sah schon die Mondsichel über das Dach lugen.

Der kleine Mann öffnete eine zweite Tür auf der anderen Seite des Innenhofes. Sie führte über eine häßliche Metalltreppe hinunter in die Eingeweide des Gebäudes. Durch einen staubigen Heizungskeller kamen wir in einen leeren Korridor, der schmutziggrün getüncht war und den graue Spinnweben schmückten.

Am Ende des Ganges war eine Tür in der gleichen Farbe, abgesplittert und verstaubt.

«Da wären wir», sagte der kleine Mann.

Ich bedankte mich, und er ließ mich allein. Ich sah ihn nie wieder. Ich denke oft darüber nach, wie viele Menschen nur für ein paar Minuten in mein Leben getreten sind und ein bißchen Staub aufgewirbelt haben, und dann sind sie wieder weg. Mein Vater war so; meine Mutter war nicht viel besser.

Ich klopfte an die häßliche Tür. Ich hatte mit Albright gerechnet, aber statt dessen führte die Tür in einen kleinen Raum mit zwei merkwürdig aussehenden Männern.

Der Mann, der die Tür aufhielt, war groß und schmächtig, mit braunen Locken, dunkler Haut wie ein Inder und braunen Augen, so hell, daß sie fast golden waren. Sein Freund, der an einer Tür in der gegenüberliegenden Wand lehnte, war klein und sah um die Augen ein wenig aus wie ein Chinese, aber als ich noch mal hinschaute, war ich mir nicht mehr ganz so sicher, was seine Herkunft anging.

Der Dunkelhäutige lächelte und streckte die Hand aus. Ich dachte, er wollte, daß ich sie schüttelte, aber dann fing er an, mich von oben bis unten abzuklopfen.

«He, Mann! Was is denn mit dir los?» sagte ich und stieß ihn weg. Der mutmaßliche Chinese ließ eine Hand in seine Tasche gleiten.

«Mr. Rawlins», sagte der Dunkelhäutige mit einem Akzent, den ich nicht kannte. Er lächelte immer noch. «Nehmen Sie die Arme ein wenig hoch. Reine Sicherheitsmaßnahme.» Das Lächeln verbreitete sich zu einem Grinsen.

«Behalt deine Hände bloß bei dir, Mann. Ich laß mich von keinem so betatschen.»

Der kleine Mann zog irgend etwas, das ich nicht richtig erkennen konnte, halb aus seiner Tasche. Dann machte er einen Schritt auf uns zu. Der Grinser versuchte, mir eine Hand auf die Brust zu legen, aber ich packte ihn am Handgelenk.

Die Augen des Dunkelhäutigen funkelten, er lächelte mich einen Augenblick lang an und sagte dann zu seinem Partner: «Keine Sorge, Manny. Der is sauber.»

«Biste sicher, Shariff?»

«Ja. Der is in Ordnung, bloß n bißchen fickrig.» Shariffs Zähne schimmerten zwischen seinen dunklen Lippen. Ich hielt noch immer sein Handgelenk umklammert.

Shariff meinte: «Sag ihm Bescheid, Manny.»

Manny steckte die Hand in die Tasche zurück und zog sie dann wieder heraus, um an die Tür hinter sich zu klopfen.

DeWitt Albright öffnete die Tür einen Augenblick später.

«Easy», sagte er lächelnd.

«Er will sich von uns nicht anfassen lassen», sagte Shariff, als ich ihn losließ.

«Laß gut sein», antwortete Albright. «Ich wollte mich nur davon überzeugen, daß er solo ist.»

«Sie sind der Boss.» Shariff klang sehr selbstsicher, fast ein wenig arrogant.

«Du und Manny, ihr könnt jetzt gehen», meinte Albright lächelnd. «Easy und ich haben was Geschäftliches zu besprechen.»

Mr. Albright setzte sich hinter einen großen hellen Schreibtisch und plazierte seine Stenzschuhe neben einer halbvollen Flasche Wild Turkey. An der Wand hinter ihm hing ein Kalender mit einem Bild von einem Korb mit schwarzroten Brombeeren. Ansonsten war die Wand kahl. Auch der Fußboden war nackt: schlichtes gelbes Linoleum, mit Farbtupfern durchsetzt.

«Nehmen Sie Platz, Mr. Rawlins», sagte Mr. Albright und deutete auf einen Stuhl vor seinem Schreibtisch. Er trug keine Kopfbedeckung, und sein Jackett war nirgends zu sehen. Unter dem linken Arm hatte er ein Schulterhalfter aus weißem Leder. Der Lauf der Pistole reichte ihm fast bis zum Gürtel.

«Nette Freunde haben Sie», sagte ich, während ich seine Wumme in Augenschein nahm.

«Sie sind genau wie Sie, Easy. Immer wenn ich ein bißchen Personal brauche, meld ich mich bei ihnen. Es gibt eine ganze Armee von Männern, die für ein angemessenes Honorar Spezialaufträge übernehmen.»

«Ist der Kleine n Chinese?»

Albright zuckte die Achseln. «Das weiß keiner. Er ist in einem Waisenhaus aufgewachsen, in Jersey City. Was zu trinken?»

«Gern.»

«Einer der Vorteile, wenn man sein eigener Herr ist. Immer eine Pulle auf dem Tisch. Jeder andere, sogar die Direktoren von den großen Firmen, hat seinen Schnaps in der untersten Schublade, aber ich laß ihn immer auf dem Tisch, wo ihn jeder sehen kann. Sie wollen einen trinken? Soll mir recht sein. Das paßt Ihnen nicht? Die Tür ist gleich hinter Ihnen?» Während er redete, machte er zwei Gläser voll, die er aus einer Schreibtischschublade hervorgeholt hatte.

Die Kanone interessierte mich. Lauf und Kolben waren schwarz; das einzige an DeWitts Aufzug, was nicht weiß war.

Als ich mich vorbeugte, um ihm das Glas aus der Hand zu nehmen, sagte er: «Sie wollen den Auftrag also annehmen, Easy?»

«Nun ja, kommt ganz drauf an, woran sie dabei so gedacht hatten.»

«Ich suche jemand, eine Freundin», sagte er. Er zog eine Fotografie aus seiner Hemdtasche und legte sie auf den Schreibtisch. Es war das Porträt einer hübschen jungen weißen Frau. Das Bild war ursprünglich schwarzweiß gewesen, war jedoch nachträglich koloriert worden wie die Fotos von Jazzsängerinnen, die draußen vor Nachtclubs aufgestellt wurden. Sie hatte helles Haar, das ihr über die nackten Schultern fiel, hohe Wangenknochen und Augen, die vermutlich blau waren, falls der Künstler sie richtig getroffen hatte. Nachdem ich sie eine volle Minute lang angestarrt hatte, kam ich zu dem Schluß, daß es sich lohnen würde, sie zu suchen, falls man sie dazu bringen konnte, einen so anzulächeln.

«Daphne Monet», sagte Mr. Albright. «Kein übler Anblick, aber höllisch schwer zu finden.»

«Mir ist noch immer nicht ganz klar, was das mit mir zu tun hat», sagte ich. «Ich hab die Frau noch nie gesehn.»

«Das ist jammerschade, Easy.» Er lächelte mich an. «Aber ich glaube, Sie könnten mir trotzdem behilflich sein.»

«Mir ist nicht ganz klar, wie. Frauen von der Sorte reißen sich nich grad um meine Telefonnummer. Sie sollten sich lieber an die Polizei wenden.»

«Ich wende mich nie an jemand, der nicht mein Freund ist, oder zumindest der Freund eines Freundes. Ich kenne keine Bullen, und meine Freunde genausowenig.»

«Na ja, dann besorgen Sie sich doch –»

«Schauen Sie, Easy», fiel er mir ins Wort. «Daphne bewegt sich mit Vorliebe in Gesellschaft von Negern. Sie fliegt auf Jazz und Schweinsfüße und ein Stück dunkles Fleisch, wenn Sie wissen, was ich meine.»

Ich wußte, was er meinte, aber ich wollte es nicht hören. «Sie glauben also, sie treibt sich irgendwo in Watts rum?»

«Da hab ich nicht den geringsten Zweifel. Aber verstehen Sie, ich kann in diesen Läden nicht nach ihr suchen, dazu fehlt mir nämlich das richtige Gesangbuch. Joppy kennt mich gut genug, er erzählt mir, was er weiß, aber den hab ich schon gefragt, und er konnte nicht mehr für mich tun, als mir Ihren Namen zu geben.»

«Und was wollen Sie von ihr?»

«Ich hab einen Freund, der sich bei ihr entschuldigen möchte, Easy. Er ist ein Hitzkopf, deswegen ist sie abgehauen.»

«Und jetzt will er sie zurück?»

Mr. Albright lächelte.

«Ich weiß nicht, ob ich Ihnen helfen kann, Mr. Albright. Wie Joppy schon sagte, ich hab vor ein paar Tagen meinen Job verloren, und ich muß mich nach nem neuen umsehen, bevor die nächste Rate fällig wird.»

«Hundert Dollar für eine Woche Arbeit, Mr. Rawlins, und ich zahle im voraus. Falls Sie sie schon morgen finden, können Sie alles behalten, was Sie in der Tasche haben.»

«Ich weiß nicht, Mr. Albright. Ich mein, woher weiß ich, worauf ich mich da einlasse? Was wollen Sie –»

Er hob einen mächtigen Finger an die Lippen, dann sagte er: «Easy, wenn Sie morgens zur Tür rausgehen, lassen Sie sich auf was ein. Das einzige, weswegen Sie sich wirklich Sorgen machen sollten, ist die Frage, ob Sie sich hundertprozentig drauf einlassen oder nicht.»

«Ich meine, ich will mich auf keine krummen Dinger einlassen. Mit der Polente will ich nix zu tun haben.»

«Deswegen möchte ich ja, daß Sie für mich arbeiten. Ich mag die Polizei genausowenig wie Sie. Scheiße! Die Polizei hütet das Gesetz, und was das Gesetz ist, wissen Sie doch wohl, oder?»

Ich hatte meine eigenen Ansichten zu diesem Thema, aber die behielt ich für mich.

«Das Gesetz», fuhr er fort, «wird von den Reichen gemacht, damit die Armen nicht vorankommen. Weder Sie noch ich wollen mit dem Gesetz aneinandergeraten.»

Er hob das Schnapsglas hoch und inspizierte es, als würde er es auf Flöhe untersuchen, dann stellte er das Glas auf den Schreibtisch und legte die Hände darum, die Handflächen nach unten gekehrt.

«Ich bitte Sie bloß darum, ein Mädchen zu finden»,

sagte er, «und mir zu sagen, wo es ist. Das ist alles. Sie finden bloß raus, wo sie ist, und flüstern es mir ins Ohr. Sie finden sie, und dafür kriegen sie von mir eine Hypothekenrate als Prämie, und mein Freund wird Ihnen einen Job besorgen, vielleicht kann er Sie sogar wieder bei Champion unterbringen.»

«Wer will das Mädchen denn finden?»

«Keine Namen, Easy, ist besser so.»

«Es geht nur darum, daß ich sie äußerst ungern finden würde, wenn dann hinterher irgendein Bulle ankommt mit irgend so nem Scheiß von wegen, ich wär der letzte, mit dem sie gesehen wurde – bevor sie verschwunden ist.»

Der Weiße lachte und schüttelte den Kopf, als hätte ich ihm einen guten Witz erzählt.

«Jeden Tag passiert so viel, Easy», sagte er. «Jeden Tag passiert so viel. Sie sind doch ein gebildeter Mensch, oder?»

«Na ja, schon.»

«Dann lesen Sie doch bestimmt auch Zeitung. Haben Sie sie heute schon gelesen?»

«Ja.»

«Drei Morde! Drei! Allein gestern abend. So was passiert doch tagtäglich. Menschen, die alles haben, wofür es sich zu leben lohnt, vielleicht sogar ein bißchen Geld auf der Bank. Wahrscheinlich hatten sie schon genau geplant, was sie dieses Wochenende unternehmen wollten, aber das hat sie nicht davon abgehalten, zu sterben. Diese Pläne haben ihnen nichts genützt, als ihre Zeit gekommen war. Menschen, die

32

alles haben, wofür es sich zu leben lohnt, werden gern ein bißchen unvorsichtig. Sie vergessen, daß es einzig und allein darum geht, daß einem nichts Schlimmes zustößt.»

So wie er lächelte, als er sich auf seinem Stuhl zurücklehnte, erinnerte er mich schon wieder an Mouse. Mir fiel ein, wie Mouse immer lächelte, besonders wenn das Unglück andere traf.

«Sie finden das Mädchen und sagen es mir, das ist alles. Weder ich noch mein Freund werden ihr auch nur ein Härchen krümmen. Sie brauchen sich nicht die geringsten Sorgen zu machen.»

Er zog ein weißes gefächertes Brieftäschchen aus einer Schreibtischschublade und holte einen Stapel Geldscheine daraus hervor. Er zählte zehn davon ab, leckte sich bei jedem zweiten seinen feisten Daumen, und legte sie in einem ordentlichen Stapel neben den Whiskey.

«Hundert Dollar», sagte er.

Ich sah nicht ganz ein, weshalb es nicht meine hundert Dollar sein sollten.

Als ich noch arm war, waren meine einzigen Sorgen eine Bleibe für die Nacht und was zu essen; dafür brauchte man nicht viel. Irgendein Freund spendierte mir immer ein Essen, und es gab genügend Frauen, die mich bei sich schlafen ließen. Aber als ich die Hypothek aufnahm, stellte ich fest, daß ich mehr brauchte als bloße Freundschaft. Mr. Albright war zwar kein Freund, aber er hatte, was ich brauchte.

Außerdem war er ein guter Gastgeber. Sein Schnaps war hervorragend, und er war eigentlich ganz nett. Er erzählte mir ein paar Geschichten von der Sorte, die wir bei uns in Texas «Lügen» nennen.

In einer Geschichte ging es um seine Zeit als Anwalt in Georgia.

«Ich hab nen Bauernlümmel verteidigt, der angeklagt war, weil er das Haus von nem Bankier abgefakkelt hatte», erzählte mir DeWitt, während er an die Wand hinter mir starrte. «Der Bankier hat die Hypothek von dem Knaben in dem Moment für verfallen erklärt, als die Rate fällig wurde. Wissen Sie, er hat ihm noch nicht mal die Möglichkeit gegeben, irgendwelche Sonderregelungen zu treffen. Und der Kerl war mindestens so schuldig wie dieser Bankier.»

«Hammse ihn rausgepaukt?» fragte ich.

DeWitt lächelte mich an. «Ja. Der Staatsanwalt hatte gute Karten, was Leon anging, das ist der Bauernlümmel. Na ja, der ehrbare Randolph Corey hatte handfeste Beweise dafür, daß mein Klient den Brand gelegt hatte. Aber ich bin zu Randy rübergefahren, hab mich an seinen Tisch gesetzt und die Pistole hier rausgeholt. Ich hab bloß ein bißchen übers Wetter geredet, und dabei hab ich meine Kanone gereinigt.»

«War es Ihnen denn so wichtig, Ihren Klienten rauszupauken?»

«Quatsch. Leon war der letzte Dreck. Aber Randy war n paar Jahre ziemlich vom Erfolg verwöhnt gewesen, und ich war der Ansicht, es wär an der Zeit, daß

34

er mal nen Prozeß verliert.» Albright straffte die Schultern. «Wenn's ums Gesetz geht, braucht man ein gewisses Gefühl für Ausgewogenheit, Easy. Am Ende muß alles stimmen.»

Nach ein paar Drinks fing ich an, vom Krieg zu erzählen. Das übliche Männergeschwafel, knapp die Hälfte ist wahr und der Rest pure Blödelei. So verging über eine Stunde, bis er mich fragte: «Hammse schon mal eigenhändig jemand umgebracht, Easy?»

«Was?»

«Ob Sie schon mal jemand umgebracht haben, Mann gegen Mann?»

«Warum?»

«Eigentlich nur so. Ich weiß bloß, daß Sie ne Weile an der Front gewesen sind.»

«Ne Weile.»

«Hammse schon mal jemand umgebracht, ganz aus der Nähe? Ich mein, so nah, daß Sie gesehn hamm, wie seine Augen trübe werden und er endgültig den Löffel abgibt? Das Schlimmste, wenn man jemand umbringt, das ist die Scheiße und die Pisse. Ihr habt das im Krieg gemacht, und ich wette, es war schlimm. Ich wette, ihr konntet nicht mal mehr von eurer Mutter träumen oder sonst irgendwas Schönes. Aber ihr habt damit gelebt, weil ihr wußtet, daß der Krieg euch dazu zwingt.»

Seine blaßblauen Augen erinnerten mich an die aufgeschichteten Leichen deutscher Soldaten mit weit aufgerissenen Augen, die ich einmal auf einer Straße nach Berlin gesehen habe.

35

«Aber das einzige, was Sie nie vergessen dürfen, Easy», sagte er, als er das Geld nahm, um es mir quer über den Tisch zuzuschieben, «ist die Tatsache, daß manche von uns mit derselben Leichtigkeit jemand umbringen, wie sie ein Glas Bourbon trinken.» Er kippte sein Gläschen und lächelte.

Dann sagte er: «Joppy hat mir erzählt, daß Sie früher in einem illegalen Club auf der Eighty-ninth Ecke Central verkehrt sind, genau in der Bar ist Daphne noch vor kurzem gesehen worden. Ich weiß nicht, wie sich das Ding nennt, aber am Wochenende treten da immer ne Menge Berühmtheiten auf, und der Mann, der den Laden schmeißt, heißt John. Sie könnten noch heute abend anfangen.»

Als ich sah, wie mich seine toten Augen anfunkelten, wußte ich, daß unsere Party vorbei war. Mir fiel nichts ein, was ich hätte sagen können, deshalb nickte ich, steckte mir sein Geld in die Tasche und machte mich auf den Weg.

An der Tür drehte ich mich noch einmal um, um mich von ihm zu verabschieden, doch DeWitt Albright hatte sein Glas vollgemacht und den Blick auf die gegenüberliegende Wand geheftet. Er starrte auf einen Punkt weit weg von diesem dreckigen Keller.

4

Johns Laden war eine Flüsterkneipe gewesen, bevor die Prohibition aufgehoben wurde. Aber 1948 gab es in L. A. bereits überall legale Bars. John gefiel jedoch das Flüsterkneipen-Geschäft, und er hatte soviel Ärger mit der Polente gehabt, daß die Stadtverwaltung ihm nicht mal einen Führerschein, geschweige denn eine Schanklizenz ausgestellt hätte. Also schmierte John die Bullen und betrieb weiterhin einen illegalen Nachtclub durch die Hintertür eines kleinen Lebensmittelladens an der Central Avenue Ecke Eightyninth Place. Egal an welchem Abend man in das Geschäft kam, bis morgens um drei war Hattie Parsons auf jeden Fall hinter der Süßwarentheke zu finden. Es gab nicht viele Lebensmittel und auch kein Obst, Gemüse oder Milchprodukte, aber sie verkaufte einem, was es gab, und wenn man wußte, was man zu sagen hatte oder Stammkunde war, ließ sie einen durch die Hintertür in den Club. Aber für den Fall, daß sich jemand einbildete, er käme nur wegen seines Namens oder seiner Klamotten oder vielleicht seines Sparbuchs rein, tja, dafür hatte Hattie immer ein Rasiermesser in ihrer Schürzentasche, und Junior Fornay, ihr Neffe, saß gleich hinter der Tür.

Als ich die Ladentür aufstieß, lief mir mein dritter Weißer an diesem Tag über den Weg. Er war ungefähr so groß wie ich, hatte weizenblondes Haar und trug einen teuren dunkelblauen Anzug. Seine Klamotten waren zerknautscht, und er roch nach Gin.

«He, schwatzer Bruder», sagte er und winkte mir. Er marschierte schnurstracks auf mich zu, so daß ich auf die Straße zurückweichen mußte, wenn ich mich nicht von ihm über den Haufen rennen lassen wollte.

«Was hältste davon, dir ma schnell zwanzich Dollar zu verdien?» fragte er, als die Tür hinter ihm ins Schloß fiel.

An diesem Tag wurde mir das Geld nur so nachgeworfen.

«Wie denn?» fragte ich den Besoffenen.

«Ich muß da rein ... wen suchen. Das Mädel da drin will mich nich reinlassen.» Er schwankte, und ich hatte Angst, er könnte umkippen. «Sach den doch, daß ich in Ordnung bin.»

«Tut mir leid, aber das kann ich nich machen», sagte ich.

«Wieso n nich?»

«Wenn's bei John einmal nein heißt, bleibt's auch dabei.» Ich schlängelte mich an ihm vorbei, um wieder reinzukommen. Er versuchte sich umzudrehen und meinen Arm zu packen, brachte jedoch nicht mehr zustande, als sich zweimal um die eigene Achse zu drehen, bis er schließlich an der Wand landete. Er hob die Hand, als wollte er, daß ich mich bückte, damit er mir was ins Ohr flüstern konnte, aber ich konnte mir nicht vorstellen, daß er irgendwas zu sagen hatte, was mir das Leben leichter gemacht hätte.

«He, Hattie», sagte ich. «Sieht ganz so aus, als hättest du nen Gast vor der Tür sitzen.»

«Der versoffene olle weiße Knabe?»

«Ja.»

«Ich laß Junior nachher ma n Blick raus werfen. Soll der n wegschaffen, wenn er dann noch da is.»

Damit schlug ich mir den Besoffenen aus dem Kopf. «Wer spielten heut abend bei euch?» fragte ich.

«Paar alte Bekannte von dir, Easy. Lips und sein Trio. Aber die Holiday war da, letzten Dienstach.»

«Im Ernst?»

«Sie is bloß ma ehm vorbeigerauscht.» Hatties Lächeln entblößte Zähne, die aussahen wie flache graue Kieselsteine. «Muß so gehng, ich weiß nich, Mitternacht gewesen sein, aber die Vögelchen hamm schon mit ihr gezwitschert, wie wir Feierahmd gemacht hamm.»

«Och, Mann! Schade, daß ich das verpaßt hab», sagte ich.

«Das macht dann fümmensiebzich Cents, Baby.»

«Wofür?»

«John hat schwer aufgeschlahng. Die Kosten sind raufgegang, un er will kein Gesindel innen Laden.»

«Wer sollen das sein?»

Sie beugte sich vor und zeigte mir ihre wäßrigbraunen Augen. Hatties Haut hatte die Farbe von hellem Sand, und ich bezweifle, daß sie in ihren mehr als sechzig Jahren je über fünfundvierzig Kilo rausgekommen ist.

«Haste das mit Howard gehört?» fragte sie.

«Welcher Howard?»

«Howard Green, der Chauffeur.»

«Nee, nh-nh. Ich hab Howard Green seit letzte Weihnachten nich mehr gesehn.»

«Tja, den wirste auch nich mehr zu sehn kriehng – in dieser Welt.»

«Was is denn passiert?»

«Er is hier rausmarschiert morngs so gehng drei an den Abend, wie Lady Day da war, un zack!» Sie rammte ihre knochige Faust in ihre offene Handfläche.

«Und?»

«Die hamm kaum noch was von sein Gesicht übergelassen. Weißte, ich hab ihm noch gesacht, er wär n Trottel, dasser sich die Holiday entgehn läßt, aber das war dem völlig schnuppe. Er meint, er hätte was *Geschäftliches* zu erledigen. Hmmm! Ich hab ihm doch gesacht, er hätt nich gehn dürfen.»

«Die hamm ihn umgelegt?»

«Gleich da draußen nehm sein Wahng. Die hammen so übel zugerichtet, daß seine Frau Esther gemeint hat, sie hätt die Leiche bloß an sein Ring identifiziern könn. Die hamm wohl n Bleirohr dazu genomm. Der hatte seine Nase ja auch bei sonstwem in duweißtschon drin.»

«Howard ist immer gern mit dem Kopf durch die Wand», pflichtete ich ihr bei. Ich gab ihr drei Vierteldollars.

«Na dann, rein mit dir, Schätzchen», sagte sie und lächelte.

Als ich die Tür aufmachte, schlug mir Lips' Alt-Gebläse mit voller Wucht entgegen. Ich hatte Lips, Willie und Flattop schon als Junge in Houston gehört. Die drei und John und die Hälfte der Leute in dem überfüllten Raum waren nach dem Krieg aus Houston abgewandert, einige sogar schon vorher. Kalifornien war für einen Neger aus dem Süden wie der Himmel auf Erden. Die Leute erzählten Geschichten darüber, daß man das Obst direkt von den Bäumen essen konnte und es genug Arbeit gab, um sich eines Tages zur Ruhe setzen zu können. Die Geschichten stimmten größtenteils wirklich, aber die Wirklichkeit sah anders aus als der Traum. Das Leben in L.A. war trotz allem mühsam, und auch wenn man jeden Tag arbeitete, kam man doch auf keinen grünen Zweig.

Aber auf keinen grünen Zweig zu kommen war nicht ganz so schlimm, wenn man dann und wann zu John gehen und sich daran erinnern konnte, wie es gewesen war, daheim in Texas von Kalifornien zu träumen. Wenn man hier saß und Johns Scotch trank, konnte man sich an die Träume erinnern, die man einst gehabt hatte, und für eine Weile kam es einem vor, als hätte man sie wirklich.

«He, Ease», krächzte mich eine belegte Stimme hinter der Tür hervor an.

Es war Junior Fornay. Ein Bursche, den ich auch noch von zu Hause kannte. Ein großer, stämmiger Feldarbeiter, der den ganzen Tag lang Baumwolle pflücken und dann feiern konnte, bis es Zeit war, wieder in die Felder rauszusteigen. Als wir beide noch

41

viel jünger waren, hatten wir einmal eine Auseinandersetzung gehabt, und mir ging der Gedanke nicht aus dem Kopf, daß ich wahrscheinlich dabei draufgegangen wäre, wenn Mouse nicht eingegriffen hätte, um meine Haut zu retten.

«Junior», begrüßte ich ihn. «Was läuft?»

«Nich viel bis jetz, aber bleib ruhig da.» Er lehnte sich auf seinem Hocker zurück und stützte sich an der Wand ab. Er war fünf Jahre älter als ich, etwa dreiunddreißig, und seine Wampe hing ihm über die Jeans, aber Junior sah noch immer genauso stark aus wie vor all den Jahren, als er mich aufs Kreuz gelegt hatte.

Junior hatte eine Zigarette zwischen den Lippen. Er rauchte die billigste, stinkendste Marke, die in Mexiko überhaupt hergestellt wurde – Zapatas. Ich nehme an, er hatte zu Ende geraucht, weil er sie auf den Boden fallen ließ. Sie lag einfach da auf dem Eichenfußboden, glomm vor sich hin und brannte einen schwarzen Fleck ins Holz. Im Boden rings um Juniors Stuhl waren Dutzende von Brandflecken. Er war ein ekelhafter Bursche, der sich einen Dreck um irgendwas scherte.

«Hab dich in letzter Zeit kaum hier gesehn, Ease. Wo hasten gesteckt?»

«Malochen, malochen, für Champion Tag und Nacht, und dann hammse mich entlassen.»

«Hammse dir nen Tritt verpaßt?» Der Anflug eines Lächelns lag auf seinen Lippen.

«Voll innen Arsch.»

«Scheiße. Tut mir leid, das zu hörn. Machen die etwa dicht?»

«Nee, Mann. Es paßt dem Boss bloß nich, wenn du bloß deine Arbeit machst. Der braucht auch noch nen fetten Schmatz aufen Hintern.»

«Verstehe.»

«Jetzt diesen Montach war ich mitter Schicht fertig, und ich war so müde, daß ich kaum noch grade gehen konnte...»

«M-hm», pflichtete Junior bei, um mich bei der Stange zu halten.

«...und der Boss kommt an und sacht, er braucht mich noch ne Stunde länger. Na ja, ich hab ihm gesacht, es tät mir leid, aber ich hätt ne Verabredung. Die hab ich auch gehabt, und zwar mit meinem Bett.»

Daran hatte Junior seinen Spaß.

«Und der besitzt doch tatsächlich die Frechheit, mir zu sahng, meine Leute müßten endlich lernen, dasse n bißchen mehr tun müssen, wenn wir vorankommen wollen.»

«Das hatter gesacht.»

«Ja.» Ich spürte, wie meine brennende Wut zurückkehrte.

«Und was is das für einer?»

«Italiener, ich glaub, seine Eltern waren die ersten, die rübergemacht hamm.»

«Mensch! Und was haste gesacht?»

«Ich hab ihm gesacht, meine Leute hätten schon n bißchen mehr getan, wie Italien noch nich ma n richtiges Land war. Weil weißte, Italien gibt's nämlich noch gar nich ma so lang.»

«Ja», sagte Junior. Aber ich konnte sehen, daß er keine Ahnung hatte, wovon ich redete. «Und was ist dann passiert?»

«Er meinte bloß, ich soll nach Haus gehen und mir nicht die Mühe machen, noch mal wiederzukomm. Er meinte, er bräuchte Leute, die arbeiten wolln. Also bin ich gegang.»

«Mann!» Junior schüttelte den Kopf. «Dir passiert das aber auch jedesmal.»

«So isses. Willste n Bier, Junior?»

«Ja.» Er runzelte die Stirn. «Kannste dir das denn leisten, ohne Arbeit un so?»

«Paar Biers kann ich mir jederzeit leisten.»

«Na dann, ich kannse jederzeit trinken.»

Ich ging rüber an die Bar und bestellte zwei Helle. Es sah aus, als ob halb Houston da wäre. An den meisten Tischen saßen fünf oder sechs Leute. Sie quatschten, knutschten und lachten. Johns Laden tat gut nach einem harten Arbeitstag. Er war zwar nicht ganz legal, aber andererseits auch nicht direkt gegen das Gesetz. Große Namen der schwarzen Musik kamen dorthin, weil sie John noch aus alten Zeiten kannten, als er ihnen Arbeit gegeben und mit dem Lohn nicht geknausert hatte. Es waren so über zweihundert Leute, die regelmäßig zu John kamen und sich alle kannten. Deshalb war der Laden bestens geeignet, Geschäfte zu machen oder sich zu amüsieren.

Alphonso Jenkins war da mit seinem schwarzen Seidenhemd und seiner dreißig Zentimeter hohen Pompadour-Frisur. Jockamo Johanas war auch da. Er trug einen braunen Wollanzug und knallblaue Schuhe. Skinny Rita Cook war da mit fünf Männern, die um ihren Tisch herumlungerten. Ich hab nie begriffen, wie eine derart häßliche, dünne Frau derart viele Männer anziehen konnte. Ich hab sie mal gefragt, und sie meinte mit ihrer hohen Wimmerstimme: «Tja, weiße, Easy, es interessiert grad ma die Hälfte von die Männers, wie n Mädel nu aussieht. Die meisten von euch farbige Männers suchen ne Frau, diese so schwer rannimmt, dasse vergessen, wie schwer's is, übern Tach zu komm.»

Ich sah, daß Frank Green an der Bar stand. Wir nannten ihn Knifehand, weil er so schnell ein Messer ziehen konnte, daß es schien, als hätte er immer eins in der Hand. Ich hielt mich von ihm fern, er war ein Gangster. Er riß sich Schnapslaster und Zigarettenlieferungen in ganz Kalifornien unter den Nagel, und auch in Nevada. Er nahm alles furchtbar ernst und war bereit, jeden abzustechen, der ihm über den Weg lief.

Mir fiel auf, daß Frank ausschließlich dunkle Klamotten anhatte. In seiner Branche bedeutete das, daß er im Begriff war, an die Arbeit zu gehen – ein Raubüberfall oder Schlimmeres.

Im Raum herrschte ein solches Gedränge, daß kaum Platz zum Tanzen blieb, trotzdem rackerten sich drüben zwischen den Tischen ein gutes Dutzend Paare ab.

Ich nahm die beiden Krüge mit zurück zum Eingang und reichte Junior sein Bier. Eine der wenigen Möglichkeiten, die ich kenne, einen miesgelaunten Feldarbeiter glücklich zu machen, besteht darin, ihm ein bißchen Bier einzuflößen und ihn ein paar großspurige Geschichten erzählen zu lassen. Also lehnte ich mich zurück und schlürfte mein Bier, während Junior mir erzählte, was bei John in der letzten Woche so passiert war. Er erzählte mir noch einmal die Geschichte von Howard Green. Als er sie erzählte, fügte er hinzu, daß Green ein paar illegale Sachen für seine Auftraggeber erledigt hatte und, wie Junior dachte: «Diese Weißen hammen erledicht.»

Junior dachte sich gern die wildesten Geschichten aus, das wußte ich, aber für meinen Geschmack kamen darin schlicht zu viele Weiße vor.

«Für wen hat er denn gearbeitet?» fragte ich.

«Kennste den Knaben, der wo bein Bürgermeisterwahlen nen Rückzieher gemacht hat?»

«Matthew Teran?»

Teran hatte gute Chancen, die Bürgermeisterwahlen in L.A. zu gewinnen, aber er hatte seinen Namen ein paar Wochen zuvor einfach zurückgezogen. Niemand wußte, weshalb.

«Ja, genau der. Weißte, diese ganzen Politiker sind doch bloß n Haufen von Banditen. Also, ich weiß noch, wie sie Huey Long zum erstenmal gewählt hamm, unten in Louisiana –»

«Wie lang is Lips denn noch hier?» fragte ich, um ihn zum Schweigen zu bringen.

«Ne Woche oder so.» Junior war es egal, worüber er redete. «Da kommen ne Menge Erinnerungen hoch, was. Scheiße, die hamm gespielt an dem Abend, wie Mouse mich von dein Arsch runtergerissen hat.»

«So isses», sagte ich. Ich spüre noch immer Juniors Fuß in meiner Niere, wenn ich eine falsche Bewegung mache.

«Ich hätt mich bei ihm bedanken solln dafür. Weißte, ich war dermaßen besoffen und dermaßen sauer, ich hätt dich glatt erledicht, Easy. Und dann wär ich heut noch n Kettensträfling.»

Das war sein erstes richtiges Lächeln, seitdem ich bei ihm saß. Junior fehlten zwei Zähne oben und einer unten.

«Was is einklich aus Mouse geworden?» fragte er, beinahe wehmütig.

«Keine Ahnung. Heut hab ich zum erstenmal seit Jahren wieder an ihn gedacht.»

«Isser immer noch da unten in Houston?»

«Soweit ich weiß. Is mit EttaMae verheiratet.»

«Was hatter gemacht, wie du n letztesmal gesehn hast?»

«Das is so lang her, weiß ich gar nich mehr», log ich.

Junior grinste. «Ich weiß noch, wie er Joe T. kaltgemacht hat, den Zuhälter, den kennste doch? Also, Joe hat aus allen Löchern geblutet, und Mouse hatte so n hellblauen Anzug an. Nich ein einziger Fleck! Weißte, deswehng hamm die Bullen Mouse auch nich

47

eingebuchtet, die sind gar nich erst auf die Idee gekomm, daß er's gewesen sein könnte, weil er nämlich
so sauber war.»

Ich dachte zurück an das letzte Mal, als ich Raymond Alexander gesehen hatte, und daran war weiß
Gott nichts Komisches.

Ich hatte Mouse seit vier Jahren nicht gesehen, als wir
uns eines Abends vor Myrtle's Saloon im Fifth Ward
von Houston über den Weg liefen. Er trug einen
pflaumenblauen Anzug und eine braune Filzmelone.
Ich trug noch immer Armeegrün.

«Wasläuftenso, Easy?» fragte er und blickte zu mir
hoch. Mouse war ein kleiner Kerl mit Rattengesicht.

«Nich viel», antwortete ich. «Du siehst aus, wie
wenn's bei dir auch nich viel besser wär.»

Mouse zeigte mir seine goldgefaßten Zähne. «Is gar
nich so übel. Ich hab dafür gesorgt, dasses auf der
Straße jetz friedlich is.»

Wir tauschten ein Lächeln aus und klopften uns
gegenseitig auf den Rücken. Mouse spendierte mir bei
Myrtle einen Drink, und ich spendierte ihm den nächsten. So ging es weiter hin und her, bis Myrtle uns
einschloß und ins Bett raufging. Sie sagte: «Tut das
Geld für eure Drinks unterm Tresen. Tür geht beim
Rausgehn von selbs zu.»

«Weiße noch, der Scheiß mit mein Stiefvatter,
Ease?» fragte Mouse, als wir allein waren.

«Ja», sagte ich leise. Es war früh am Morgen, und
die Bar war leer, und trotzdem sah ich mich im Raum

um; über Mord sollte man nie laut sprechen, aber das wußte Mouse nicht. Er hatte seinen Stiefvater fünf Jahre zuvor umgebracht und die Sache einem anderen angehängt. Aber wenn die Polente je die wahren Umstände rauskriegte, hätte er binnen einer Woche gebaumelt.

«Navrochet, sein richtiger Sohn, is letztes Jahr hier aufgekreuzt un hat nach mir gesucht. Er wollte nich glaum, daß Clifton's getan hat, obwohl die Polente gesacht hat, daß er's gewesen is.» Mouse schenkte sich einen Drink ein und kippte ihn runter. Dann schenkte er sich noch einen ein. «Haste weiße Weiber gevögelt innen Krieg?» fragte er.

«Da gibt's bloß weiße Mädels. Was hast du denn gedacht?»

Mouse grinste, lehnte sich zurück und massierte sich den Schritt. «Scheiße!» sagte er. «Da läßt man sich doch mit Freuden n Arsch für vollballern, hä?» Und er schlug mir aufs Knie wie damals, vor dem Krieg, als wir Partner waren.

Wir tranken eine Stunde weiter, bevor er auf Navrochet zurückkam. Mouse sagte: «Der Typ kommt hierhin, hier innen Saloon, und kommt auf mich zu mit seine hohe Stiefel. Ich muß senkrecht hochkucken, damit ich den Knahm überhaupt sehn kann. Hatten hübschen Anzuch an zu die Stiefel, also mach ich schomma n Hosenstall auf, wie er reinkommt. Er sacht, er will mit mir reden. Er sacht, gehn wir nach draußen. Und ich geh mit. Ich bin vielleicht n Trottel, aber ich geh mit. Und in den Moment, wie ich rauskomm und mich umdreh, hält er mir ne Pistole vor die Schnauze. Kannste dir das vorstelln? Ich tu also, wie wenn ich Schiß hätt. Dann will der olle Navro wissen, wo er dich finden tut...»

«Mich!» sagte ich.

«Ja, Easy! Der hatte gehört gehabt, du wärst bei mich gewesen, deswehng will er dich auch umlehng. Also ich rein und raus mitte Wampe, und weiße, ich hatte schon einiges an Bier intus. Ich tu so, wie wenn ich Schiß hätt, daß Navro denkt, er is so n übler Bursche, daß ich n Tatterich krich... Dann zieh ich mein Peter raus und drehen Hahn auf. Hähä. Piß ihm seine ganze Stiefel voll. Und er macht nen Satz, so n guten Meter, würd ich sagen.» Das Grinsen verschwand von seinen Lippen, und er sagte: «Ich hab ihm vier Kugeln verpaßt, noch bevor er zur Landung angesetzt is. Genausoviel Blei, wie ich sein verschissenen Wichser von Stiefvater mit vollgepumpt hab.»

Ich hatte viele sterben sehen im Krieg, aber Navrochets Tod schien wirklicher und schrecklicher; er war so sinnlos. Drüben im Fifth Ward von Houston, Texas, brachten sich die Leute schon wegen einer Zehn-Cent-Wette oder einem vorlauten Wort gegenseitig um. Und immer brachten die Bösen die Guten oder die Dummen um. Wenn in der Bar jemand hätte sterben sollen, dann Mouse. Wenn es so etwas wie Gerechtigkeit gab, hätte er derjenige sein müssen.

«Hat mich allerdings anner Brust erwischt, Ease»,

sagte Mouse, als könnte er meine Gedanken lesen. «Ich liech da so anner Wand mit ohne Gefühl in Arme und Beine. Alles war irnkswie verschwomm, und ich hör so ne Stimme und seh so ne weiße Visage über mir.» Er klang fast wie im Gebet. «Und die weiße Visage sacht zu mir, er is tot, un ob ich kein Schiß hab. Und weißte, was ich den erzählt hab?»

«Was denn?» fragte ich und beschloß noch im selben Augenblick, für immer aus Texas zu verschwinden.

«Ich hab ihm erzählt, ich hab mich mein Leben lang von morngs bis ahmds von so n Typ verdreschen lassen, und ich hab ihn zum Teufel geschickt. Ich sach: Ich hab ihm sein Sohn hinterhergeschickt, Satan steh mir bei, und ich prügel dir genauso die Scheiße außem Arsch.»

Mouse lachte leise, legte den Kopf auf den Tresen und schlief ein. Ich holte meine Brieftasche heraus, ganz leise, als hätte ich Angst, die Toten aufzuwecken, ließ zwei Scheine liegen und ging rüber ins Hotel. Ich saß im Bus nach Los Angeles, noch bevor die Sonne aufging.

Aber es scheint, als sei seitdem eine Ewigkeit vergangen. An diesem Abend war ich Grundbesitzer und arbeitete für meine Hypothek.

«Junior», sagte ich. «Sind in letzter Zeit viele weiße Mädels hier gewesen?»

«Wieso? Suchste ne Bestimmte?» Junior war von Natur aus mißtrauisch.

«Na ja ... irgendwie.»

«Du suchst irnkswie ne Bestimmte! Und wann weißte das genau?»

«Na ja, äh, ich hab von so nem Mädel gehört. Ähm... Delia oder Dahlia oder so was. Ich weiß genau, daß sie mit D anfängt. Auf jeden Fall hat sie blonde Haare und blaue Augen, und ich hab läuten hörn, sie wär kein übler Anblick.»

«Nich daß ich wüßte, Alter. Ich mein, am Wochenende kucken schon mal paar weiße Mädels vorbei, aber die sind nie allein. Und ich flieg raus hier, wenn ich der Braut von nem andern nachsteig.»

Ich hatte das Gefühl, daß Junior mich anlog. Auch wenn er die Antwort auf meine Frage wußte, hätte er sie für sich behalten. Junior haßte jeden, von dem er dachte, es ginge ihm besser als ihm selbst. Junior haßte alle.

«Tja, dann, ich nehm an, ich seh sie, wenn sie reinkommt.» Ich schaute mich um. «Da drüben neben der Bühne ist noch n Platz frei, ich glaub, ich setz mich ma da hin.»

Ich wußte, daß Junior mir nachschaute, als ich ihm den Rücken kehrte, aber das war mir egal. Er würde mir nicht helfen, und überhaupt war er mir vollkommen schnuppe.

5

Ich fand einen Platz neben meinem Freund Odell Jones.

Odell war ein ruhiger und religiöser Mensch. Sein Kopf hatte die Form und Farbe einer roten Pekannuß. Und obwohl er ein gottesfürchtiger Mensch war, fand er doch drei- bis viermal die Woche rüber zu John. Er saß da bis Mitternacht, hütete ein Fläschchen Bier und sagte kein Wort, es sei denn, es sprach ihn jemand an.

Odell sog die Atmosphäre in sich auf, damit er sie bei seiner Arbeit als Hausmeister in der Schule auf der Pleasant Street mit sich herumtragen konnte. Odell hatte nie etwas anderes an als ein altes graues Tweedjackett und abgetragene braune Wollhosen.

«He, Odell», begrüßte ich ihn.

«Easy.»

«Wie läuft's denn heute?»

«Na ja», sagte er langsam, während er darüber nachdachte. «Eigentlich läuft's ganz gut. Aber laufen tut's auf jeden Fall.»

Ich lachte und schlug Odell auf die Schulter. Er war so schmächtig, daß ihn der Schlag beinahe umgehauen hätte, doch er lächelte bloß und richtete sich wieder auf. Odell war mindestens zwanzig Jahre älter als die meisten meiner Freunde; ich glaube, er war an die Fünfzig damals. Bis zum heutigen Tag hat er zwei Ehefrauen und drei von vier Kindern überlebt.

«Wie sieht's denn aus heut, Odell?»

«Vor gut zwei Stunden», sagte er, wobei er sich am linken Ohr kratzte, «is Fat Wilma Johnson mit Toupelo reingekommen und hat getanzt wie der Teufel. Sie ist in die Luft gesprung und hat ne derart harte Landung auf die Bretter gelegt, daß der ganze Laden gewackelt hat.»

«Mit dem Tanzen hat sie's, die Wilma», sagte ich.

«Keine Ahnung, wo die ihre vielen Pfunde hernimmt, wo sie doch so viel arbeitet und so viel feiert.»

«Sie wird wohl auch viel essen.»

Das brachte Odell zum Kichern.

Ich bat ihn, mir meinen Platz freizuhalten, während ich herumging und hallo sagte.

Ich machte die Runde, schüttelte Hände und fragte die Leute, ob sie ein weißes Mädchen gesehen hätten, Delia oder Dahlia oder so ähnlich. Ich nahm nicht ihren richtigen Namen, weil ich nicht wollte, daß mich jemand mit ihr in Verbindung brachte, falls Mr. Albright sich als Falschspieler entpuppte und es Ärger gab. Doch keiner hatte sie gesehen. Ich hätte sogar Frank Green gefragt, aber der war schon verschwunden, als ich mich bis zur Bar durchgeschlagen hatte.

Als ich an meinen Tisch zurückkam, saß Odell noch immer da und lächelte.

«Hilda Redd war da», sagte er zu mir.

«Ja?»

«Lloyd hat probiert, mit ihr anzubändeln, und sie hat ihm derart eine in sein fetten Wanst verpaßt, daß es ihn fast umgehaun hat.» Odell äffte Lloyd nach, blies die Backen auf und ließ die Augen hervortreten.

Wir waren noch immer am Lachen, als ich einen so lauten Schrei hörte, daß selbst Lips von seinem Saxophon aufblickte.

«Easy!»

Odell blickte auf.

«Easy Rawlins, bist du das?»

Ein großer, stämmiger Mann kam hereinmarschiert. Ein großer, stämmiger Mann in weißem Anzug mit blauen Nadelstreifen und einem Riesending von Hut. Ein großer, stämmiger schwarzer Mann mit einem breiten weißen Grinsen, der sich durch den überfüllten Raum bewegte wie ein Wolkenbruch, im Vorbeigehen Hallos und Tachchens auf die Leute niederprasseln ließ, als er sich mühsam zu unserem Tischchen durcharbeitete.

«Easy!» lachte er. «Imma noch nich außen Fenster gesprung?»

«Bis jetz nich, Dupree.»

«Coretta kennste ja, oder?»

Ich sah sie dort hinter Dupree; er hatte sie im Schlepptau wie ein Spielzeugwägelchen.

«Hi, Easy», sagte sie mit leiser Stimme.

«He, Coretta, wie geht's?»

«Gut», sagte sie kaum hörbar. Sie sprach so leise, daß es mich wunderte, daß ich sie trotz der Musik und des Lärms überhaupt verstand. Vielleicht hörte ich sie eigentlich gar nicht, sondern nur die Art, wie sie mich ansah und lächelte, gab mir zu verstehen, was sie meinte.

Dupree und Coretta waren so verschieden, wie zwei Menschen nur sein können. Er war muskulös und vier oder fünf Zentimeter größer als ich, um die einsfünfundachtzig, und er war laut und freundlich wie ein großer Hund. Was Bücher und Zahlen anging, war Dupree ein kluger Bursche, aber er war immer pleite, weil er sein Geld für Schnaps und Frauen verplemperte, und wenn dann noch was übrig war, konnte man ihm auch das mit jeder alten Jammergeschichte noch abschwatzen.

Aber Coretta war in jeder Beziehung anders. Sie war klein und rund mit kirschbrauner Haut und großen Sommersprossen. Sie trug immer Kleider, die ihren Busen betonten. Coretta hatte dunkle Augen. Ihr Blick schweifte beinahe ziellos von links nach rechts durch den Raum, aber man hatte trotzdem das Gefühl, daß sie einen beobachtete. Sie war der Traum eines jeden eitlen Mannes.

«Du fehlst mir inner Fabrik, Ease», sagte Dupree. «Ja, is einfach nich mehr das, wasses früher ma war, wo du mich auf Trab gehalten hast. Die annern Niggers könn da einfach nich mithalten.»

«Ich nehm an, von jetzt an wirste ohne mich auskomm müssen, Dupree.»

«Nh-nh, nee. So halt ich das nich aus. Benny will dich zurückhamm, Easy. Tut ihm leid, daß er dich hat gehenlassen.»

«Hör ich zum erstenmal.»

«Du kennst doch diese Itaker, Ease, tut mir leid kommt den nich über die Lippen, weilse dann vor Scham innen Boden versinken. Aber zurückhamm will er dich trotzdem, das weiß ich genau.»

«Können wir uns zu euch setzen, Easy?» fragte Coretta freundlich.

«Sicher, sicher. Besorg ihr nen Stuhl, Dupree. Komm, setz dich hier zwischen uns, Coretta.»

Ich rief den Barkeeper, damit er uns einen Liter Bourbon und einen Kübel zerstoßenes Eis rüber-schickte.

«Er will mich also zurückhaben, hä?» fragte ich Dupree, als wir schließlich alle ein Glas hatten.

«Ja! Er hat mir heut noch gesacht, wenn du durch die Tür kommst, nimmt er dich aufer Stelle zurück.»

«Aber zuerst muß ich ihm innen Hintern krie-chen», sagte ich. Mir fiel auf, daß Corettas Glas schon leer war. «Soll ich noch mal vollmachen, Co-retta?»

«Ich nehm vielleicht noch n klitzekleinen Schluck, wenn du mir nachgießen möchtest.» Ich spürte, wie ihr Lächeln mir das Rückgrat hinunterlief.

Dupree sagte: «Laß knacken, Easy, ich hab ihm gesacht, du wärst traurig wegen dem, was passiert is, un er is bereit, es dir durchgehn zu lassen.»

«Allerdings bin ich traurig. Ein Mann ohne Lohn-tüte ist immer traurig.»

Dupree lachte derart laut, daß er den armen Odell mit seinem Gepolter beinahe umwarf. «Na siehste, da hastes!» brüllte Dupree. «Du kommst Freitach rüber, und wir besorgen dir dein Job wieder, hunnert-prozentich.»

Ich fragte auch sie nach dem Mädchen, aber es hatte keinen Zweck.

Punkt Mitternacht stand Odell auf, um zu gehen. Er sagte Dupree und mir gute Nacht, dann küßte er Coretta die Hand. Selbst unter diesem ruhigen kleinen Mann entfachte sie ein Feuer.

Dann machten Dupree und ich es uns gemütlich und erzählten Lügengeschichten über den Krieg. Coretta lachte und kippte Whiskey. Lips und sein Trio spielten weiter. Die Leute strömten die ganze Nacht rein und raus, aber für heute hatte ich Miss Daphne Monet zu den Akten gelegt. Ich dachte mir, wenn ich meinen Job in der Fabrik zurückbekam, könnte ich Mr. Albright sein Geld wiedergeben. Wie auch immer, der Whiskey machte mich träge – ich wollte bloß noch lachen.

Dupree machte schlapp, noch bevor wir mit dem zweiten Liter fertig waren; das war gegen drei Uhr morgens.

Coretta rümpfte die Nase über seinem Hinterkopf und sagte: «Früher hatter ein losgemacht, bis der Hahn gekräht hat, aber der olle Hahn krichten schon lang nich mehr so hoch wie früher.»

6

Die hammen vor de Tür gesetzt, weiler die Miete nich bezahlt hat», sagte Coretta.

Wir schleppten Dupree vom Wagen zu ihrer Tür; seine Füße zogen tiefe Furchen in den Rasen des Hausbesitzers.

Sie sprach weiter und sagte: «Eins-A-Maschin-schlosser mit fast fünf Dollar inne Stunde, aber kann noch nich ma seine Rechnungen zahln.»

Ich wurde den Gedanken nicht los, daß sie das nicht so sehr gestört hätte, wenn Dupree seinen Schnaps ein bißchen besser vertragen hätte.

«Schmeißen da drin aufs Bett, Easy», sagte sie, als wir ihn durch die Tür geschafft hatten.

Dupree war ein großer, stämmiger Bursche, und er konnte von Glück sagen, daß ich ihn überhaupt aufs Bett gepackt bekam. Als ich sein volles Gewicht unter Zerren und Stoßen endlich in die richtige Position gebracht hatte, war ich völlig erschöpft. Ich taumelte aus Corettas winzigem Schlafzimmer in ihr noch kleineres Wohnzimmer.

Sie goß mir einen kleinen Schlaftrunk ein, und wir setzten uns auf ihr Sofa. Wir saßen eng nebeneinander, ihr Zimmer war nämlich nicht viel größer als eine Besenkammer. Und wenn ich etwas halbwegs Lustiges von mir gab, lachte und wippte sie, bis sie sich schließlich bückte, um für einen Augenblick mein Knie zu umklammern, und dann blickte sie auf und strahlte mich mit ihren haselnußbraunen Augen an. Wir sprachen leise, und Duprees heftiges Geschnarche übertönte gut die Hälfte von dem, was wir sagten. Immer, wenn Coretta etwas zu sagen hatte, flüsterte sie es mir vertraulich zu und rutschte ein bißchen näher an mich heran.

Als wir uns so nahe waren, daß wir immer wieder denselben Atem austauschten, sagte ich: «Ich geh man lieber, Coretta. Wenn's schon hell is, und ich schleich auf Zehnspitzen zur Tür raus, kamman nie wissen, was deine Nachbarn dazu sahng.»

«Hmmm! Erst pennt Dupree mir einfach weg, un dann drehs du dich um und marschiers zur Tür raus, wie wenn ich Hundefutter wär.»

«Du hasten andern Mann gleich nebenan, Baby. Was is, wenner was hört?»

«Wie der schnarcht?» Sie glitt mit der Hand in ihre Bluse und hob ihr Mieder, um ihre Brüste zu lüften.

Ich stand schwankend auf und machte die zwei Schritte bis zur Tür.

«Wird dir noch leid tun, wenn du abhaust, Easy.»

«Wird mir noch viel mehr leid tun, wenn ich hierbleib», sagte ich.

Darauf sagte sie nichts. Sie machte es sich bloß auf dem Sofa bequem und fächelte sich den Busen.

«Ich muß gehn», sagte ich. Ich machte sogar die Tür auf.

«Daphne pennt um diese Zeit», sagte Coretta lächelnd und ließ einen Knopf aufspringen. «An die kommste jetzt eh nich ran.»

«Wie sachste zu der?»

«Daphne. Stimmt doch, oder? Du hast Delia gesacht, aber das is nich ihr richtiger Name. Wir sind uns ziemlich nahgekomm letzte Woche, wie ihr Makker mit mein Macker innen Playroom gewesen is.»

«Dupree?»

«Nee, Easy, n andrer. Du weißt doch, daß ich nie nur ein Freund hab.»

Coretta stand auf und lief mir direkt in die Arme. Ich roch den Duft von kühlem Jasmin, der durch die Fliegentür hereinkam, und den von heißem Jasmin, der von ihrer Brust aufstieg.

Ich war zwar alt genug gewesen, um im Krieg Menschen zu töten, aber ich war beileibe noch kein Mann. Zumindest war ich kein Mann in dem Sinne, wie Coretta eine Frau war. Wir lagen auf der Couch; sie saß rittlings auf mir und flüsterte: «Mmmh, ja, Daddy, du hast den Bogen raus! Mmmh, ja, ja!» Ich mußte mich schwer zusammennehmen, damit ich nicht laut losbrüllte. Dann sprang sie von mir herunter und sagte mit schüchterner Stimme: «Ooooh, das is einfach *zu* gut, Easy.» Ich versuchte, sie wieder auf mich zu ziehen, aber Coretta tat nie etwas, das sie nicht auch tun wollte. Sie schlängelte sich hinunter auf den Boden und sagte: «Soviel kann ich einfach nich verkraften, Daddy, nich unter den Umständen.»

«Was für Umstände?» jammerte ich.

«Du weißt schon.» Sie drehte den Kopf. «Dupree.»

«Denk nich an den! Jetzt bin ich grad ma richtich in Fahrt, Coretta.»

«Das is einfach nich richtich, Easy. Ich treib's mit dir direkt nebenan, und du hast nix anneres im Kopp, wie hinter meiner Freundin Daphne herschnüffeln.»

«Ich bin nich hinter ihr her, Schätzchen. Is doch bloß n Job, das is alles.»

«Was für n Job?»

«So n Typ will, daß ich sie finde.»

«Was für n Typ?»

«Wen interessierten das? Die einzige, hinter der ich herschnüffle, bist du.»

«Aber Daphne is meine Freundin...»

«Bloß irgend n Freund von ihr, Coretta, das is alles.»

Als meine Erregung nachließ, spannte sie meinen Bogen und ließ mich noch ein paar Zielübungen machen. So ließ sie mich reden, bis es hell wurde. Sie erzählte mir *tatsächlich*, wer Daphnes Freund war; ich hörte es nicht gern, aber es war besser, daß ich es wußte.

Als Dupree anfing zu husten, wie jemand, der jeden Moment aufwacht, zwängte ich mich hastig in meine Hose und wollte gehen. Coretta legte mir die Arme um die Brust und seufzte: «Wie wär's denn mit zehn Scheinchen für die olle Coretta, wennde das Mädel finnst, Easy? Den Tip haste schließlich von *mir*.»

«Klar, Baby», sagte ich. «Sobald ich welche hab.»

Als sie mich zum Abschied küßte, wußte ich, daß die Nacht vorbei war: Ihr Kuß hätte wohl kaum einen Toten aufgeweckt.

7

Als ich endlich zu Hause in der 116th Street angekommen war, hatte wieder ein schöner kalifornischer Tag begonnen. Große weiße Wolken segelten nach Osten auf die Gebirgskette von San Bernardino zu. Auf den Gipfeln lag noch ein bißchen Schnee, und der Geruch von brennendem Müll hing in der Luft.

Meine Schlafcouch war noch so, wie ich sie gestern Morgen zurückgelassen hatte. Die Zeitung, die ich gestern morgen gelesen hatte, lag noch immer ordentlich zusammengefaltet auf meinem Polstersessel. Das Frühstücksgeschirr stand im Ausguß.

Ich öffnete die Jalousien und hob den Stapel Post auf, den der Briefträger durch den Schlitz in der Tür geworfen hatte. Seitdem ich ein eigenes Haus besaß, bekam ich jeden Tag Post – und das fand ich toll. Ich fand sogar die Reklame toll.

Ich hatte einen Brief, der mir eine kostenlose Versicherung für ein ganzes Jahr versprach, und einen, der mir gute Chancen einräumte, tausend Dollar zu gewinnen. Ich hatte einen Kettenbrief, der mir den Tod prophezeite, falls ich nicht sechs wortgetreue Kopien an andere Leute schickte, die ich kannte, und zwei Zehn-Cent-Stücke aus Silber an ein Postfach in Illinois. Ich vermutete, es handelte sich um eine Bande von Weißen, die aus dem Aberglauben der Südstaaten-Neger Profit schlagen wollte. Ich warf den Brief einfach weg.

Aber im großen und ganzen war es eigentlich ganz nett, im Licht der Morgensonne zu sitzen, das durch die Jalousien fiel, und meine Post zu lesen.

Die elektrische Kaffeemaschine in der Küche machte laute Geräusche, und draußen zwitscherten die Vögel.

Ich drehte ein großes rotes Paket voller Bestellcoupons um und entdeckte darunter einen winzigen blauen Umschlag. Er roch nach Parfüm und war mit schnörkeligen Buchstaben beschriftet, die nur von einer Frau stammen konnten. Er war in Houston abgestempelt, und über der Adresse stand der Name «Mr. Ezekiel Rawlins». Das brachte mich dazu, ins Licht am Küchenfenster zu gehen.

Es kam schließlich nicht jeden Tag vor, daß ich einen Brief von zu Hause bekam, und noch dazu von irgend jemandem, der meinen ganzen Namen kannte.

Ich sah einen Augenblick aus dem Fenster, bevor ich den Brief las. Ein Eichelhäher blickte vom Zaun hinunter auf den bösartigen Hund im Garten nebenan. Der Köter knurrte und sprang den Vogel an. Jedesmal, wenn er seinen Körper gegen den Drahtzaun warf, schreckte der Vogel auf, als wollte er losfliegen, tat es aber dann doch nicht. Er starrte bloß weiter hinunter in diesen tödlichen Schlund, völlig hypnotisiert von dem Schauspiel, das sich ihm dort bot.

Hallo, Easy!

Ist ja Ewigkeiten her, Bruder. Deine Adresse hab ich von Sophie. Die ist wieder hier unten in Houston, weil sie hat gesagt, da oben in Hollywood ist es ihr einfach zuviel. Mensch, stell Dir vor, ich hab sie gefragt, was zuviel heißen soll, und sie sagt bloß: «Zuviel!» Und jedesmal, wenn ich das hör, werd ich irgendwie ganz kribbelig, weißt Du, wie wenn zuviel genau das Richtige wär für mich.

Hier ist immer noch alles beim alten. Sie haben die Claxton Street Lodge abgerissen. Du hättest mal die Ratten da drunter sehen sollen!

Etta ist in Ordnung, aber sie hat mich rausgeschmissen. Ich komm eines Abends von Lucinda, so besoffen, daß ich mich nicht mal mehr gewaschen hab. Das tut mir echt leid. Weißt Du, man muß Achtung haben vor seiner Frau, und eine Dusche ist ja schließlich nicht zuviel verlangt. Aber ich glaub, irgendwann nimmt sie mich schon wieder.

Du müßtest mal unsern Jungen sehen, Easy. LaMarque ist wunderhübsch. Du solltest mal sehen, wie groß er schon ist! Etta meint, er kann von Glück sagen, daß er nicht so rattig aussieht wie ich. Aber weißt Du, ich glaub, ich seh doch so ein gewisses Zwinkern in seinen Augen. Jedenfalls hat er große Füße und ein großes Maul, deshalb weiß ich, daß mit ihm alles stimmt.

Ich hab mir überlegt, daß wir uns vielleicht schon zu lang nicht mehr gesehen haben. Ich hab mir überlegt, vielleicht jetzt, wo ich wieder Junggeselle bin, daß ich Dich vielleicht mal besuchen komm, und wir machen die Stadt unsicher.

Wieso schreibst Du mir nicht mal und sagst mir, wann's Dir am besten paßt. Du kannst den Brief an Etta schicken, die sorgt dann schon dafür, daß ich ihn krieg.

Auf bald

P. S.

Ich hab Lucinda den Brief für mich schreiben lassen, und ich hab ihr gesagt, wenn sie nicht jedes Wort so hinschreibt, wie ich's ihr sage, dann prügel ich ihren Hintern die Avenue B runter, also laß Dich nicht unterkriegen, in Ordnung?

Schon nach den ersten Worten ging ich zum Kleiderschrank. Ich habe keine Ahnung, was ich da wollte, vielleicht meine Koffer packen und aus der Stadt verschwinden. Vielleicht wollte ich mich im Schrank auch bloß verstecken, ich habe keine Ahnung.

Als junge Burschen, in Texas, waren wir die besten Freunde. Auf der Straße kämpften wir Seite an Seite, und wir teilten uns dieselben Frauen, ohne daß es dabei je zu Streitigkeiten gekommen wäre. Was war schon eine Frau im Vergleich zur Liebe zweier Freunde? Aber als es dann soweit war, daß Mouse EttaMae Harris heiratete, wurde langsam alles anders.

Eines Abends kam er noch spät zu mir und ließ sich

von mir mit einem gestohlenen Wagen in ein Bauern-kaff kutschieren, das sich Pariah nannte. Er meinte, er wollte seinen Stiefvater um das Erbe bitten, das seine Mutter ihm versprochen hatte, bevor sie gestor-ben war.

Als wir das Kaff wieder verließen, waren Mouse' Stiefvater und ein junger Mann namens Clifton er-schossen worden. Als ich Mouse nach Houston zu-rückfuhr, hatte er über tausend Dollar in der Tasche.

Ich hatte nichts zu tun mit dieser Schießerei. Aber auf der Rückfahrt erzählte mir Mouse, was er getan hatte. Er erzählte mir, daß er und Clifton Daddy-Reese ausgeraubt hätten, weil der Alte nicht auf Mouse' Forderungen eingehen wollte. Er erzählte mir, daß Reese zur Kanone gegriffen und Clifton umgelegt hätte, und daraufhin hatte Mouse Reese kaltgemacht. Das alles sagte er mir völlig arglos, während er dreihundert Dollar für mich abzählte, Blutgeld.

Mouse kannte keine Gewissensbisse, egal, was er getan hatte. So war er nun mal. Er legte kein Geständ-nis ab, er erzählte mir seine Geschichte. Er hatte sein Leben lang nichts getan, was er nicht wenigstens einem Menschen erzählt hätte. Und einmal meinte er zu mir, er hätte mir die dreihundert Dollar bloß gege-ben, damit er sicher sein konnte, daß ich das, was er getan hatte, für richtig hielt.

Das Geld zu nehmen war das Schlimmste, was ich je getan habe. Aber mein bester Freund hätte mir eine Kugel in den Kopf gejagt, wenn er auch nur auf den

Gedanken gekommen wäre, daß ich an ihm zweifelte. Er hätte mich als Feind betrachtet, hätte mich kaltgemacht wegen meines mangelnden Vertrauens.

Ich bin weggelaufen, vor Mouse und aus Texas, bin zur Armee gegangen und später dann nach L.A. Ich haßte mich. Ich wurde Soldat, um mir zu beweisen, daß ich ein Mann war. Bevor wir am D-Day in der Normandie landeten, hatte ich zwar Angst, aber ich kämpfte. Ich kämpfte trotz der Angst. Als ich das erste Mal Mann gegen Mann gegen einen Deutschen kämpfte, schrie ich die ganze Zeit um Hilfe, während ich ihn erledigte. Seine toten Augen starrten mich volle fünf Minuten an, bevor ich seinen Hals losließ.

Es hat in meinem Leben nur eine kurze Zeit gegeben, in der ich völlig frei war von Angst: als ich mit Mouse durch die Gegend zog. Er war so selbstsicher, daß für Angst gar kein Platz blieb. Mouse war nicht einmal einsfünfundsechzig, aber er wäre jederzeit auf einen Mann von Duprees Größe losgegangen, und er wäre mit heiler Haut davongekommen. Er konnte einem Mann ein Messer in den Bauch rammen und zehn Minuten später einen Teller Spaghetti verschlingen.

Weder wollte ich Mouse schreiben, noch wollte ich die Sache auf sich beruhen lassen. Für mich besaß Mouse eine solche Macht, daß ich das Gefühl hatte, ich müßte tun, was immer er wollte. Doch ich hatte Träume, in denen ich nicht mehr auf der Straße herumrannte; ich war ein begüterter Mann, und ich wollte meine wilde Zeit endgültig hinter mir lassen.

Ich fuhr rüber zum Schnapsladen und kaufte mir eine Flasche Wodka und vier Flaschen Grapefruit-Soda. Ich pflanzte mich am Fenster zur Straße in einen Sessel und schaute zu, wie der Tag vorbeiging.

Es ist etwas ganz anderes, in Los Angeles aus dem Fenster zu schauen, als in Houston. Wo man in einer Großstadt im Süden auch wohnt (selbst in einem solch wilden und gewalttätigen Viertel wie dem Fifth Ward von Houston), man sieht fast jeden, den man kennt, wenn man bloß aus dem Fenster schaut. Jeder Tag ist eine einzige Parade von Verwandten und alten Freunden und ehemaligen Geliebten, die vielleicht eines Tages wieder zu Geliebten werden.

Deswegen ist Sophie Anderson auch nach Hause zurückgegangen, nehme ich an. Sie mochte das gemächlichere Leben im Süden. Wenn sie aus dem Fenster schaute, wollte sie ihre Freunde und ihre Familie sehen. Und wenn sie jemandem etwas zurief, wollte sie sicher sein, daß derjenige dann auch Zeit hatte, ein Weilchen stehenzubleiben und ein Schwätzchen zu halten.

Sophie war eine echte Südstaatlerin, und zwar so sehr, daß sie den Arbeitsalltag von Los Angeles nicht einen Tag lang ertragen hätte.

Denn in L.A. haben die Leute keine Zeit stehenzubleiben; wohin sie auch müssen, sie fahren mit dem Auto. Selbst der Ärmste der Armen hat in Los Angeles ein Auto; er hat vielleicht kein Dach über dem Kopf, aber ein Auto, das hat er. Und er weiß auch genau, wo er hinwill.

In Houston und Galveston und unten in Louisiana war das Leben ein wenig zielloser. Die Leute hatten zwar ihre kleinen Jobs, aber egal, was sie machten, ein Haufen Geld war damit nicht zu verdienen. Doch in Los Angeles konnte man hundert Dollar die Woche kriegen, wenn man nur richtig zupackte. Die Aussicht, reich zu werden, brachte die Leute dazu, wochentags zwei Jobs zu erledigen und am Wochenende nebenbei noch ein bißchen zu klempnern. Niemand hat Zeit, auf der Straße spazierenzugehen oder ein Barbecue zu veranstalten, wenn einem jemand einen Haufen Geld dafür bezahlt, daß man Kühlschränke schleppt.

Also schaute ich an diesem Tag auf leere Straßen. Von Zeit zu Zeit sah ich ein paar Kinder auf Fahrrädern oder eine Gruppe junger Mädchen auf dem Weg in den Laden, um sich Süßigkeiten und Brause zu besorgen. Ich schlürfte Wodka, hielt dann und wann ein Nickerchen und las immer wieder den Brief von Mouse, bis mir klarwurde, daß ich nichts machen konnte. Ich beschloß, den Brief nicht weiter zu beachten, und, falls er mich jemals danach fragte, einfach den Dummen zu spielen und so zu tun, als wäre er nie angekommen.

Als die Sonne unterging, hatte ich meine Ruhe wiedergefunden. Ich hatte einen Namen, eine Adresse, hundert Dollar, und am nächsten Tag würde ich zusehen, daß ich meinen alten Job wiederbekam. Ich hatte ein Haus und eine leere Flasche Wodka, die mir gutgetan hatte.

Der Poststempel war zwei Wochen alt. Wenn ich sehr viel Glück hatte, war Mouse schon wieder bei Etta.

Als das Telefon mich weckte, war es stockdunkel draußen.

«Hallo?»

«Mr. Rawlins, ich habe auf Ihren Anruf gewartet.»

Das haute mich um. Ich sagte: «Was?»

«Ich hoffe, Sie haben gute Neuigkeiten für mich.»

«Mr. Albright, sind Sie das?»

«Allerdings, Easy. Wie steht's?»

Es dauerte noch einen Augenblick, bis ich mich völlig im Griff hatte. Ich hatte mir überlegt, ich würde ihn in ein paar Tagen anrufen, damit es so aussah, als hätte ich was getan für sein Geld.

«Ich hab alles, was Sie wollen», sagte ich, trotz meiner Überlegungen. «Sie ist bei –»

«Immer mit der Ruhe, Easy. Ich sehe einem Mann ganz gern ins Gesicht, wenn ich mit ihm Geschäfte mache. Man macht Geschäfte nicht am Telefon. Ich kann Ihnen Ihre Prämie sowieso nicht am Telefon geben.»

«Ich könnte morgen früh in Ihr Büro rüberkommen.»

«Warum treffen wir uns nicht jetzt gleich? Wissen Sie, wo das Karussell ist, unten am Santa-Monica-Pier?»

«Na ja, schon, aber...»

«Das liegt ungefähr auf halber Strecke. Wieso treffen wir uns nicht da?»

«Wie spät ist es denn?»

«So gegen neun. Die machen in einer Stunde dicht, dann sind wir allein.»

«Ich weiß nicht... Ich bin grad erst aufgestanden...»

«Sie kriegen Ihr *Geld*.»

«Na gut. Ich komm, so schnell es geht.»

Ich hörte nur noch ein Klicken, als er auflegte.

8

Damals war zwischen Los Angeles und Santa Monica noch ein breiter Streifen Ackerland. Links und rechts der Straße bauten die japanischen Farmer Artischokken, Salat und Erdbeeren an. An diesem Abend lagen die Felder dunkel im schwachen Mondlicht, und die Luft war frisch, aber nicht kalt.

Ich war nicht gerade froh darüber, mich mit Mr. Albright zu treffen, weil ich es nicht gewohnt war, in weiße Gemeinden wie Santa Monica zu fahren, um Geschäfte abzuwickeln. Champion Aircraft, die Fabrik, in der ich arbeitete, war zwar in Santa Monica, aber ich fuhr tagsüber dorthin, machte meine Arbeit und ging dann wieder nach Hause. Ich lungerte nie herum, es sei denn mit meinen eigenen Leuten, in meinem eigenen Viertel.

Doch der Gedanke, daß ich ihm die Informationen geben würde, die er haben wollte, und daß ich genug Geld für die nächste Hypothekenrate bekäme, stimmte mich froh. Ich träumte von dem Tag, an dem ich mir noch mehr Häuser kaufen könnte, vielleicht sogar ein Doppelhaus. Ich wollte schon immer soviel Land besitzen, daß es sich allein durch die Miete finanzierte.

Als ich ankam, wurden das Karussell und die Spielhalle gerade dichtgemacht. Kleine Kinder gingen mit ihren Eltern nach Hause, und ein paar junge Leute rauften miteinander, rauchten und markierten den starken Mann, wie junge Leute es so an sich haben.

Ich ging quer über den Pier zum Geländer, von wo aus man den Strand überblicken konnte. Ich dachte mir, dort würde Mr. Albright mich genausogut finden wie woanders, und ich wäre weit genug weg von den weißen Halbstarken, um jegliche Unannehmlichkeiten zu vermeiden.

Aber da hatte ich wohl die falsche Woche erwischt, wenn ich Ärger vermeiden wollte.

Ein pummeliges Mädchen in einem engen Rock setzte sich von ihren Freunden ab. Sie war jünger als die anderen, vielleicht siebzehn, und es sah ganz danach aus, als sei sie das einzige Mädchen ohne Begleiter. Als sie mich sah, lächelte sie und sagte: «Hi.» Ich grüßte zurück und wandte mich ab, um über die schwach erleuchtete Küstenlinie im Norden von Santa Monica hinauszublicken. Ich hoffte, sie würde verschwinden und Albright würde auftauchen, und ich könnte noch vor Mitternacht wieder zu Hause sein.

«Ist schön hier draußen, hä?» Sie stand hinter mir.

«Ja. Ist ganz nett.»

«Ich komm aus Des Moines in Iowa. So was wie das Meer gibt's da nicht. Sind Sie aus L. A.?»

«Nein. Texas.» Die Haut an meinem Hinterkopf kribbelte.

«Gibt's in Texas ein Meer?»

«Den Golf, da gibt's den Golf.»

«Dann sind Sie das ja gewöhnt.» Sie stützte sich neben mir aufs Geländer. «Es haut mich trotzdem jedesmal wieder um. Ich heiß Barbara. Barbara Moskowitz. Das ist ein jüdischer Name.»

«Ezekiel Rawlins», flüsterte ich. Ich hatte nicht die Absicht, ihr meinen Spitznamen zu verraten. Als ich einen Blick über die Schulter warf, sah ich, daß sich ein paar von den jungen Männern umschauten, als hätten sie jemanden verloren.

«Ich glaube, da vermißt Sie jemand», sagte ich.

«Was soll's?» antwortete sie. «Meine Schwester hat mich eh nur mitgeschleppt, weil meine Eltern sie dazu gezwungen haben. Sie will ja doch nur mit Herman rummachen und rauchen.»

«Es ist trotzdem gefährlich für ein Mädchen, so ganz allein. Ihre Eltern haben schon recht, daß sie jemand dabei haben wollen.»

«Wollen Sie mir was tun?» Sie starrte mich gespannt an. Ich weiß noch, daß ich überlegte, welche Farbe ihre Augen hatten, bevor ich das Geschrei hörte.

«He, du da! Niggerbürschchen! Was issen hier los?»

Es war ein verpickeltes Jüngelchen. Er konnte nicht älter sein als zwanzig und nicht größer als einsfünfundsechzig, aber er kam auf mich zu wie ein ausgewachsener Soldat. Er hatte keine Angst; ein regelrechter Trottel von einem Halbstarken.

«Was wollen Sie», fragte ich so höflich, wie ich nur konnte.

«Du weißt schon, was ich will», sagte er, als er in Reichweite kam.

«Laß ihn in Ruhe, Herman!» schrie Barbara. «Wir haben uns bloß unterhalten!»

«Ach nee, hä?» sagte er zu mir. «Müssen wir uns das bieten lassen, daß du dich mit unsern Frauen unterhältst?»

Ich hätte ihm das Genick brechen können. Ich hätte ihm die Augen ausdrücken oder ihm alle Finger brechen können. Aber statt dessen hielt ich den Atem an.

Fünf von seinen Freunden steuerten auf uns zu. Während sie näherkamen, bis jetzt noch nicht in Stellung oder Formation, hätte ich auch sie allesamt erledigen können. Was hatten die schon für eine Ahnung von Gewalt? Ich hätte ihnen einem nach dem anderen die Luftröhre zerquetschen können, und sie hätten rein gar nichts tun können, um mich aufzuhalten. Sie konnten nicht einmal schnell genug laufen, um mir zu entkommen. Ich war noch immer eine Tötungsmaschine.

«He!» sagte der Größte von ihnen. «Was ist los?»

«Der Nigger probiert mit Barbara anzubändeln.»

«Ja, für den ist die eh bloß n Flittchen.»

«Laßt ihn in Ruhe!» rief Barbara. «Er hat mir doch bloß gesagt, wo er herkommt.»

Ich nehme an, sie versuchte mir zu helfen, wie eine Mutter, die ihr Kind an sich drückt, das sich gerade die Rippen gebrochen hat.

«Barbara», rief ein zweites Mädchen.

«He, Mann, stimmt was nicht mit dir?» sagte mir der Große direkt ins Gesicht. Er war breitschultrig und ein bißchen größer als ich; eine Figur wie ein Footballspieler. Er hatte eine runde, fleischige Visage. Augen, Nase und Mund waren wie winzige Inseln in einem riesigen Meer aus weißer Haut.

Ich sah, daß sich ein paar von den anderen Knüppel geschnappt hatten. Sie zogen ihren Kreis immer enger, drängten mich rückwärts gegen das Geländer.

«Ich will keinen Ärger, Mann», sagte ich. Ich konnte die Schnapsfahne des Größeren riechen.

«Den hast du bereits, Bürschchen.»

«Hör zu, sie hat bloß hallo gesagt. Mehr hab ich auch nicht gesagt.» Aber ich dachte: Wieso muß ich euch eigentlich Rede und Antwort stehen, verdammt noch mal?

Herman sagte: «Er hat ihr erzählt, wo er wohnt. Das hat sie selbst gesagt.»

Ich versuchte mich daran zu erinnern, wie hoch wir über dem Strand waren. In dem Moment wußte ich bereits, daß ich verschwinden mußte, bevor es zwei oder drei Tote gab, einer davon ich.

«Entschuldigung!» rief eine Männerstimme.

Hinter dem Footballspieler gab es ein kleines Durcheinander, und dann erschien ein Panamahut neben ihm.

«Entschuldigung», sagte Mr. DeWitt Albright noch einmal. Er lächelte.

«Was wollen Sie?» sagte der Footballspieler.

DeWitt lächelte bloß und zog dann die Pistole aus seinem Jackett, die irgendwie aussah wie ein Gewehr. Er richtete den Lauf auf das rechte Auge des großen Jungen und sagte: «Ich will dein Hirn an den Klamotten deiner Freunde kleben sehen, Söhnchen. Ich will, daß du für mich stirbst.»

Der große Junge, er trug rote Badehosen, gab ein Geräusch von sich, als hätte er seine Zunge verschluckt. Er machte eine ganz leichte Bewegung mit der Schulter, und DeWitt spannte den Hahn. Es klang, als würde ein Knochen brechen.

«Ich an deiner Stelle würd mich nicht bewegen, Söhnchen. Also, wenn du anfängst zu stöhnen, dann leg ich dich einfach um. Und falls einer von euch anderen Jüngelchen auch nur einen Mucks macht, leg ich ihn um und schieß euch dann *allesamt* die Eier ab.»

Der Ozean grollte, und die Luft war jetzt kalt. Der einzige menschliche Laut kam von Barbara, die in den Armen ihrer Schwester lag und schluchzte.

«Jungs, ich möchte euch mit meinem Freund bekanntmachen», sagte DeWitt. «Mr. Jones.»

Ich wußte nicht, was ich tun sollte, deswegen nickte ich.

«Er issen Freund von mir», fuhr Mr. Albright fort.

«Und ich wäre stolz und glücklich, wenn er sich dazu herablassen würde, meine Schwester *und* meine Mutter zu ficken.»

Dazu hatte keiner was zu sagen.

«Nun, Mr. Jones, ich möchte Sie etwas fragen.»

«Ja, Sir, Mr., äh, Smith.»

«Meinen Sie, ich sollte diesem vorlauten Burschen hier das Augäpfelchen wegpusten?»

Ich ließ diese Frage ein Weilchen in der Luft hängen. Zwei von den jüngeren Burschen weinten bereits, aber die Warterei brachte auch den Footballspieler zum Heulen.

«Na ja», sagte ich nach etwa fünfzehn Sekunden, «falls es ihm nicht leid tut, daß er mich so drangsaliert hat, finde ich, Sie sollten ihn umlegen.»

«Es tut mir leid», sagte der Junge.

«Wirklich?» fragte Mr. Albright.

«J-j-ja!»

«Wie leid tut es dir denn? Ich meine, tut es dir auch leid genug?»

«Ja, Sir, doch.»

«Es tut dir also leid genug?» Als er diese Frage stellte, ging er mit der Mündung der Kanone so nah heran, daß sie das winzige, flatternde Augenlid des Jungen berührte. «Ja nicht zucken, ich will, daß du die Kugel kommen siehst. Tut es dir jetzt leid genug?»

«Ja, Sir!»

«Dann beweis es. Ich möchte, daß du es ihm zeigst. Ich möchte, daß du auf die Knie gehst und ihm den

Pimmel lutschst. Ich möchte, daß du ihm jetzt anständig einen bläst...»

Der Junge fing jetzt laut an zu heulen, als Albright das sagte. Ich war mir ziemlich sicher, daß er bloß einen, wenn auch makabren Scherz machte, aber mein Herz zitterte genau wie das des Footballspielers.

«Runter auf die Knie, Junge, oder du bist tot!»

Die Blicke der anderen Jungs klebten an dem Footballspieler, als er auf die Knie ging. Sie nahmen Reißaus, als Albright dem Jungen den Lauf der Pistole seitlich über den Schädel zog.

«Haut ab hier!» brüllte Albright. «Und wenn ihr das den Bullen verklickert, ich finde jeden einzelnen von euch.»

Nach nicht einmal einer halben Minute waren wir allein. Ich hörte, wie Wagentüren zugeschlagen wurden, und dann, wie auf dem Parkplatz und auf der Straße die Motoren ihrer Schrottkisten aufheulten.

«Daran haben die ne Weile zu knabbern», sagte Albright. Er schob die langläufige Pistole vom Kaliber .44 zurück in das Halfter in seinem Jackett. Der Pier war menschenleer; alles war dunkel und still.

«Ich glaub kaum, daß sie es wagen, deswegen die Bullen zu rufen, aber wir sollten verschwinden, nur zur Sicherheit», sagte er.

Albrights weißer Cadillac stand auf dem Parkplatz unter dem Pier. Er fuhr am Ozean entlang nach Süden. Von der Küste her waren nur wenige Lichter und ein Stückchen Mond zu sehen, doch das Meer glitzerte von Millionen winziger Schimmer. Es sah aus, als sei jeder funkelnde Fisch im Meer an die Oberfläche gekommen, um es den Sternen nachzutun, die am Himmel flackerten. Überall war Licht, und überall war auch Dunkelheit.

Er schaltete das Radio an und stellte einen Big-Band-Sender ein, der gerade «Two Lonely People» von Fats Waller spielte. Das weiß ich noch, weil ich zu zittern anfing, als die Musik losging. Ich hatte keine Angst; ich war wütend, wütend darüber, wie er den Jungen gedemütigt hatte. Die Gefühle des Jungen interessierten mich nicht, mich interessierte, daß er, wenn er so etwas mit einem seiner Leute anstellte, dasselbe, und noch viel Schlimmeres, auch mit mir anstellen konnte. Aber wenn er mich erschießen wollte, würde er es einfach tun müssen, ich ging nämlich nicht auf die Knie, weder für ihn, noch für sonstwen.

Ich zweifelte keinen Moment mehr daran, daß Albright den Jungen umgebracht hätte.

«Was haben Sie für mich, Easy?» fragte er nach einer Weile.

«Ich hab nen Namen und ne Adresse. Ich hab den letzten Tag, an dem sie gesehen worden ist und mit wem sie zusammen war. Ich kenn den Mann, mit dem sie gesehen worden ist, und ich weiß, womit er sein Geld verdient.» Als junger Mann war ich stolz, wenn ich etwas wußte. Joppy hatte mir geraten, das Geld zu kassieren und so zu tun, als würde ich das Mädchen suchen, aber wo ich nun schon mal eine Information hatte, mußte ich auch damit angeben.

«Das alles ist sein Geld wert.»

«Aber vorher will ich eins wissen.»

«Und das wäre?» fragte Mr. Albright. Er setzte den Wagen in eine Parkbucht, die den schimmernden Pazifik überblickte. Die Wellen rauschten heftig an diesem Abend, man konnte sie sogar durch die geschlossenen Fenster hören.

«Ich will vorher genau wissen, daß weder diesem Mädchen noch sonstwem irgendwas passiert.»

«Komm ich Ihnen vielleicht vor wie der liebe Gott? Woher soll ich wissen, was morgen ist? Ich hab nicht vor, dem Mädchen was zu tun. Mein Freund denkt, er wär in sie verliebt. Er will ihr nen goldenen Ring kaufen und mit ihr glücklich und zufrieden leben bis an sein Ende. Aber wissen Sie, womöglich vergißt sie nächste Woche, sich die Schuhe zuzumachen und fällt hin und bricht sich das Genick, und wenn das der Fall sein sollte, können Sie mir das nicht anhängen. Aber was soll's.»

Ich wußte, mehr würde ich nicht aus ihm rauskriegen. DeWitt machte keinerlei Versprechungen, aber ich glaubte ihm, daß er dem Mädchen auf dem Foto nichts Böses wollte.

«Sie war mit nem Kerl namens Frank Green zusammen, letzten Donnerstach. Sie warn inner Bar, die sich Playroom nennt.»

«Wo ist sie jetzt?»

«Die Frau, von der ich das weiß, meinte, die beiden

wärn n Team, Green und das Mädchen, also ist sie wahrscheinlich bei ihm.»

«Und wo wäre das?» fragte er. Das Lächeln und die guten Manieren waren verschwunden; hier ging es ums Geschäft – schlicht und einfach.

«Er hat ne Bude auf der Skyler Ecke Eighty-third. Der Kasten nennt sich Skyler Arms.»

Er holte den weißen Stift und das Brieftäschchen heraus und kritzelte etwas auf den Notizblock. Dann starrte er mich mit diesen toten Augen an, während er mit dem Stift gegen das Lenkrad klopfte.

«Sonst noch was?»

«Frank issen Gangster», sagte ich. Das brachte DeWitt wieder zum Lächeln. «Er treibt sich mit Straßenräubern rum. Die klauen Schnaps und Zigaretten; verscherbeln das Zeug in ganz Südkalifornien.»

«Übler Bursche?» DeWitt konnte sein Lächeln nicht unterdrücken.

«Ziemlich übel. Ganz groß mittem Messer.»

«Haben Sie ihn schon mal in Aktion gesehen? Ich mein, wie er einen umgelegt hat?»

«Ich hab ihn einmal in ner Bar einen abstechen sehen; das Großmaul hatte keine Ahnung, wer Frank war.»

DeWitts Augen erwachten für einen Augenblick zum Leben; er beugte sich so weit über den Sitz, daß ich seinen trockenen Atem im Nacken spüren konnte. «Ich möchte, daß Sie sich an etwas erinnern, Easy. Ich möchte, daß Sie daran zurückdenken, wie Frank zum Messer gegriffen und den Mann erstochen hat.»

Ich dachte einen Augenblick darüber nach und nickte dann, damit er wußte, daß ich bereit war.

«Bevor er auf ihn losgegangen ist, hat er da gezögert? Auch nur einen Augenblick?»

Ich dachte an die überfüllte Bar auf der Figueroa. Der große Bursche redete mit Franks Mädchen, und als Frank auf ihn zuging, legte er Frank die Hand auf die Brust, um ihn wegzustoßen, nehme ich an. Franks Augen weiteten sich, und dann ließ er den Kopf herumschnellen, als ob er der Menge sagen wollte: «Kuckt euch bloß mal an, was der Trottel hier macht! Der hat den Tod verdient, so dämlich, wie der sich aufführt!» Dann lag plötzlich das Messer in Franks Hand, und der große Bursche taumelte rückwärts gegen den Tresen und versuchte, den Stich mit seinen dicken fleischigen Armen abzuwehren...

«Nen Augenblick vielleicht, wenn überhaupt», sagte ich.

Mr. DeWitt Albright lachte leise.

«Na ja», sagte er. «Ich werd's wohl einfach auf mich zukommen lassen müssen, nehm ich an.»

«Sie könnten vielleicht an das Mädchen rankommen, wenn er nicht da ist. Frank ist oft unterwegs. Ich hab ihn gestern abend bei John gesehen, in Arbeitsklamotten, das heißt, er ist unter Umständen ein paar Tage oder länger nicht in der Stadt.»

«Das wär am besten», antwortete Albright. Er lehnte sich nach hinten, quer über den Sitz. «Kein Grund, jetzt eine größere Sauerei zu veranstalten als unbedingt nötig. Haben Sie das Foto?»

«Nein», log ich. «Ich hab's nicht dabei. Ich hab's zu Hause gelassen.»

Er sah mich nur einen Augenblick an, aber ich wußte, daß er mir nicht glaubte. Ich weiß nicht, weshalb ich das Bild von ihr behalten wollte. Die Art, wie sie mich ansah, gab mir einfach ein gutes Gefühl.

«Na ja, vielleicht komm ich's abholen, wenn ich sie gefunden hab; wissen Sie, ich mach ganz gern reinen Tisch, wenn ein Auftrag erledigt ist . . . Hier sind noch mal hundert, und nehmen Sie auch die Karte hier. Sie brauchen bloß zu der Adresse gehen, da kriegen Sie nen Job, der Ihnen so lange über die Runden hilft, bis Sie was Neues gefunden haben.»

Er reichte mir eine pralle Rolle Scheine und eine Karte. In dem schwachen Licht konnte ich die Karte nicht lesen, also schob ich sie mir zusammen mit dem Geld in die Tasche.

«Ich denk, ich kann meinen alten Job wiederhaben, dann brauch ich die Adresse nicht.»

«Behalten Sie sie», sagte er und drehte den Zündschlüssel. «Sie haben mir was Gutes getan, Sie haben mir diese Informationen besorgt, also tu ich auch was Gutes für Sie. So mache ich Geschäfte, Easy; ich bezahle meine Schulden immer.»

Die Rückfahrt war ruhig und von Nachtlichtern erhellt. Im Radio lief Benny Goodman, und DeWitt Albright summte mit, als sei er mit Big Bands aufgewachsen.

Als wir am Pier neben meinem Wagen hielten, war

alles genau, wie wir es zurückgelassen hatten. Als ich die Tür aufmachte und aussteigen wollte, sagte Albright: «War mir ein Vergnügen, mit Ihnen zusammenzuarbeiten, Easy.» Er streckte die Hand aus, und als er mich wieder im Schlangengriff hatte, bekam er plötzlich so einen seltsamen Blick und sagte: «Wissen Sie, eins wundert mich aber nun doch.»

«Und das wäre?»

«Wie kommt's, daß Sie sich von den Jungs so haben einkesseln lassen? Die hätten Sie doch einen nach dem anderen wegputzen können, noch bevor Sie mit dem Rücken zum Geländer standen.»

«Ich töte keine Kinder», sagte ich.

Albright lachte zum zweitenmal an diesem Abend. Dann ließ er mich los und verabschiedete sich.

9

Unsere Kolonne arbeitete in einem großen Hangar an der Südseite der Fabrik von Santa Monica. Ich war schon früh da, so gegen sechs, bevor die Tagschicht losging. Ich wollte mir Benito Giacomo, genannt Benny, schnappen, noch bevor sie mit der Arbeit anfingen.

Wenn Champion ein neues Flugzeug entworfen hatte, sei es für die Air Force oder für eine der Fluggesellschaften, stellten sie ein paar Kolonnen ab, die eine Weile an dem Ding bauten, um die Konstruktionsfehler zu beseitigen. Benitos Kolonne beispielsweise setzte die linke Tragfläche zusammen und gab sie dann an eine andere Gruppe weiter, die für die Montage des gesamten Flugzeugs zuständig war. Doch bevor der Flieger montiert wurde, nahm eine Gruppe von Experten unsere Arbeit gründlich unter die Lupe, um sicherzustellen, daß das Verfahren, das sie für die Produktion entwickelt hatten, auch in Ordnung war.

Es war eine wichtige Arbeit, und alle Männer waren stolz darauf, mit von der Partie zu sein, aber Benito war derart empfindlich, daß er jedesmal ausklinkte, wenn wir ein neues Projekt kriegten.

Aus keinem anderen Grund hatte er mich gefeuert.

Ich hatte gerade eine schwere Schicht hinter mir, zwei Männer waren wegen Grippe ausgefallen, und ich war müde. Benny wollte, daß wir länger blieben, um unsere Arbeit noch mal zu überprüfen, aber ich hatte die Nase voll. Ich war müde, und ich wußte, daß ich alles hätte durchgehen lassen, was ich mir ansah, deswegen meinte ich, wir sollten bis morgens damit warten. Die Männer hörten auf mich. Ich war zwar kein Vorarbeiter, doch Benny verließ sich darauf, daß ich den anderen mit gutem Beispiel voranging, weil ich ein so guter Arbeiter war. Aber er hatte einfach einen schlechten Tag erwischt. Ich brauchte Schlaf, um anständige Arbeit zu leisten, und Benny hatte nicht genug Vertrauen zu mir, um das einzusehen.

Er fand, ich müßte hart arbeiten, wenn ich die Beförderung haben wollte, über die wir gesprochen hatten; eine Beförderung, mit der ich direkt unter Dupree gelandet wäre.

Ich fand, ich würde jeden Tag hart arbeiten.

Ein Job in der Fabrik ist so ziemlich genau dasselbe wie die Arbeit auf einer Plantage im Süden. Für die Bosse waren alle Arbeiter Kinder, und es weiß ja schließlich jeder, wie faul Kinder sind. Also dachte Benny, er müßte mir eine kleine Lektion in Sachen Verantwortung erteilen, weil er der Boss war und ich das Kind.

Die weißen Arbeiter hatten keinerlei Probleme mit dieser Art von Behandlung, weil sie nicht aus einer Gegend kamen, wo Männer immer Bürschchen genannt wurden. Ein weißer Arbeiter hätte einfach gesagt: «Sicher, Benny, du hast schon recht, aber verdammt noch mal, ich kann doch nicht mal mehr grade kucken.» Und Benny hätte das verstanden. Er hätte gelacht und eingesehen, wie rabiat er sich aufführte, und Mr. Davenport oder wen auch immer auf ein Bierchen eingeladen. Aber die schwarzen Arbeiter tranken nicht mit Benny. Wir gingen nicht in dieselben Bars, wir flirteten nicht mit denselben Mädchen.

Um meinen Job zu behalten, hätte ich bleiben müssen, wie er es verlangt hatte, und dann am nächsten Tag früher kommen sollen, um die Arbeit noch mal zu überprüfen. Wenn ich Benny erzählt hätte, ich könnte nicht mehr gerade gucken, hätte er mir gesagt, ich soll mir gefälligst eine Brille zulegen.

Da stand ich nun, am Eingang des Flugzeughangars, dieser von Menschen erbauten Höhle. Die Sonne war noch nicht richtig aufgegangen, aber alles war hell. Bis auf ein paar Lastwagen und eine Plane über der Tragflächenmontage war die riesige Zementfläche leer. Es gab mir ein gutes und vertrautes Gefühl, wieder da zu sein. Nirgendwo scharfe Fotos von weißen Mädchen, keine merkwürdigen weißen Männer mit toten blauen Augen. Hier gab es nur Familienväter und Arbeiter, die abends direkt nach Hause gingen, die Zeitung lasen und sich im Fernsehen Milton Berle anschauten.

«Easy!»

Duprees Ruf klang immer gleich, ob er sich nun freute, einen zu sehen, oder im Begriff war, seine kurzläufige Pistole zu zücken.

«He, Dupree!» rief ich.

«Was hasten du zu Coretta gesacht, Mann?» fragte er, als er auf mich zukam.

«Nix, gar nix. Was meinsten damit?»

«Also, entweder haste was gesacht, oder ich hab Mundgeruch, sie hat nämlich gestern morng die Flatter gemacht, und seitdem hab ich sie nich mehr gesehn.»

«Was?»

«Ja! Sie hat mir was zum Frühstück gemacht, und dann sachtse, sie hat was zu erledigen, und wir sehn uns dann zum Abendessen, und seitdem isse weg.»

«Sie is nich nach Haus gekomm?»

«Nee. Ich bin nach Haus un hab paar Schweinekoteletts in die Pfanne gehaun als Wiedergutmachung für vorgestern abend, aber sie hat sich nich blicken lassen.»

Dupree war ein paar Zentimeter größer als ich und hatte eine Figur wie Joppy, als Joppy noch geboxt hat. Er baute sich vor mir auf, und ich spürte, wie Wellen der Gewalt von ihm ausgingen.

«Nein, Alter, ich hab rein gar nix gesacht. Wir hamm dich ins Bett verfrachtet, dann hat sie mir nen Drink gegeben, und ich bin nach Haus. Das is alles.»

«Und wo ist sie dann?» wollte er wissen.

«Wie kommste eigentlich da drauf, daß ich das weiß? Du kennst doch Coretta. Die hat schon immer ihre kleinen Geheimnisse gehabt. Vielleicht isse bei ihrer Tante in Compton draußen. Könnte aber auch in Reno sein.»

Dupree entspannte sich ein wenig und lachte. «Wahrscheinlich haste recht, Easy. Wenn Coretta die einarmigen Banditen klimpern hört, da läßtse sogar ihre eigne Mama für stehn.»

Er klopfte mir auf den Rücken und lachte noch einmal.

Ich gelobte mir, die Frau eines anderen Mannes nie mehr auch nur anzuschauen. Das hab ich mir seitdem oft geschworen.

«Rawlins», kam eine Stimme aus dem kleinen Büro am Ende des Hangars.

«Na, dann los», sagte Dupree.

Ich ging auf den Mann zu, der mich gerufen hatte.

Das Büro, vor dem er stand, war eine grüne Fertig-
baracke, eigentlich eher ein Zelt als ein richtiger
Raum. Benny hatte seinen Schreibtisch dort stehen
und ging nur hinein, um sich mit den Bossen zu
besprechen oder einen der Männer zu feuern. Er
hatte mich vor vier Tagen zu sich gerufen, um mir zu
eröffnen, daß Champion keine Männer gebrauchen
könnte, die nicht «ein bißchen mehr» taten.

«Mr. Giacomo», sagte ich. Wir gaben uns die Hand,
doch es war kein freundliches Händeschütteln.

Benny war kleiner als ich, aber er hatte breite
Schultern und große Hände. Sein von grauen Strähnen durchzogenes Haar war einmal tiefschwarz gewesen, und seine Haut war dunkler als die der meisten Mulatten, die ich kannte. Doch Benny war ein
Weißer, und ich war ein Neger. Er verlangte, daß ich
hart für ihn arbeitete, und er wollte Dankbarkeit von
mir dafür, daß er mir überhaupt erlaubte zu arbeiten.
Seine Augen lagen dicht beieinander, deshalb wirkte
er sehr aufmerksam. Er hatte leicht hängende Schultern, was ihm das Aussehen eines aufstrebenden
Boxers gab.

«Easy», sagte er.

Wir gingen in die Baracke, und er deutete auf einen
Stuhl. Er nahm hinter dem Schreibtisch Platz, warf
einen Fuß auf die Tischplatte und zündete sich eine
Zigarette an.

«Dupree meint, du willst deinen Job zurückhaben,
Easy.»

Mir kam der Gedanke, daß Benny wahrscheinlich

eine Flasche Rye in der untersten Schublade seines Schreibtischs liegen hatte.

«Na klar, Mr. Giacomo, Sie wissen doch, daß ich den Job brauche, damit ich was zu essen hab.» Ich konzentrierte mich darauf, den Kopf hochzuhalten. Vor ihm würde ich nicht katzbuckeln.

«Nun ja, du weißt doch, wenn man einmal jemand gefeuert hat, darf man hinterher nicht einfach umfallen. Die Männer könnten auf den Gedanken kommen, daß ich ein Schwächling bin, wenn ich dich wieder einstelle.»

«Was mach ich dann eigentlich hier?» sagte ich ihm ins Gesicht.

Er lehnte sich auf seinem Stuhl weiter nach hinten und krümmte seine breiten Schultern. «Das müßtest du doch am besten wissen.»

«Dupree hat gesagt, Sie würden mir meinen Job zurückgeben.»

«Ich weiß nicht, wer ihm die Erlaubnis gegeben hat, das zu sagen. Ich hab lediglich gesagt, daß ich gerne mit dir sprechen würde, falls du was zu sagen hast. Hast du was zu sagen?»

Ich überlegte, was Benny eigentlich von mir wollte. Ich überlegte, wie ich mein Gesicht wahren und ihm trotzdem in den Arsch kriechen könnte. Aber ich konnte an nichts anderes denken, als an dieses andere Büro und diesen anderen Weißen. DeWitt Albright hatte seine Flasche und seine Kanone offen auf dem Tisch. Als er mich fragte, was ich zu sagen hätte, sagte ich's ihm; ich war vielleicht ein bißchen nervös, aber ich sagte es ihm trotzdem. Benny war es egal, was ich zu sagen hatte. Ihm kam es nur darauf an, daß all seine Kindlein vor ihm niederknieten und ihn den Boss sein ließen. Er war kein Geschäftsmann; er war ein Plantagenboss, ein Sklavenhalter.

«Also, Easy?»

«Ich will meinen Job zurück, Mr. Giacomo. Ich brauch Arbeit, und ich arbeite gut.»

«Ist das alles?»

«Nein, das ist nicht alles. Ich brauch Geld, damit ich meine Hypothek abzahlen kann und was zu essen hab. Ich brauch ein Dach überm Kopf und ein Haus, in dem ich Kinder großziehen kann. Ich muß mir Klamotten kaufen, damit ich in den Billardsalon gehen kann und in die Kirche...»

Benny nahm die Füße vom Tisch und wollte aufstehen. «Ich muß zurück an die Arbeit, Easy...»

«Das heißt Mr. Rawlins!» sagte ich, als ich aufstand, um ihm entgegenzutreten. «Sie müssen mir zwar meinen Job nicht zurückgeben, aber Sie haben mich gefälligst mit Respekt zu behandeln.»

«Darf ich mal», sagte er. Er wollte an mir vorbei, aber ich verstellte ihm den Weg.

«Ich hab gesagt, Sie haben mich mit Respekt zu behandeln. Ich nenne Sie Mr. Giacomo, weil das Ihr Name ist. Sie sind kein Freund, und ich habe keinen Grund, respektlos zu sein und Sie beim Vornamen zu nennen.» Ich deutete auf meine Brust. «Mein Name ist Mr. Rawlins.»

Er ballte die Fäuste und sah auf meine Brust herunter wie ein Boxer. Aber ich glaube, er hörte, daß meine Stimme zitterte. Er wußte, daß entweder einer von uns oder wir beide fällig wären, wenn er mich über den Haufen rannte. Und wer weiß? Vielleicht sah er ein, daß er im Unrecht war.

«Tut mir leid, Mr. Rawlins», meinte er lächelnd zu mir. «Aber wir haben im Augenblick nichts frei. Vielleicht könnten Sie ja in ein paar Monaten wiederkommen, wenn die Produktion des neuen Jagdfliegers anläuft.»

Dann winkte er mir, aus seinem Büro zu verschwinden. Ich ging, ohne noch ein Wort zu sagen.

Ich schaute mich nach Dupree um, aber er war nirgends zu sehen, auch nicht an seinem Platz. Das wunderte mich, aber ich war zu glücklich, um mir seinetwegen Sorgen zu machen. Meine Brust schwoll an, und ich hatte das Gefühl, als müßte ich laut lachen. Meine Rechnungen waren bezahlt, und es tat gut, daß ich mich nicht hatte unterkriegen lassen. Als ich zu meinem Wagen hinausging, hatte ich ein Gefühl von Freiheit.

10

Ich war gegen Mittag zu Hause. Die Straße war leer, und die Gegend war ruhig. Gegenüber von meinem Haus stand ein dunkelblauer Ford. Ich weiß noch, daß ich dachte, der Gerichtsvollzieher würde die

Runde machen. Da lachte ich in mich hinein, weil ich alle meine Rechnungen weit im voraus bezahlt hatte. An diesem Tag war ich voller Hochmut; mein Fall lag noch nicht allzuweit zurück.

Als ich das Gartentor zumachte, sah ich die beiden Weißen aus dem Ford steigen. Der eine war groß und dünn und trug einen dunkelblauen Anzug. Der andere hatte meine Größe und das Dreifache meines Bauchumfangs. Er steckte in einem zerknautschten gelbbraunen Anzug, auf dem hier und da Fettflecke waren.

Die Männer kamen rasch in meine Richtung, ich drehte mich jedoch einfach langsam um und ging auf meine Haustür zu.

«Mr. Rawlins!» rief einer von ihnen hinter mir.

Ich drehte mich um. «Ja?»

Sie kamen schnell, aber vorsichtig näher. Der Fette hatte die Hand in der Tasche.

«Mr. Rawlins, ich bin Miller, und das ist mein Partner Mason.» Beide hielten mir ihre Marken hin.

«Ja?»

«Wir möchten, daß Sie mitkommen.»

«Wohin?»

«Das werden Sie schon sehen», sagte der fette Mason, als er mich am Arm packte.

«Wollen Sie mich verhaften?»

«Das werden Sie schon sehen», sagte Mason noch einmal. Er zerrte mich auf das Gartentor zu.

«Ich hab ein Recht zu erfahren, weshalb Sie mich festnehmen.»

«Du hast das Recht, auf die Fresse zu fliegen und dir die Visage zu zermanschen, Nigger. Du hast das Recht zu verrecken», sagte er. Dann schlug er mir ins Zwerchfell. Als ich zusammenklappte, bog er mir die Hände auf den Rücken und legte mir Handschellen an, und zusammen schleppten sie mich zum Wagen. Sie warfen mich auf den Rücksitz, wo ich würgend liegenblieb.

«Wenn du mir auf den Teppich reiherst, stopf ich dir das Zeug wieder in den Rachen», rief Mason nach hinten.

Sie fuhren mich ins Revier auf der Seventy-seventh Street und schleiften mich durch die Tür.

«Habtern erwischt, hä, Miller?» sagte jemand. Sie hielten mich an den Armen fest, und ich sackte zusammen, mit hängendem Kopf. Ich hatte mich von dem Schlag erholt, wollte sie das aber nicht wissen lassen.

«Ja, wir hammen erwischt, wie er nach Haus gekommen is. Der is sauber.»

Sie öffneten die Tür zu einem kleinen Raum, in dem es schwach nach Urin roch. Die Wände waren aus rohem Putz, und an Möbeln gab es lediglich einen nackten Holzstuhl. Sie boten mir den Stuhl allerdings nicht an, sondern ließen mich einfach auf die Knie fallen, marschierten nach draußen und machten die Tür hinter sich zu.

In der Tür war ein winziges Guckloch.

Ich schob mich mit den Schultern die Wand hinauf, bis ich auf den Beinen war. So sah der Raum auch nicht besser aus. Ein paar nackte Rohre liefen die Decke entlang und tropften ab und zu. Der Linoleumboden war an den Kanten zerfressen und kalkig von der Feuchtigkeit. Es gab nur ein Fenster. Es hatte keine Scheibe, nur ein Kreuz aus je zwei fünf Zentimeter dicken waagerechten und senkrechten Gitterstäben. Wegen der Zweige und Blätter, die sich einen Weg nach drinnen gebahnt hatten, kam nur sehr wenig Licht durchs Fenster. Es war ein kleiner Raum, etwa einszwanzig mal zwei Meter, und ich hatte irgendwie Angst, es könnte der letzte Raum sein, den ich von innen zu sehen bekomme.

Ich machte mir Sorgen, weil sie nicht ihre übliche Nummer abzogen. Das «Bullen-und-Nigger»-Spielchen hatte ich bereits mitgemacht. Die Bullen schnappen dich, nehmen Namen und Fingerabdrücke, und dann schmeißen sie dich in eine Wartezelle zusammen mit anderen «Verdächtigen» und Besoffenen. Wenn dir von dem Erbrochenen und dem unflätigen Geschwätz endgültig schlecht ist, bringen sie dich in einen anderen Raum und fragen: Wieso hast du den Schnapsladen überfallen, oder: Was hast du mit den Moneten gemacht?

Ich versuchte, unschuldig dreinzuschauen, und stritt alles ab, was sie sagten. Es ist schwer, so zu tun, als wärst du unschuldig, wenn du es wirklich bist, aber die Bullen wissen, daß du es nicht bist. Sie glauben, daß du was verbrochen hast, weil Bullen nun mal so denken, und wenn du ihnen erzählst, du wärst unschuldig, beweist ihnen das allenfalls, daß du was zu verbergen hast. Aber an diesem Tag fiel das Spiel aus. Sie wußten, wie ich heiße, und brauchten mir keine Angst einzujagen mit irgendeiner Wartezelle; sie brauchten nicht mal meine Fingerabdrücke zu nehmen. Ich wußte nicht, weshalb ich hier war, aber ich wußte, daß es keine Rolle spielte, solange sie dachten, sie wären im Recht.

Ich setzte mich auf den Stuhl und schaute hinauf zu den Blättern, die durchs Fenster kamen. Ich zählte achtunddreißig hellgrüne Oleanderblätter. Ebenfalls durchs Fenster kamen schwarze Ameisen in einer Reihe hereinmarschiert, liefen die Wand hinunter und hinüber zur anderen Seite des Raums, wo der winzige Kadaver einer Maus in einer Ecke klebte. Ich vermutete, ein anderer Häftling hatte die Maus getötet, indem er sie zertreten hatte. Wahrscheinlich hatte er es zuerst mitten auf dem Fußboden probiert, aber der flinke Nager hatte ihm zwei-, wenn nicht sogar dreimal ausweichen können. Schließlich beging die Maus den tödlichen Fehler, nach einer Öffnung in der Wand zu suchen, und der Häftling konnte ihr mit beiden Füßen den Weg abschneiden. Die Maus wirkte trocken, wie aus Papier, deswegen nahm ich an, daß der Exitus Anfang der Woche eingetreten war; etwa zu dem Zeitpunkt, als ich gefeuert wurde.

Während ich noch über die Maus nachdachte, ging die Tür wieder auf, und die beiden Polizisten kamen herein. Ich hätte mich ohrfeigen können, weil ich nicht einmal nachgesehen hatte, ob die Tür abgeschlossen war. Diese Bullen hatten mich genau da, wo sie mich haben wollten.

«Ezekiel Rawlins», sagte Miller.

«Ja, Sir.»

«Wir haben Ihnen ein paar Fragen zu stellen. Wir können Ihnen die Handschellen auch abnehmen, falls Sie bereit sind, mit uns zusammenzuarbeiten.»

«Ich bin bereit.»

«Hab ich's dir nich gesacht, Bill», meinte der fette Mason. «Der Nigger is nich aufen Kopp gefallen.»

«Nimm ihm die Handschellen ab, Charlie», sagte Miller, und der Fettsack gehorchte.

«Wo waren Sie gestern morgen gegen fünf Uhr?»

«An welchem Morgen meinen Sie?» versuchte ich ihn hinzuhalten.

«Er meint», sagte der fette Mason, wobei er mir den Fuß auf die Brust setzte und mich mitsamt dem Stuhl nach hinten stieß, «Donnerstach morng.»

«Aufstehen», sagte Miller.

Ich stand auf und stellte den Stuhl wieder hin.

«Schwer zu sagen.» Ich setzte mich wieder. «Ich war was trinken, und dann hab ich geholfen, nen betrunkenen Freund nach Haus zu schleppen. Ich könnt auf dem Heimweg gewesen sein, oder vielleicht war ich auch schon im Bett. Ich hab nich auf die Uhr gekuckt.»

«Was für einen Freund.»

«Pete. Meinen Freund Pete.»

«Pete, hä?» gluckste Mason. Er marschierte um mich herum, und noch bevor ich mich zu ihm hindrehen konnte, spürte ich, wie der harte Knoten seiner Faust links an meinem Schädel explodierte.

Ich lag wieder auf dem Boden.

«Aufstehen», sagte Miller.

Ich stand wieder auf.

«Also, wo wart ihr saufen, du und dein Peter?» höhnte Mason.

«Bei nem Freund auf der Eighty-nine.»

Mason regte sich schon wieder, aber diesmal drehte ich mich um. Er schaute mich mit Unschuldsmiene an, die Handflächen nach oben gekehrt.

«Ist das zufällig ein illegaler Nachtclub namens John's?» fragte Miller.

Ich schwieg.

«Sie haben größere Sorgen, als die Kneipe von Ihrem Freund auffliegen zu lassen, Ezekiel. Sie haben weitaus größere Sorgen.»

«Was für Sorgen?»

«Große Sorgen.»

«Was soll das heißen?»

«Das soll heißen, wir könn dein schwatzen Arsch raus hinters Revier schleifen und dir ne Kugel innen Kopp jagen», sagte Mason.

«Wo waren Sie Donnerstag morgen um fünf Uhr, Mr. Rawlins», fragte Miller.

«Ich weiß nicht genau.»

Mason hatte einen Schuh ausgezogen und schlug jetzt mit dem Absatz gegen seine fette Handfläche.

«Fünf Uhr», sagte Miller.

Wir setzten das Spiel noch ein Weilchen fort.

Schließlich sagte ich: «Hören Sie, Sie brauchen sich meinetwegen nicht die Hand zu brechen; ich will Ihnen gerne sagen, was Sie wissen wollen.»

«Sind Sie bereit, mit uns zusammenzuarbeiten?» fragte Miller.

«Ja, Sir.»

«Wo sind Sie hingegangen, als Sie Donnerstag morgen Coretta James' Haus verlassen haben?»

«Nach Haus.»

Mason versuchte, den Stuhl unter mir wegzutreten, aber noch bevor es ihm gelang, war ich auf den Beinen.

«Ich hab endgültig genuch von dem Scheiß, Mann!» brüllte ich, aber keiner der beiden Bullen schien sonderlich beeindruckt. «Ich hab euch doch gesacht, ich bin nach Haus, und damit hat sich's.»

«Nehmen Sie doch Platz, Mr. Rawlins», sagte Miller ruhig.

«Wieso soll ich mich hinsetzen, wenn ihr andauernd probiert, mich aufs Kreuz zu legen?» schrie ich. Trotzdem setzte ich mich.

«Ich hab dir doch gesagt, der is bekloppt, Bill», sagte Mason. «Ich hab dir doch gesacht, der Knabe is reif für die Gummizelle.»

«Mr. Rawlins», sagte Miller. «Wo sind Sie hingegangen, nachdem Sie Miss James' Haus verlassen haben?»

«Nach Haus.»

Diesmal schlug mich niemand; niemand versuchte, mir den Stuhl wegzutreten.

«Haben Sie Miss James danach noch einmal gesehen?»

«Nein, Sir.»

«Ist es zwischen Ihnen und Mr. Bouchard zu einem Disput gekommen?»

Ich verstand ihn zwar, aber ich sagte: «Hä?»

«Haben Sie und Dupree Bouchard sich wegen Miss James gestritten?»

«Du weißt schon», mischte Mason sich ein. «Pete.»

«So nenn ich ihn manchmal.»

«Ist es», wiederholte Miller, «zwischen Ihnen und Mr. Bouchard zu einem Disput gekommen?»

«Zwischen mir und Dupree isses zu gar nix gekomm. Der hat gepennt.»

«Also, wo sind Sie am Donnerstag hingegangen?»

«Ich bin mit nem Kater nach Haus. Da war ich den ganzen Tag und die ganze Nacht, und heute bin ich dann zur Arbeit gegangen. Na ja» – ich wollte, daß sie weiterredeten, damit Mason in Sachen Möbel nicht schon wieder die Beherrschung verlor –, «nicht direkt zur Arbeit, ich bin nämlich am Montag gefeuert worden. Aber ich bin hin, um meinen Job wiederzukriegen.»

«Wo sind Sie am Donnerstag hingegangen?»

«Ich bin mit nem Kater nach Haus ...»

«Du Scheißnigger!» Mason fiel mit Fäusten über mich her. Er schlug mich zu Boden, doch ich umklammerte seine Handgelenke. Ich wirbelte herum und drehte mich, so daß ich rittlings auf seinem Rücken saß, auf seinem fetten Arsch. Ich hätte ihn töten können, wie ich schon andere Weiße in Uniform getötet hatte, aber ich spürte Miller hinter mir, deshalb stand ich auf und verdrückte mich in die Ecke.

Miller hatte eine Police Special in der Hand.

Mason wollte erneut auf mich losgehen, aber der Bauchklatscher hatte ihn aus der Puste gebracht. Mason lag auf den Knien und sagte: «Laß mich ma ne Minute mit ihm allein.»

Miller dachte über die Bitte nach. Er blickte zwischen mir und dem Fettsack hin und her. Vielleicht hatte er Angst, daß ich seinen Partner umbrachte, oder vielleicht wollte er sich den Papierkram sparen; es hätte auch sein können, daß Miller insgeheim ein Menschenfreund war, der mit Tod und Blutvergießen nichts zu tun haben wollte. Schließlich flüsterte er: «Nein.»

«Aber», begann Mason.

«Ich hab nein gesagt. Los, gehen wir.»

Miller griff dem Fettsack mit seiner freien Hand unter den Arm und half ihm auf die Beine. Dann schob er die Pistole in ihr Halfter und strich sein Jackett glatt. Mason grinste mich höhnisch an und folgte Miller dann zur Zellentür hinaus. Er erinnerte mich zunehmend an einen dressierten Köter. Das Schloß schnappte hinter ihnen zu.

Ich setzte mich auf den Stuhl und zählte noch einmal die Blätter. Ich folgte den Ameisen noch einmal bis zu der toten Maus. Diesmal jedoch stellte ich mir vor, ich sei der Verbrecher und diese Maus sei Officer Mason. Ich zerquetschte ihn, so daß sein ganzer Anzug verdreckt und ausgeleiert in der Ecke lag; die Augen quollen ihm aus dem Schädel.

Eine Glühbirne hing an einem Kabel von der Decke, aber es gab keine Möglichkeit, sie anzumachen. Langsam verschwand das bißchen Sonne, das durch die Blätter hereinsickerte, und Zwielicht erfüllte den Raum. Ich saß auf dem Stuhl und drückte von Zeit zu Zeit auf meine blauen Flecken, um zu sehen, ob der Schmerz nachließ.

Mein Kopf war vollkommen leer. Ich dachte nicht über Coretta oder Dupree nach, oder darüber, woher die Polizei so genau wußte, was ich Mittwoch nacht getan hatte. Ich saß einfach nur in der Dunkelheit und versuchte, zur Dunkelheit zu werden. Ich war wach, aber meine Gedanken waren wie ein Traum. Wach dasitzend träumte ich, daß ich zur Dunkelheit werden und zwischen den verwitterten Rissen dieser Zelle hindurch nach draußen schlüpfen könnte. Wenn ich die Nacht wäre, könnte niemand mich finden; niemand würde wissen, daß ich weg war.

Ich sah Gesichter in der Dunkelheit; schöne Frauen und ein Festmahl mit Schinken und Pastete. Erst jetzt wird mir klar, wie einsam und hungrig ich damals war.

Es war stockdunkel in der Zelle, als das Licht anging. Ich versuchte noch, es wegzublinzeln, als Miller und Mason hereinkamen. Miller machte die Tür zu.

«Haben Sie noch irgendwas zu sagen?» fragte mich Miller.

Ich glotzte ihn bloß an.

«Sie können gehen», sagte Miller.

«Du hast richtich gehört, Nigger!» brüllte Mason, während er an seinem Reißverschluß herumfummelte. «Raus mit dir!»

Sie führten mich in den offenen Raum und an der Wache vorbei. Überall drehten sich Leute um und starrten mich an. Einige lachten, andere waren schokkiert.

Sie brachten mich zum diensthabenden Sergeant, der mir Brieftasche und Taschenmesser aushändigte.

«Vielleicht melden wir uns noch mal bei Ihnen, Mr. Rawlins», sagte Miller. «Sollten wir noch Fragen haben, wissen wir ja, wo Sie wohnen.»

«Fragen wozu?» fragte ich und versuchte, wie ein ehrlicher Mensch zu klingen, der eine ehrliche Frage stellt.

«Das ist Sache der Polizei.»

«Isses vielleicht nich meine Sache, wenn Sie mich aus meinem eignen Garten wegschleppen, mich hierhinbring und mich in die Mangel nehm?»

«Wollen Sie ein Beschwerdeformular?» Der Ausdruck in Millers schmalem, grauem Gesicht veränderte sich nicht. Er sah aus wie jemand, den ich mal gekannt hatte. Orrin Clay. Orrin hatte ein Magengeschwür und hielt sich dauernd die Hand vor den Mund, als müßte er jeden Moment spucken.

«Ich will wissen, was los ist», sagte ich.

«Wir kommen bei Ihnen vorbei, falls wir Sie brauchen sollten.»

«Wie soll ich denn von hier draußen nach Hause kommen? Nach sechs fährt kein Bus mehr.»

Miller wandte sich von mir ab. Mason war bereits verschwunden.

11

Ich verließ das Revier mit schnellen Schritten, wäre jedoch viel lieber gerannt.

Bis zu Johns Flüsterkneipe waren es fünfzehn Blocks, und ich mußte mir immer wieder zureden, langsam zu machen. Ich wußte, daß eine Polizeistreife jeden rennenden Neger festnehmen würde, der ihr über den Weg lief.

Die Straßen waren noch dunkler und leerer als sonst. Die Central Avenue war wie eine gigantische schwarze Gasse, und ich kam mir vor wie eine kleine Ratte, die sich in den Ecken herumdrückt und nach Katzen Ausschau hält.

Von Zeit zu Zeit schoß ein Wagen vorbei. Ich erwischte mal einen Fetzen Musik oder Gelächter, und dann war er verschwunden. Außer mir war kein Mensch unterwegs.

Ich war drei Blocks weit gekommen, als ich folgendes hörte: «He, Sie! Easy Rawlins!»

Ein schwarzer Cadillac war an den Straßenrand gefahren und hielt sich jetzt neben mir. Es war ein langer Wagen; lang genug für zwei Autos. Ein weißes

Gesicht mit schwarzer Mütze ragte aus dem Fenster an der Fahrerseite. «Kommen Sie, Easy, hier drüben», sagte das Gesicht.

«Wer sind Sie?» fragte ich über die Schulter, dann wandte ich mich ab und ging weiter.

«Kommen Sie, Easy», sagte das Gesicht noch einmal. «Jemand auf dem Rücksitz würde gern mit Ihnen reden.»

«Dazu hab ich jetzt keine Zeit, Mann. Ich muß weiter.» Ich hatte mein Tempo verdoppelt und rannte jetzt beinahe.

«Springen Sie rein. Wir bringen Sie hin, wo Sie wollen», sagte er, und dann sagte er: «Was?», nicht zu mir, sondern zu seinem Mitfahrer, wer auch immer das sein mochte.

«Easy», sagte er noch einmal. Ich hasse es, wenn jemand, den ich nicht kenne, meinen Namen kennt. «Mein Boss bietet Ihnen fünfzig Dollar, wenn Sie eine kleine Spritztour mit ihm machen.»

«Spritztour wohin?» Ich verlangsamte mein Tempo nicht im geringsten.

«Wohin Sie wollen.»

Ich hielt den Mund und ging weiter.

Der Cadillac raste an mir vorbei und fuhr ungefähr zehn Meter vor mir auf den Bürgersteig. Die Tür flog auf, und der Fahrer stieg aus. Er mußte seine langen Beine unter dem Kinn hervorziehen, damit er von seinem Sitz nach draußen klettern konnte. Als er sich aufrichtete, sah ich, daß es sich um einen großen Mann mit schmalem, beinahe sichelförmigem Gesicht und hellem Haar handelte, das entweder grau war oder blond – im Licht der Straßenlampe konnte ich das nicht genau erkennen.

Er hielt die Hände etwa in Schulterhöhe ausgestreckt. Eine merkwürdige Geste, weil es aussah, als würde er um Frieden bitten, aber ich wußte, daß er mich auch aus dieser Stellung packen konnte.

«Jetzt hör mal, Mann», sagte ich. Ich duckte mich, weil ich dachte, einen großen Mann greift man am besten in Kniehöhe an. «Ich geh nach Haus. Und damit hat sich's. Wenn dein Freund mit mir reden will, bestellste ihm am besten, er soll mich ma anrufen.»

Der große Fahrer deutete mit dem Daumen hinter sich und sagte: «Der Mann meint, ich soll dir bestellen, daß er weiß, weshalb die Polizei dich hochgenommen hat, Easy. Er meint, er will mit dir darüber reden.»

Der Fahrer hatte ein Grinsen im Gesicht und einen verträumten Blick. Während ich ihn ansah, wurde ich müde. Ich hatte das Gefühl, wenn ich auf ihn losginge, würde ich einfach auf die Schnauze fallen. Trotzdem wollte ich herausfinden, weshalb die Polizei mich hochgenommen hatte.

«Bloß reden, ja?» fragte ich.

«Wenn er dir was tun wollte, wärst du längst hinüber.»

Der Fahrer öffnete die Tür zum Wagenfonds, und ich kletterte hinein. In dem Augenblick, als die Tür zuging, wurde mir übel vom Geruch. Der Duft war süß wie Parfüm und gleichzeitig sauer, der Geruch einer Substanz, die mir bekannt vorkam, zu der mir jedoch der Name fehlte.

Der Wagen startete im Rückwärtsgang, und ich wurde mit dem Rücken zum Fahrer in den Sitz geschleudert. Vor mir saß ein fetter weißer Mann. Sein rundes weißes Gesicht sah aus wie ein Mond im aufblitzenden Licht vorbeiziehender Straßenlampen. Er lächelte. Hinter seinem Sitz war eine flache Ablage. Ich dachte, ich hätte gesehen, wie sich dort hinten etwas bewegte, aber noch bevor ich es mir näher anschauen konnte, sprach er mich an.

«Wo ist sie, Mr. Rawlins?»

«Bitte, was?»

«Daphne Monet. Wo ist sie?»

«Wer sollen das sein?»

An dicke Lippen bei Weißen hab ich mich nie gewöhnen können, besonders bei weißen Männern. Dieser weiße Mann hatte fette, rote Lippen. Sie sahen aus wie geschwollene Wunden.

«Ich weiß, weshalb die Sie dahin mitgenommen haben, Mr. Rawlins.» Er machte eine leichte Kopfbewegung, womit wohl das Polizeirevier hinter uns gemeint war. Aber als er das tat, schaute ich noch einmal auf die Ablage. Er wirkte erfreut und sagte: «Komm schon raus, mein Süßer.»

Ein kleiner Junge kletterte über den Sitz. Er trug schmutzige kurze Hosen und dreckige weiße Socken. Seine Haut war braun, und sein dickes glattes Haar war schwarz. Die mandelförmigen Augen ließen an

China denken, doch das hier war ein mexikanischer Junge.

Er kletterte hinunter auf den Wagenboden und ringelte sich um das Bein des fetten Mannes.

«Das hier ist mein kleiner Freund», sagte der fette Mann. «Er ist das einzige, was mich noch bei der Stange hält.»

Der Anblick dieses armen Kindes und die Gerüche drehten mir fast den Magen um. Ich versuchte, nicht über das nachzudenken, was ich sah, weil ich rein gar nichts dagegen tun konnte – zumindest nicht in dem Augenblick.

«Ich weiß nicht, was Sie von mir wollen, Mr. Teran», sagte ich. «Aber ich weiß auch nicht, wieso die Polizei mich verhaftet hat, und ich weiß auch nicht, wo Daphne Soundso ist. Ich will bloß nach Hause und die Nacht heute vergessen.»

«Dann wissen Sie also, wer ich bin?»

«Ich lese Zeitung. Sie haben als Bürgermeister kandidiert.»

«Vielleicht nicht zum letztenmal», sagte er. «Vielleicht nicht zum letztenmal. Und vielleicht können Sie mir dabei behilflich sein.» Er streckte die Hand aus, um den kleinen Jungen hinterm Ohr zu kraulen.

«Ich hab keine Ahnung, was Sie meinen. Ich hab von nix ne Ahnung.»

«Die Polizei wollte wissen, was Sie gemacht haben, nachdem Sie mit Coretta James und Dupree Bouchard einen zur Brust genommen hatten.»

«Ach, ja?»

«Das ist mir vollkommen gleich, Easy. Ich möchte lediglich wissen, ob dabei der Name Daphne Monet gefallen ist.»

Ich schüttelte den Kopf.

«Will vielleicht jemand mit Coretta sprechen, der Ihnen irgendwie», er zögerte, «merkwürdig... vorkommt?»

«Was soll das heißen, merkwürdig?»

Matthew Teran lächelte mich einen Augenblick an, dann sagte er: «Daphne ist ein weißes Mädchen, Easy. Jung und hübsch. Es bedeutet mir unglaublich viel, sie zu finden.»

«Ich kann Ihn nich helfen, Mann. Ich weiß doch noch nich ma, wieso die mich verschleppt hamm. Wissen Sie's?»

Statt mir eine Antwort zu geben, fragte er: «Kannten Sie Howard Green?»

«Er is mir ein-, zweimal übern Weg gelaufen.»

«Hat Coretta in der Nacht von ihm gesprochen?»

«Kein Wort.» Es tat gut, die Wahrheit zu sagen.

«Wie ist es mit Ihrem Freund Dupree? Hat der von ihm gesprochen?»

«Dupree trinkt. Das ist alles. Und wie er genuch getrunken hatte, isser eingepennt. Das war alles. Und damit hat sich's.»

«Ich bin ein mächtiger Mann, Mr. Rawlins.» Das brauchte er mir nicht zu sagen. «Und ich käme nur ungern auf den Gedanken, daß Sie mich belügen.»

«Wissen Sie, weshalb die Cops mich hopsgenommen haben?»

Matthew Teran hob den kleinen Mexikaner hoch und drückte ihn an seine Brust.

«Was meinst du, mein Süßer?» fragte er den Jungen.

Dicker Schleim drohte dem Jungen aus der Nase zu fließen. Sein Mund stand offen, und er starrte mich an, als wäre ich ein seltsames Tier. Kein gefährliches Tier, vielleicht der Kadaver eines überfahrenen Hundes oder Stachelschweins, der blutend auf dem Highway liegt.

Mr. Teran nahm ein Horn aus Elfenbein, das neben seinem Kopf hing, und sprach hinein. «Norman, bring Mr. Rawlins, wohin er möchte. Fürs erste sind wir fertig miteinander.» Er reichte mir das Horn. Es roch stark nach süßen Ölen und sauren Substanzen. Ich versuchte die Gerüche zu ignorieren, als ich Norman die Adresse von Johns Flüsterkneipe gab.

«Hier ist Ihr Geld, Mr. Rawlins», sagte Teran. Er hielt ein paar feuchte Scheine in der Hand.

«Nein, danke.» Ich wollte nichts anfassen, was dieser Mann angefaßt hatte.

«Mein Büro steht im Telefonbuch, Mr. Rawlins. Falls Sie was rausbekommen, würde ich mich unter Umständen erkenntlich zeigen.»

Als der Wagen vor Johns Laden hielt, stieg ich aus, so schnell ich konnte.

«Easy!» brüllte Hattie. «Was is denn mit dir passiert?»

Sie kam um die Theke herum und legte mir die Hand auf die Schulter.

111

«Bullen», sagte ich.

«Och, Baby. Wehng Coretta?»

Jeder schien über mein Leben Bescheid zu wissen.

«Was ist mit Coretta?»

«Haste nich gehört?»

Ich glotzte sie bloß an.

«Coretta is ermordet worn», sagte sie. «Ich hab gehört, die Polente hat Dupree vonne Arbeit wechgeholt, weil er doch mit sie zusamm gewesen is. Und ich hab doch gewußt, daß du am Mittwoch mitse zusamm gewesen bis, da hab ich mir gedacht, die Polente hat vielleich dir unter Verdacht.»

«Ermordet?»

«Genau wie Howard Green. Die hammse so zugerichtet, daß nur noch ihre Mutter se hat erkenn könn.»

«Tot?»

«Was hammse denn mit dir angestellt, Easy?»

«Ist Odell da, Hattie?»

«Is so gehng siehm gekomm.»

«Wie spät ist es?»

«Zehn.»

«Könntest du mir Odell herholen?» fragte ich.

«Klar kann ich, Easy. Ich sach Junior nur schnell Bescheid.»

Sie steckte den Kopf durch die Tür und kam dann zurück. Nach ein paar Minuten kam Odell nach draußen. Odells Gesichtsausdruck sagte mir, daß ich wohl wirklich schlimm aussah. Er zeigte überhaupt nur selten, was er fühlte, doch in diesem Augenblick sah er aus, als hätte er ein Gespenst gesehen.

«Könntest du mich vielleicht nach Haus fahren, Odell? Ich hab meinen Wagen nich mit.»

«Klare Sache, Easy.»

Odell schwieg fast die ganze Strecke, aber als wir uns meinem Haus näherten, sagte er: «Du solltest dir mal n bißchen Ruhe gönn, Easy.»

«Genau das hab ich vor, Odell.»

«Ich mein nich bloß schlafen, nee. Ich mein richtich Ruhe oder so was.»

Ich lachte. «Ne Frau hat ma zu mir gesacht, arme Leute könn sich kein Urlaub leisten. Sie hat gesacht, entweder wir malochen, oder wir landen unter der Erde.»

«Du mußt ja nich aufhörn mit Arbeiten. Ich mein eher so was wie n bißchen Abwechslung. Vielleicht sollteste mal nach Houston runterfahrn oder sogar nach Galveston, da kennse dich nich so gut.»

«Wieso sachsten das, Odell?»

Wir hielten vor meinem Haus. Mein Pontiac war ein willkommener Anblick, wie er so dastand und auf mich wartete. Ich hätte quer durchs ganze Land fahren können mit dem Geld, das Albright mir gegeben hatte.

«Erst wird Howard Green umgebracht, dann passiert dasselbe mit Coretta. Die Polizei stellt das mit dir an, und es heißt, Dupree sitzt immer noch im Bau. Höchste Zeit zu verschwinden.»

«Ich kann nich verschwinden, Odell.»

«Wieso nich?»

Ich blickte auf mein Haus. Mein wunderschönes Zuhause.

«Ich kann einfach nich», sagte ich. «Aber ich glaub trotzdem, du hast recht.»

«Wenn du nich abhaust, Easy, sollteste dich lieber nach was Hilfe umkucken.»

«Was meinsten mit Hilfe?»

«Ich weiß nich. Vielleicht sollteste am Sonntach mal in die Kirche rüberkomm. Vielleicht kannste dich ja ma mit Reverend Towne unterhalten.»

«Gott kann mir nich raushelfen aus dem Schlamassel. Da muß ich mich schon woanders umkucken.»

Ich stieg aus und winkte ihm zum Abschied. Doch Odell war ein guter Freund; er wartete, bis ich zur Tür gehumpelt und ins Haus getaumelt war.

12

Ich führte mir eine ganze Flasche Bourbon zu Gemüte, bevor ich einschlafen konnte. Die Laken waren steif und trocken, und der Alkohol hatte mir die Angst weitgehend genommen, aber jedesmal, wenn ich die Augen zumachte, war Coretta da, kauerte über mir und küßte mich auf die Brust.

Ich war noch so jung, daß ich mir nicht vorstellen konnte, daß der Tod jemanden traf, den ich kannte. Selbst im Krieg hatte ich erwartet, Freunde wiederzusehen, obwohl ich wußte, daß sie tot waren.

So verging die Nacht. Ich schlief für ein paar Minuten ein, nur um aufzuwachen und Corettas Namen zu rufen oder auf ihr Rufen zu antworten. Wenn ich nicht wieder einschlafen konnte, griff ich nach der Whiskeyflasche neben dem Bett.

Noch in der gleichen Nacht klingelte das Telefon.

«Hä?» murmelte ich.

«Easy? Easy, bist du's?» ertönte eine rauhe Stimme.

«Nja. Wie spät isses?»

«So gehng drei. Biste am penn, Alter?»

«Was denkst du denn? Wer issen da?»

«Junior. Erkennste mich denn nich?»

Es dauerte eine Weile, bis mir wieder einfiel, wer er war. Junior und ich waren nie Freunde gewesen, und ich hatte nicht den blassesten Schimmer, wie er an meine Telefonnummer gekommen sein konnte.

«Easy? Easy! Pennste etwa wieder ein?»

«Was willste denn morngs um die Zeit, Junior?»

«Nee, nix. Is schon gut.»

«Nix? Du holst mich morgns um drei außem Bett für nix?»

«Jetz halt ma die Luft an, Mann. Ich wollte dir bloß sagen, was du wissen wolltest.»

«Junior, was willste?»

«Wehngs der Braut, das is alles.» Er klang nervös. Er sprach schnell, und ich hatte das Gefühl, als würde er sich dauernd über die Schulter schauen. «Wieso warsten überhaupt hinter der her?»

«Du meinst das weiße Mädchen?»

«Nja. Mir is ebn grad eingefalln, daß ichse letzte Woche gesehn hab. Sie is mit Frank Green dagewesen.»

«Wie heißt sie?»

«Ich glaub, er hatse Daphne genannt. Glaub ich.»

«Und wieso erzählste mir das ausgerechnet jetzt? Wieso rufste überhaupt so spät noch an?»

«Ich hab doch frühstens um halb drei Schluß, Easy. Ich hab gedacht, du wolltest das wissen, also hab ich dich angerufen.»

«Da biste auf die Idee gekomm, ma kurz mitten inner Nacht bei mir anzurufen, bloß, um mir was von irgend ner Braut zu verklickern? Mann, dir hammse wohl ins Hirn geschissen! Verdammtnochmal, was willste eigentlich?»

Junior gab ein paar Flüche von sich und knallte den Hörer auf die Gabel.

Ich nahm die Flasche und goß mir einen großen Drink ein. Dann zündete ich mir eine Zigarette an und grübelte über Juniors Anruf nach. Es ergab einfach keinen Sinn, daß er mich nachts anrief, nur um mir von irgendeinem Mädchen zu erzählen, auf das ich es abgesehen hatte. Er mußte etwas wissen. Aber was konnte ein begriffsstutziger Feldarbeiter wie Junior schon von meinen Angelegenheiten wissen? Ich leerte den Drink und drückte die Zigarette aus, aber es ergab noch immer keinen Sinn.

Der Whiskey beruhigte jedoch meine Nerven, und ich konnte eindösen. Ich träumte davon, wie ich als

Junge südlich von Houston mit dem Netz Katzenfische gefangen hatte. Im Gatlin River gab es riesige Katzenfische. Meine Mutter hatte mir erzählt, manche seien so groß, daß sogar die Alligatoren sie in Ruhe ließen.

Ich hatte einen von diesen Riesen im Netz und konnte seinen gewaltigen Kopf unter der Wasseroberfläche gerade so erkennen. Sein Maul war so groß wie der Rumpf eines Menschen.

Da klingelte das Telefon.

Ich konnte nicht drangehen, ohne meinen Fisch zu verlieren, deshalb rief ich nach meiner Mutter, damit sie ihn an Land zog, aber sie hatte mich wohl nicht gehört, denn das Telefon klingelte weiter, und der Katzenfisch versuchte weiterhin abzutauchen. Schließlich mußte ich ihn ziehen lassen und weinte beinahe, als ich den Hörer abnahm. «Hallo.»

«'allo? Ist docht Mr. Rawlins? Ja?» Es war ein leichter Akzent, er klang wie Französisch, war aber nicht direkt französisch.

«Ja», hauchte ich. «Wer ist da?»

«Isch rufe an wegen eine Freundin von Ihnen.»

«Wer denn?»

«Coretta James», sagte sie, wobei sie jede Silbe betonte.

Das machte mich endgültig wach. «Wer ist da?»

«Isch 'eiße Daphne. Daphne Monet», sagte sie. «Ist doch Ihr Freundin, Coretta James, nischt wahr? Sie ist zu mir gekommen und hat Geld von misch verlangt. Sie hat gesagt, Sie würden nach misch suchen, und wenn isch ihr nischt gebe, sie sagt Ihnen. Easy, nischt wahr?»

«Wann hat sie das gesagt?»

«Nischt gestern, sondern Tag davor.»

«Und was haben Sie gemacht?»

«Isch hab ihr mein letzte zwanzisch Dollar gegeben. Isch kenne Sie nischt, oder, Mr. Rawlins?»

«Was hat sie dann gemacht?»

«Sie geht weg, und isch mache Sorgen deswegen, und mein Freund ist weg und kommt nischt zurück nach Haus, da isch denke, isch finde Sie, und Sie sagen mir, ja? Warum wollen Sie misch finden?»

«Ich weiß nicht, was Sie meinen», sagte ich. «Aber Ihr Freund, wer ist das?»

«Frank. Frank Green.»

Reflexartig griff ich nach meiner Hose; sie lag auf dem Boden, neben dem Bett.

«Warum Sie suchen nach mir, Mr. Rawlins? Kenne isch Sie?»

«Da sind Sie wohl auf dem Holzweg, Schätzchen. Ich hab keine Ahnung, was sie Ihnen da erzählt hat ... Meinen Sie, Frank ist sie suchen gegangen?»

«Isch nischt sagen Frank, sie war 'ier. Er war nischt 'ier, aber dann er kommt nischt nach Hause.»

«Ich hab nicht die leiseste Ahnung, wo Frank steckt, und Coretta ist tot.»

«Tot?» Sie klang, als wäre sie wirklich überrascht.

«Ja, es heißt, es wär Donnerstag nacht passiert.»

«Das ist ja schrecklisch. Meinen Sie, vielleischt ist Frank etwas passiert?»

118

«Hören Sie, Lady, ich hab keine Ahnung, was mit Frank ist oder sonst jemand. Ich weiß bloß, daß mich das nen feuchten Dreck angeht, und ich hoff, es geht Ihn gut, aber ich muß jetzt Schluß machen ...»

«Aber Sie müssen misch 'elfen.»

«Nein, danke, Schätzchen. Das is mir zuviel.»

«Aber wenn Sie nischt 'elfen, dann isch muß gehen zu die Polizei, mein Freund zu finden. Dann isch muß den erzählen von Sie und diese Frau, diese Coretta.»

«Hören Sie, es is wahrscheint's Ihr Freund gewesen, der sie umgebracht hat.»

«Sie wurde erstochen?»

«Nein», sagte ich; mir war klar, worauf sie hinauswollte. «Sie ist totgeprügelt worden.»

«Das sein nischt Frank. Er 'at die Messer. Er nischt nehmen sein Fausten. Werden Sie misch 'elfen?»

«Helfen wobei?» sagte ich. Ich hob die Hände, um zu demonstrieren, wie hilflos ich war, aber niemand konnte mich sehen.

«Isch habe eine Freund, ja? Er vielleischt weiß, wo Frank zu finden ist.»

«Ich hab's nich nötig, Frank zu suchen, aber wenn Sie hinter ihm her sind, wieso rufen Sie diesen Freund dann nich einfach an?»

«Isch, isch muß zu ihm. Er hat etwas für misch und ...»

«Und wozu brauchen Sie dann mich? Wenn er Ihr Freund ist, fahrnse doch einfach hin. Nehmse sich n Taxi.»

«Isch nischt haben die Geld, und Frank 'at meine

Wagen. Ist weit weg, Haus von meine Freund, aber isch könnte Ihnen sagen, wie 'inkommen.»

«Nee, danke, Lady.»

«Bitte, 'elfen Sie misch. Isch will nischt die Polizei anrufen, aber isch haben kein andere Möglischkeit, wenn Sie nischt helfen.»

Auch ich hatte Angst vor der Polizei. Angst, daß ich beim nächstenmal, wenn ich ins Polizeirevier ging, nicht wieder rauskommen würde. Mein Katzenfisch fehlte mir immer mehr. Ich konnte beinahe riechen, wie er brutzelte; ich konnte ihn beinahe schmecken.

«Wo sind Sie?»

«In mein Haus, in Dinker Street. Vierunddreißisch einundfünfzisch ein'alb.»

«Da wohnt Frank aber nicht.»

«Isch habe mein eigene Wohnung. Ja? Er ist nischt meine Lieb'aber.»

«Ich könnte Ihnen was Geld bringen und Sie drüben auf der Main innen Taxi setzen. Und damit hat sich's.»

«Oh, ja, ja! Das wäre schön.»

13

Morgens um vier liegt ganz Los Angeles im Tiefschlaf. Nicht einmal ein Hund war auf der Dinker Street zu sehen, der im Abfall herumgewühlt hätte. Die dunklen Rasenflächen lagen ruhig da, hier und da gesprenkelt mit verhuschten weißen Blumen, die im Schein der Straßenlaternen schwach schimmerten.

Das französische Mädchen wohnte in einem einstöckigen Doppelhaus; eine Lampe erhellte ihre Hälfte der Veranda.

Ich blieb noch kurz im Wagen sitzen, um mir eine Zigarette anzuzünden. Das Haus wirkte einigermaßen friedlich. Im Vorgarten stand eine fette Palme. Der Rasen war von einem dekorativen weißen Lattenzaun umgeben. Es lagen weder Leichen herum, noch waren fiese Typen mit Messern auf der Veranda. In diesem Augenblick hätte ich Odells Rat befolgen und ein für allemal aus Kalifornien verschwinden sollen.

Als ich zur Tür kam, stand sie bereits dahinter und wartete.

«Mr. Rawlins?»

«Easy, nennen Sie mich Easy.»

«Ach, ja. So hat Coretta Sie genannt. Ja?»

«Ja.»

«Isch bin Daphne, bitte kommen Sie doch rein.»

Es war eins von diesen Häusern, die ursprünglich für eine Familie bestimmt waren, aber dann war irgendwas dazwischengekommen. Vielleicht hatten Bruder und Schwester es geerbt und konnten sich nicht einigen, also hatten sie einfach eine Zwischenwand eingezogen und nannten es jetzt ein Doppelhaus.

Sie führte mich ins halbe Wohnzimmer. Braune Teppiche, ein braunes Sofa mit dazu passendem Sessel und braune Wände. Ein buschiger Farn stand vor den zugezogenen Vorhängen, die die gesamte vordere Wand verhüllten. Nur der Couchtisch war nicht braun. Er bestand aus einem vergoldeten Gestell, auf dem eine gläserne Tischplatte lag.

«Ein Drink, Mr. Rawlins?» Sie trug eins von diesen schlichten blauen Kleidern, wie die französischen Mädchen sie getragen hatten, als ich GI in Paris war. Es war ungemustert und reichte ihr gerade bis übers Knie. An Schmuck trug sie lediglich eine kleine Anstecknadel aus Keramik über ihrer linken Brust.

«Nein, danke.»

Ihr Gesicht war schön. Noch schöner als auf dem Foto. Gewelltes Haar von so hellem Braun, daß man es aus einiger Entfernung als blond hätte bezeichnen können, und Augen, die entweder blau waren oder grün, je nachdem, wie sie den Kopf hielt. Sie hatte hohe Wangenknochen, doch ihr Gesicht war so weich, daß es sie nicht streng wirken ließ. Ihre Augen lagen ein klein wenig dichter beieinander als bei den meisten Frauen; das ließ sie verletzlich wirken, gab mir das Gefühl, ich müßte meine Arme um sie legen – sie beschützen.

Wir sahen uns eine Weile an, bevor sie etwas sagte. «Möschten Sie etwas essen?»

«Nein, danke.» Ich merkte, daß wir flüsterten und fragte: «Ist noch jemand hier?»

«Nein», flüsterte sie, wobei sie mir so nahe kam, daß ich riechen konnte, welche Seife sie benutzte – Ivory. «Isch lebe allein.»

Dann streckte sie eine lange zarte Hand aus, um mein Gesicht zu berühren.

«Sie 'atten ein Prügelei?»

«Was?»

«Die Flecken in Ihre Gesischt.»

«Is nix.»

Sie bewegte ihre Hand nicht.

«Isch könnte sie saubermachen?»

Ich streckte die Hand aus, um ihr Gesicht zu berühren und dachte: Das ist einfach verrückt.

«Schon gut», sagte ich. «Ich hab Ihnen fünfundzwanzig Dollar mitgebracht.»

Sie lächelte wie ein Kind. Nur ein Kind könnte je so glücklich sein.

«Danke», sagte sie. Sie wandte sich ab, setzte sich in den braunen Sessel und faltete die Hände im Schoß. Mit einem Nicken deutete sie auf die Couch, und ich ließ mich sinken.

«Ich hab das Geld hier drin.» Ich wollte in meine Tasche greifen, aber mit einer Geste hinderte sie mich daran.

«Könnten Sie misch nischt zu ihn bringen? Isch bin doch bloß ein Mädschen, wissen Sie. Sie könnten in Wagen bleiben, und es würde nischt lange dauern. Fünf Minuten vielleischt.»

«Hören Sie, Schätzchen, ich kenne Sie doch nicht mal...»

«Aber isch brauche 'ilfe.» Sie blickte auf ihre Hände hinunter und sagte: «Sie möchten nischts mit die Polizei zu tun 'aben. Isch auch nischt...»

123

Den Spruch hatte ich doch schon mal gehört. «Wieso nehmen Sie nicht einfach das Taxi?»

«Isch 'abe Angst.»

«Aber warum vertrauen Sie ausgerechnet mir?»

«Isch 'abe kein andere Wahl. Isch bin fremd 'ier, und meine Freund ist weg. Als Coretta mir sagte, daß Sie misch suchen, isch frage sie, sind Sie schleschte Mensch, und sie mir sagen nein. Sie sagen, daß Sie sind gute Mensch und daß Sie ganz aussehen, wie sag man, unschuldisch.»

«Ich kenn Sie bloß vom Hörnsagen», sagte ich. «Das is alles. Der Rausschmeißer bei John meinte, Sie wären's wert, mal nen Blick zu riskieren.»

Sie lächelte nur für mich. «Sie werden mir helfen, ja?»

Es war zu spät, noch nein zu sagen. Wenn ich hätte nein sagen sollen, dann zu DeWitt Albright oder sogar zu Coretta. Aber trotzdem hatte ich noch eine Frage.

«Woher hamm Sie gewußt, unter welcher Nummer Sie mich erreichen?»

Daphne blickte ungefähr drei Sekunden auf ihre Hände hinunter; für einen Durchschnittsmenschen lang genug, eine Lüge zu formulieren.

«Bevor isch Coretta ihre Geld gegeben habe, isch sage ihr, daß isch Sie 'aben will, damit isch kann mit Ihnen spreschen. Isch wollte wissen, warum Sie misch suchen.»

Sie war noch ein Mädchen. Höchstens zweiundzwanzig.

«Wo wohnt Ihr Freund, sagen Sie?»

«Auf eine Straße oberhalb von Hollywood, Laurel Canyon Road.»

«Wissen Sie, wie man da hinkommt?»

Sie nickte eifrig, sprang dann auf und sagte: «Ich muß nur noch schnell was 'olen.»

Sie rannte aus dem Wohnzimmer in einen dunklen Flur und war nach kaum einer Minute wieder da. Sie hatte einen alten verbeulten Koffer dabei.

«Der gehört Richard, meine Freund», sagte sie mit einem schüchternen Lächeln.

Ich fuhr quer durch die Stadt nach La Brea und dann schnurstracks Richtung Norden nach Hollywood. Die Straße am Canyon entlang war schmal und kurvig, aber es war nicht der geringste Verkehr. Wir hatten auf der Fahrt nicht einmal einen Streifenwagen gesehen, und das war mir auch ganz recht so, denn die Polente denkt sofort an weiße Sklaverei, wenn es um farbige Männer mit weißen Frauen geht.

Gegen Ende der Straße erhaschten wir in jeder zweiten Kurve einen flüchtigen Blick auf das nächtliche L.A. Selbst damals war die Stadt ein Lichtermeer. Hell und leuchtend und lebendig. Allein der Blick über die Stadt gab mir ein Gefühl von Macht.

«Das nächste ist es, Easy. Das mit die offene Garage.»

Es war auch bloß ein kleines Haus. Verglichen mit einigen der Villen, die wir auf der Fahrt gesehen hatten, sah es aus wie eine Hütte fürs Personal. Ein schäbiges kleines Holzhaus mit Giebeldach, zwei Fenstern und einer Tür, die sperrangelweit offenstand.

«Läßt Ihr Freund die Tür immer so weit offen?» fragte ich.

«Isch weiß nischt.»

Nachdem wir den Wagen abgestellt hatten, stieg ich mit ihr zusammen aus.

«Es dauert nur ein Moment.» Sie streichelte meinen Arm, bevor sie sich dem Haus zuwandte.

«Ich sollte vielleicht lieber mitkommen.»

«Nein», sagte sie mit einer Bestimmtheit, die sie vorher nicht an den Tag gelegt hatte.

«Hören Sie. Es is mitten in der Nacht, in einer einsamen Gegend, in einer großen Stadt. Die Tür steht offen, das heißt, es is was faul. Und wenn noch jemand was passiert, verfolgen mich die Bullen bis ins Grab.»

«Na gut», sagte sie. «Aber nur zum Nachsehen, ob alles in Ordnung ist. Dann Sie gehen zurück zum Wagen.»

Ich machte die Tür zu und drückte dann den Wandschalter. «Richard!» rief Daphne.

Es war eins dieser Häuser, die eigentlich als Berghütte gedacht sind. Die Tür führte in einen großen Raum, Wohnzimmer, Eßzimmer und Küche in einem. Die Küche war durch eine lange Theke von der Eßecke getrennt. Ganz links standen eine Holzbank mit einer mexikanischen Decke darüber und ein Stuhl aus Metall mit gelbbraunen Kissen als Sitz und Rückenlehne. Die Wand gegenüber der Tür war ganz aus

Glas. Darin konnte man Daphne und mich sich spiegeln und die Lichter der Stadt blinken sehen.

In der linken Wand war eine Tür.

«Sein Schlafzimmer», sagte sie.

Auch das Schlafzimmer war schlicht eingerichtet. Holzfußboden, eine Wand aus Glas und ein Riesenbett mit einem toten Mann darauf.

Er hatte noch immer den blauen Anzug an. Er lag quer über dem Bett, die Arme ausgestreckt wie Jesus Christus – doch die Finger waren unnatürlich verkrampft, ganz anders als am Kruzifix meiner Mutter. Er nannte mich zwar nicht «schwatzer Bruder», aber ich erkannte ihn wieder, den besoffenen Weißen, der mir vor Johns Laden über den Weg gelaufen war.

Daphne stockte der Atem. Sie ergriff meinen Ärmel. «Es ist Richard.»

Ein Schlachtermesser steckte tief in seiner Brust. Das glatte braune Heft ragte aus seinem Körper wie der Schwanz einer Katze aus einem Teich. Er war rücklings auf einen Stapel Decken gefallen, so daß das Blut nach hinten geflossen war, um Gesicht und Hals herum. Jede Menge Blut rings um seine weit aufgerissenen Augen. Blaue Augen und braunes Haar und dunkles Blut, so dick, daß man es als Wackelpudding hätte auftischen können. Meiner Zunge wuchs ein Vollbart, und ich mußte würgen.

Auf einmal hockte ich auf einem Knie, doch es gelang mir, mich nicht zu übergeben. Ich kniete dort vor diesem Toten wie ein Priester, der einen Leichnam segnet, der ihm von trauernden Verwandten gebracht worden ist. Ich kannte weder seinen Familiennamen, noch wußte ich, was er getan hatte, ich wußte nur, daß er tot war.

All die Toten, die ich je gekannt hatte, fielen mir in diesem Augenblick wieder ein. Bernard Hooks, Addison Sherry, Alphonso Jones, Marcel Montague. Und tausend Deutsche namens Heinz, auch Frauen und Kinder. Manche waren verstümmelt, andere verbrannt. Ich hatte meinen Teil von ihnen getötet, und in der Hitze des Krieges hatte ich Schlimmeres getan als das. Ich hatte Leichen mit offenen Augen gesehen wie diesen Richard und Leichen, die gar keinen Kopf hatten. Der Tod war mir nicht neu, und ich wollte einen Besen fressen, wenn ich mich von einem toten Weißen mehr in die Knie zwingen ließ.

Während ich so dahockte, fiel mir etwas auf. Ich bückte mich und roch daran, dann hob ich es auf und wickelte es in mein Taschentuch.

Als ich aufstand, sah ich, daß Daphne weg war. Ich ging in die Küche und ließ mir am Spülstein Wasser übers Gesicht laufen. Ich dachte, Daphne wäre auf die Toilette gerannt. Aber als ich fertig war, war sie noch nicht zurück. Ich sah im Badezimmer nach, doch da war sie auch nicht. Ich rannte nach draußen, um nach meinem Wagen zu schauen, aber sie war nirgends zu sehen.

Da hörte ich ein lautes Geräusch aus der Garage.

Dort war Daphne und schob den Koffer in den Kofferraum eines rosa Studebaker.

«Was is denn hier los?» fragte ich.

128

«Was meinste wohl, was hier los is! Wir müssen hier verschwinden, und es is am besten, wenn wir uns trennen.»

Ich hatte nicht die Zeit, mich darüber zu wundern, daß sie keinen Akzent mehr hatte. «Was is hier passiert?»

«Hilf mir mit meinem Gepäck!»

«Was is passiert?» fragte ich noch einmal.

«Verfluchtnochmal, woher soll ich das wissen? Richard ist tot, Frank ist auch weg. Ich weiß bloß, daß ich hier verschwinden muß, und das gleiche gilt für dich, außer du willst, daß die Polizei beweist, daß du es getan hast.»

«Wer hat es getan?» Ich packte sie und drehte sie vom Wagen weg.

«Ich weiß es nicht», sagte sie mir mit leiser, ruhiger Stimme ins Gesicht. Unsere Gesichter waren kaum mehr als fünf Zentimeter voneinander entfernt.

«Ich kann doch nich einfach so tun, als ob nix passiert wär.»

«Dir bleibt gar nichts anderes übrig, Easy. Ich nehm die Sachen hier mit, dann erfährt kein Mensch, daß ich je hier war, und du fährst einfach nach Haus. Hau dich aufs Ohr, und tu so, als ob du alles nur geträumt hättest.»

«Und was is mit ihm?» brüllte ich und deutete auf das Haus.

«Das ist ein toter Mann, Mr. Rawlins. Der ist ein für allemal hinüber. Fahr einfach nach Haus und vergiß, was du gesehen hast. Die Polizei weiß nicht, daß du hier warst, und das wird sie auch nicht erfahren, außer du schreist so laut, daß jemand den Kopf aus dem Fenster streckt und deinen Wagen sieht.»

«Was hast du vor?»

«Seinen Wagen in ein kleines Versteck fahren und ihn da stehen lassen. Mich in einen Bus setzen, der mich mindestens tausend Meilen von hier wegbringt.»

«Was is mit den Männern, die nach dir suchen?»

«Du meinst Carter? Der will mir nichts Böses. Der gibt's auf, wenn sie mich nicht finden.» Sie lächelte.

Dann küßte sie mich.

Es war ein langsamer, entschiedener Kuß. Zuerst versuchte ich, mich zurückzuziehen, aber sie hielt mich fest. Ihre Zunge kroch unter meine und zwischen Zahnfleisch und Lippen. Der bittere Geschmack in meinem Mund wurde beinahe süß von ihr. Sie beugte sich zurück, lächelte mich einen Augenblick an und küßte mich noch einmal. Diesmal wild. Sie drang so tief in meinen Hals, daß wir mit den Zähnen aneinanderstießen und mein Eckzahn absplitterte.

«Schade, daß wir nicht mehr dazu kommen, uns näher kennenzulernen, Easy. Sonst würde sich die kleine weiße Göre hier von dir verschlingen lassen.»

«Du kannst doch nicht einfach verschwinden», stammelte ich. «Hier geht's um Mord.»

Sie knallte den Kofferraum zu und ging um mich herum zur Fahrerseite des Wagens. Sie stieg ein und kurbelte das Fenster herunter. «Tschüß, Easy», sagte sie, als sie den Wagen anwarf.

Sie ließ den Motor zweimal absaufen, jedoch nicht lang genug, um ihn endgültig abzuwürgen.

Ich hätte sie packen und aus dem Wagen zerren können, aber was hätte ich mit ihr machen sollen? So konnte ich nur zuschauen, wie die roten Lichter langsam den Hügel hinunter verschwanden.

Mit dem Gedanken, daß sich mein Glück noch nicht gewendet hatte, stieg ich in meinen Wagen.

14

Du läßt dir von den auf der Nase rumtanzen, Easy. Läßt auf dir rumtrampeln und rührst nich ma n klein Finger.»

«Was soll ich denn machen?»

Ich fuhr auf den Sunset Boulevard und bog links ab, in Richtung des Lichtstreifens aus feurigem Orange am östlichen Horizont.

«Keine Ahnung, Mann, aber du mußt was unternehm. Wenn das so weitergeht, erlebste nächsten Mittwoch nich mehr.»

«Vielleicht sollte ich auf Odell hören und verschwinden.»

«Verschwinden! Verschwinden? Willste etwa das einzige im Stich lassen, was du je besessen hast? Verschwinden», sagte die Stimme angewidert. «Lieber verrecken als verschwinden.»

«Na ja, du hast doch gesacht, daß ich eh draufgeh.

Da brauch ich doch bloß bis nächsten Mittwoch waten.»

«Du mußt dich wehrn, Mann. Du kannst dir von den Leuten doch nich einfach aufer Nase rumtanzen lassen. Dich mit französische weiße Mädels einlassen, die nich mal richtich französisch sind; für nen Weißen malochen, der seine eignen Leute umleecht, wenn er sie nich riechen kann. Du mußt rauskriehng, was passiert is und die Sache wieder einrenken.»

«Aber was soll ich denn machen, mit der Polizei und Mr. Albright, von dem Mädchen nich zu reden?»

«Den richtigen Aungblick abwaten, Easy. Nix tun, was du nich unbedingt tun mußt. Einfach den richtigen Aungblick abwaten und zuschlahng, wenn's was zu holen gibt.»

«Was, wenn...»

«Stell keine blöden Frahng. Entweder, oder. ‹Was, wenn› is doch Kinnerkram, Easy. Du bisten Mann.»

«Ja», sagte ich. Plötzlich fühlte ich mich stärker.

«Gibt nich besonders viele, die sich an nen richting Mann ranwahng, Easy. Dafür gibt's zuviele Feiglinge.»

Die Stimme höre ich nur, wenn's so schlimm kommt, daß es gar nicht mehr schlimmer kommen kann und ich am liebsten meinen Wagen nehmen und ihn gegen die nächstbeste Mauer setzen würde. Dann höre ich diese Stimme und bekomme von ihr den besten Rat, den man überhaupt kriegen kann.

Die Stimme ist knallhart. Sie kümmert sich nie

darum, ob ich Angst habe oder in Gefahr bin. Sie faßt einfach alle Tatsachen ins Auge und sagt mir, was ich zu tun habe.

Die Stimme hörte ich zum erstenmal in der Armee.

Als Soldat war ich stolz, weil ich alles glaubte, was in der Zeitung und den Wochenschauen berichtet wurde. Ich glaubte fest daran, daß ich ein Teil der Hoffnung dieser Welt sei. Aber dann stellte ich fest, daß in der Armee genauso nach Rassen getrennt wurde wie im Süden. Ich wurde zum Infanteristen ausgebildet, zum Kämpfer, und dann wurde ich die ersten drei Jahre meines Einsatzes vor eine Schreibmaschine gesetzt. Ich war mit der Statistik-Einheit durch Afrika und Italien gezogen. Wir marschierten den Frontsoldaten hinterher, folgten ihren Bewegungen und zählten ihre Toten.

Ich war zwar in einer schwarzen Abteilung, doch alle Vorgesetzten waren Weiße. Mir wurde beigebracht, wie man Menschen tötet, aber die Weißen waren nicht eben wild darauf, mich mit einem Gewehr hantieren zu sehen. Sie wollten nicht sehen, wie ich weißes Blut vergoß. Sie meinten, uns fehlte die Disziplin und der Verstand, um in den Krieg zu ziehen, aber sie hatten eigentlich bloß Angst, daß wir Gefallen finden könnten an der Art von Freiheit, die das Spiel mit dem Tod so mit sich bringt.

Wenn ein Schwarzer kämpfen wollte, mußte er sich schon freiwillig melden. Dann durfte er unter Umständen kämpfen.

Ich glaubte, die Männer, die sich freiwillig zur Schlacht meldeten, wären Trottel.

«Wieso sollte ich mich in einem Krieg von Weißen abknallen lassen?» sagte ich immer.

Aber dann, eines Tages, war ich im PX, als eine Fuhre weißer Soldaten ankam, direkt von der Front vor Rom. Sie zogen über die schwarzen Soldaten her. Sie meinten, wir wären Feiglinge, und es seien die weißen Jungs, die Europa befreiten. Ich wußte, daß sie uns beneideten, weil wir hinter den Linien waren, gutes Essen bekamen und uns Frauen anlachen konnten, aber irgendwie packte es mich. Ich haßte diese weißen Soldaten und meine eigene Feigheit.

Also meldete ich mich freiwillig für die Landung in der Normandie, und später zog ich dann unter Patton in die Ardennenschlacht. Damals waren die Alliierten derart am Ende, daß sie sich den Luxus, die Truppen nach Rassen zu trennen, nicht mehr leisten konnten. In unserem Zug gab es Schwarze, Weiße und sogar eine Handvoll japanischer Einwanderer. Wir hatten uns hauptsächlich darum zu kümmern, Deutsche zu töten. Und immer gab es Ärger zwischen den einzelnen Rassen, aber trotz allem lernten wir da draußen auch, uns gegenseitig zu respektieren.

Es war mir immer egal gewesen, daß diese weißen Jungs mich haßten, aber wenn sie mich nicht respektierten, war ich bereit zu kämpfen.

Es war an der Grenze zur Normandie, in der Nähe eines kleinen Bauernhofes, als ich die Stimme zum erstenmal hörte. Ich saß in einer Scheune in der Falle. Meine beiden Kumpels, Anthony Yakimoto und Wenton Niles, waren tot, und ein Scharfschütze hatte den Schuppen unter Beschuß. Die Stimme meinte, ich sollte zusehen, daß «du den Arsch hochkrichst, wenn die Sonne untergeht, und den Wichser kaltmachst. Mensch, mach ihn kalt un fetz ihm mit dein Bajonett seine verschissene Visage vom Schädel. Das kannste dir von dem doch nich bieten lassen. Auch wenn er dich am Leben läßt, wirste dein Leben lang Schiß hamm. Mach den Wichser kalt», meinte sie zu mir. Und das tat ich dann auch.

Die Stimme kennt keine Gier. Sie hat mir nie befohlen, zu stehlen oder zu vergewaltigen. Sie sagt mir lediglich, wie's aussieht, wenn ich überleben will. Überleben wie ein Mann.

Wenn die Stimme spricht, höre ich zu.

15

Als ich nach Hause kam, stand ein anderer Wagen vor meinem Haus. Ein weißer Cadillac. Es saß zwar niemand drin, aber diesmal war es meine Haustür, die offenstand.

Manny und Shariff lungerten gleich hinter der Tür herum. Shariff grinste mich an. Manny schaute zu Boden, so daß ich über seine Augen noch immer nichts Genaues sagen konnte.

Mr. Albright stand in der Küche und sah durchs Fenster hinaus in die Gärten. Kaffeeduft erfüllte das Haus. Als ich hereinkam, drehte er sich zu mir um; seine rechte Hand wölbte sich um eine Porzellantasse. Er trug weiße Baumwollhosen und einen cremefarbenen Pullover, weiße Golfschuhe und eine Kapitänsmütze mit schwarzem Schirm.

«Easy.» Sein Lächeln war locker und freundlich.

«Was hamm Sie in meinem Haus zu suchen, Mann?»

«Ich hatte was mit Ihnen zu besprechen. Wissen Sie, ich hatte damit gerechnet, daß Sie zu Hause sind.» Der leise Hauch einer Drohung lag in seiner Stimme.

«Also hat Manny mit einem Schraubenzieher die Tür aufgemacht, damit wir's ein bißchen gemütlicher haben. Der Kaffee ist fertig.»

«Es gibt keine Entschuldigung dafür, daß Sie in mein Haus eingebrochen sind, Mr. Albright. Was würden Sie denn machen, wenn ich bei Ihnen einbrechen würde?»

«Ich würde dir deinen Niggerschädel an der Wurzel ausreißen.» Sein Lächeln änderte sich nicht im geringsten.

Ich sah ihn einen Augenblick an. Irgendwo in meinem Hinterkopf dachte ich: Warte den richtigen Augenblick ab, Easy.

«Also, was wollen Sie?» fragte ich ihn. Ich ging zur Theke und goß mir einen Becher Kaffee ein.

«Wo sind Sie denn gewesen, Easy, morgens um diese Zeit?»

136

«Wo ich war, geht Sie überhaupt nichts an.»

«Wo?»

Ich drehte mich zu ihm um und sagte: «Ich war bei nem Mädchen. Sie krieg wohl keine ab, was, Mr. Albright?»

Seine toten Augen wurden noch kälter, und das Lächeln verschwand aus seinem Gesicht. Ich hatte versucht, etwas zu sagen, das ihm unter die Haut gehen würde, und jetzt tat es mir leid, daß ich es gesagt hatte.

«Ich bin nicht hier, um irgendwelche Spielchen mit dir zu treiben, Freundchen», sagte er ruhig. «Du hast mein Geld in der Tasche, und alles, was ich von dir zu hören kriege, ist ein Haufen Schwachsinn.»

«Was soll das heißen?» Mit Mühe gelang es mir, keinen Schritt rückwärts zu machen.

«Das soll heißen, daß Frank Green seit zwei Tagen nicht mehr zu Hause gewesen ist. Das soll heißen, daß der Verwalter der Skyler Arms mir erzählt, daß die Polizei in seinem Laden gewesen ist und sich nach einem farbigen Mädchen erkundigt hat, das ein paar Tage vor ihrem Tod mit Green gesehen worden ist. Ich will es wissen, Easy. Ich will wissen, wo das weiße Mädchen ist.»

«Sie denken, ich hätte meine Arbeit nich getan? Scheiße, ich geb Ihnen das Geld zurück.»

«Dafür ist es zu spät, Mr. Rawlins. Wenn Sie mein Geld nehmen, gehören Sie mir.»

«Ich gehöre niemandem.»

«Wir sind doch alle irgendwem was schuldig, Easy.

137

Wenn man wem was schuldig ist, steht man in der Kreide, und wenn man in der Kreide steht, kann man nicht sein eigener Herr sein. Das ist Kapitalismus.»

«Ich hab Ihr Geld hier, Mr. Albright.» Meine Hand wanderte zu meiner Tasche.

«Glauben Sie an Gott, Mr. Rawlins?»

«Was wolln Sie einklich, Mann?»

«Ich will wissen, ob Sie an Gott glauben.»

«Das is doch alles Quatsch. Ich muß ins Bett.» Ich wollte mich schon umdrehen, ließ es dann aber doch bleiben. Ich hätte DeWitt Albright niemals wissentlich den Rücken zugedreht.

«Wissen Sie», fuhr er fort, wobei er sich ein wenig zu mir herüberbeugte, «ich schaue mir einen Mann, den ich umbringe, nämlich gern genau an, wenn er an Gott glaubt. Ich möchte sehen, ob der Tod für einen religiösen Menschen anders ist.»

«Warte den richtigen Augenblick ab», flüsterte die Stimme.

«Ich hab sie gesehn», sagte ich.

Ich ging zum Sessel im Wohnzimmer. Es war eine große Erleichterung, mich hinzusetzen.

Albrights Gorillas kamen näher. Sie waren aufgewacht, wie Jagdhunde, die Blut wittern.

«Wo?» sagte DeWitt lächelnd. Seine Augen sahen aus wie die von Untoten.

«Sie hat mich angerufen. Sie meinte, wenn ich ihr nicht helfe, würde sie der Polizei von Coretta erzählen…»

«Coretta?»

«Ein totes Mädchen, ne Freundin von mir. Die Polizei hat sich wahrscheint's nach ihr erkundigt. Sie is mit Frank und Ihrem Mädchen zusamm gewesen», sagte ich. «Daphne hat mir ne Adresse drüben auf der Dinker gegeben, und ich bin hingefahrn. Dann hat sie sich von mir in die Hollywood Hills raufkutschiern lassen, zum Haus von irgendnem Typ.»

«Wann war das?»

«Ich komm grade zurück.»

«Wo ist sie?»

«Sie hat die Fliege gemacht.»

«Wo ist sie?» Seine Stimme klang wie aus einem tiefen Brunnen. Sie klang wild und gefährlich.

«Ich weiß es nicht! Als wir die Leiche gefunden hatten, ist sie mit seinem Wagen abgehauen!»

«Was für ne Leiche?»

«Der Typ war schon tot, als wir gekommen sind.»

«Wie hieß der Kerl?»

«Richard.»

«Richard wie?»

«Sie hat ihn bloß Richard genannt, das is alles.» Ich sah keinen Grund, ihm zu erzählen, daß Richard bei Johns Laden herumgeschnüffelt hatte.

«Sind Sie sicher, daß er tot war?»

«Der hatte n Messer in der Brust stecken. Ne Fliege is ihm übers Auge marschiert.» Ich spürte, wie mir die Galle hochkam, als ich daran dachte. «Alles voll Blut.»

«Und Sie haben sie einfach ziehen lassen?» Der drohende Unterton in seiner Stimme war wieder da, also stand ich auf und ging Richtung Küche, um mir noch einen Kaffee zu holen. Ich hatte solche Angst, daß mir einer von ihnen hinterherkommen könnte, daß ich gegen den Türpfosten stieß, als ich durch die Tür gehen wollte.

«Warte den richtigen Augenblick ab», flüsterte die Stimme wieder.

«Sie hamm mich nich für ne Entführung angeheuert. Das Mädchen hat sich ihre Schlüssel gegriffen und is abgehaun. Was hätt ich denn machen sollen?»

«Haben Sie die Bullen gerufen?»

«Ich hab nur versucht, die Geschwindigkeitsbegrenzung einzuhalten, so gut es ging. Sonst nix.»

«Ich werd Sie jetzt was fragen, Easy.» Sein Blick klebte an meinen Augen. «Und ich möchte, daß Sie keine Dummheiten machen. Nicht jetzt.»

«Schießen Sie los.»

«Hat sie irgendwas mitgenommen? Eine Tasche oder einen Koffer?»

«Sie hatte nen ollen braunen Koffer. Den hatse innen Kofferraum getan.»

DeWitts Augen leuchteten auf, und alle Spannung fiel von seinen Schultern. «Was für ein Wagen war das?»

«48er Studebaker. Rosa.»

«Wo ist sie hin? Und denken Sie dran, Sie wollten mir alles sagen.»

«Sie hat bloß gesacht, sie wollte ihn irgendswo abstellen, aber wo, hat sie nich gesacht.»

«Wie war ihre Adresse?»

«Sechsundzwanzig –»

Er fuchtelte mir ungeduldig vor dem Gesicht herum, und zu meiner Schande zuckte ich zurück.

«Schreiben Sie's auf.»

Ich holte Papier aus der Schublade in meinem Beistelltisch.

Er saß mir gegenüber auf der Couch und inspizierte den kleinen Zettel. Er hatte die Beine gespreizt.

«Holen Sie mir einen Whiskey, Easy», sagte er.

«Hol ihn dir selbst», sagte die Stimme.

«Holen Sie ihn sich selbst», sagte ich. «Die Flasche steht im Küchenschrank.»

DeWitt Albright sah zu mir hoch, und langsam machte sich ein feistes Grinsen auf seinem Gesicht breit. Er lachte, klatschte sich auf die Knie und sagte: «Also, hol mich der Teufel.»

Ich glotzte ihn bloß an. Ich war bereit zu sterben, aber ich würde nicht kampflos untergehen.

«Hol uns einen Drink, Manny, ja?» Der kleine Mann ging rasch zum Küchenschrank. «Wissen Sie, Easy, Sie sind ein tapferer Bursche. Und einen tapferen Burschen kann ich gut gebrauchen.» Er dehnte die Worte immer mehr, je länger er redete. «Ihr Geld haben Sie schon gekriegt, stimmt's?»

Ich nickte.

«Also, soweit ich das sehe, ist Frank Green die Schlüsselfigur. Entweder ist sie in seiner Nähe, oder er weiß, wo sie hin ist. Deshalb will ich, daß Sie diesen Gangster für mich finden. Ich will, daß Sie ein Treffen mit ihm in die Wege leiten. Das ist alles. Wenn ich mich erst mal mit ihm treffe, weiß ich schon, was ich zu sagen habe. Sie machen Frank Green für mich ausfindig, und wir beide sind quitt.»

«Quitt?»

«*Restlos*, Easy. Sie behalten Ihr Geld, und ich laß Sie in Frieden.»

Das war beileibe kein Angebot. Irgendwie wußte ich, daß Mr. Albright vorhatte, mich umzubringen. Entweder würde er mich sofort umbringen, oder er würde damit warten, bis ich Frank gefunden hatte.

«Ich find ihn für Sie, aber ich brauch noch mal hundert, wenn ich da draußen den Kopf für Sie hinhalten soll.»

«Wir beide sind vom gleichen Schlach, Easy, das kann man wohl sagen», sagte er. «Sie haben drei Tage Zeit, ihn zu finden. Und daß Sie sich ja nicht verzählen.»

Wir leerten unsere Drinks, während Manny und Shariff vor der Tür warteten.

Albright stieß die Fliegentür auf und war schon fast draußen, als ihm etwas einfiel. Er drehte sich noch einmal zu mir um und sagte: «Mit mir ist nicht zu spaßen, Mr. Rawlins.»

Nein, dachte ich, genausowenig wie mit mir.

16

Ich schlief den ganzen Tag durch bis in den Abend hinein. Vielleicht hätte ich nach Frank Green suchen sollen, aber ich wollte bloß noch schlafen.

Mitten in der Nacht wachte ich schweißgebadet auf. Jedes Geräusch, das ich hörte, klang, als wollte mich jemand holen kommen. Entweder war es die Polizei oder DeWitt Albright, oder Frank Green. Ich konnte den Blutgeruch, den ich mir in Richards Zimmer geholt hatte, nicht abschütteln. Das Summen einer Million Fliegen kam vom Fenster, Schwärme von Fliegen, wie ich sie in Oran in Nordafrika an den Leichen unserer Jungs gesehen hatte.

Ich zitterte, obwohl mir nicht kalt war. Und ich wollte zu meiner Mutter oder sonst jemandem, der mich liebte, doch dann stellte ich mir vor, wie Frank Green mich den Armen einer zärtlichen Frau entriß; er hielt das Messer so, daß es sich mir ins Herz bohrte.

Schließlich sprang ich vom Bett auf und rannte zum Telefon. Ich hatte keine Ahnung, was ich tun sollte. Joppy konnte ich nicht anrufen, weil er diese Art von Angst nicht verstehen würde. Odell konnte ich nicht anrufen, weil er sie nur zu gut verstand und mir bloß raten würde, zu verschwinden. Dupree konnte ich nicht anrufen, weil er noch immer eingesperrt war. Aber mit ihm hätte ich sowieso nicht sprechen können, weil ich ihn wegen Coretta hätte belügen müssen, und zum Lügen war ich viel zu durcheinander.

Also wählte ich die Nummer der Vermittlung. Als ich die Frau an der Strippe hatte, bat ich sie um ein Ferngespräch, und dann fragte ich nach Mrs. E. Alexander in der Claxton Street im Fifth Ward von Houston.

Als sie an den Apparat kam, schloß ich die Augen und dachte an sie: eine stämmige Frau mit tiefbrauner Haut und topasfarbenen Augen. Ich stellte mir ihr Stirnrunzeln vor, als sie «Hallo?» sagte, EttaMae hatte das Telefon nämlich nie leiden können. Sie sagte immer: «Ich seh mein Ärger lieber auf mich zukomm; klammheimlich durchs Telefon, das is nix für mich.»

«Hallo?» sagte sie.

«Etta?»

«Wer is da?»

«Ich bin's Etta, Easy.»

«Easy Rawlins?» Und dann ein feistes Lachen. Die Sorte Lachen, bei der man mitlachen möchte. «Easy, wo bist du, Schätzchen? Biste wieder zu Haus?»

«Ich bin in L.A., Etta.» Meine Stimme zitterte; meine Brust bebte vor lauter Gefühl.

«Stimmt was nich, Schätzchen? Du hörst dich komisch an.»

«Äh... Nee, is nix, Etta. Wirklich schön, dich zu hören. Nja, was Schöneres kann ich mir gar nicht vorstellen.»

«Was is los, Easy?»

«Hast du ne Ahnung, wie ich Mouse erreichen kann?»

Darauf folgte Schweigen. Ich dachte daran, wie sie

144

uns im Physikunterricht immer erzählt hatten, der Weltraum sei leer, schwarz und kalt. In diesem Augenblick spürte ich genau das, und darauf hatte ich wirklich keine Lust.

«Du weißt doch, daß Raymond und ich uns getrennt haben. Der wohnt hier nich mehr.»

Die Vorstellung, daß ich Etta traurig machte, war fast mehr, als ich ertragen konnte.

«Tut mir leid, Baby», sagte ich. «Ich dachte bloß, du wüßtest vielleicht, wie ich an ihn rankomm.»

«Was is los, Easy?»

«Sophie hat vielleicht doch recht gehabt.»

«Sophie Anderson?»

«Ja, du weißt doch, daß sie immer sacht, L.A. wär ihr zuviel?»

Etta lachte in sich hinein. «Allerdings.»

«Da hatse vielleicht gar nich mal so unrecht.» Ich lachte auch.

«Easy...»

«Sag Mouse einfach, daß ich angerufen hab, Etta. Sag ihm, daß Sophie von wehngs Kalifornien womöglich gar nich ma so schiefliegt und daß das hier für ihn vielleicht genau das Richtige wär.»

Sie wollte gerade etwas anderes sagen, aber ich tat so, als würde ich sie nicht hören und sagte: «Wiedersehn.» Ich drückte auf die Gabel.

Ich stellte mir den Sessel vors Fenster, damit ich in meinen Garten hinausschauen konnte. Dort blieb ich lange sitzen, ballte die Fäuste und atmete tief durch, wenn ich es fertigbrachte, daran zu denken. Schließlich verflog die Angst, und ich schlief ein. Das letzte, woran ich mich erinnere, ist der Anblick meines Apfelbaums in der hereinbrechenden Dämmerung.

17

Ich legte die Karte, die DeWitt Albright mir gegeben hatte, auf die Kommode. Auf der Karte stand:

MAXIM BAXTER
Direktor der Personalabteilung
Lion Investments

Unten rechts in der Ecke eine Adresse auf dem LaCienega Boulevard.

Morgens gegen zehn hatte ich meinen besten Anzug an und war startklar. Ich dachte, nun sei es an der Zeit, auf eigene Faust Informationen zu sammeln. Diese Karte war einer der beiden Hinweise, die ich hatte, also fuhr ich wieder quer durch die ganze Stadt zu einem kleinen Bürogebäude gleich unterhalb der Melrose auf dem LaCienega. Lion Investments hatten das ganze Gebäude in Beschlag genommen.

Die Sekretärin, eine ältere Dame mit blauem Haar, war gerade in das Hauptbuch vertieft, das auf ihrem Schreibtisch lag. Als mein Schatten auf ihre Kladde fiel, sagte sie zu dem Schatten: «Ja?»

«Ich wollte zu Mr. Baxter.»

«Haben Sie einen Termin?»

«Nein. Aber Mr. Albright hat mir seine Karte gegeben und meinte, ich sollte vorbeikommen, wenn ich es einrichten kann.»

«Ich kenne keinen Mr. Albright», sagte sie, wiederum zu dem Schatten auf ihrem Schreibtisch. «Und Mr. Baxter ist ein vielbeschäftigter Mann.»

«Vielleicht kennt er ja Mr. Albright. Der hat mir die Karte hier gegeben.» Ich warf die Karte auf die Seite, die sie gerade las, und sie blickte auf.

Was sie sah, überraschte sie. «Oh!»

Ich lächelte sie von oben herab an. «Ich kann warten, falls er beschäftigt ist. Ich hab mir ne Weile freigenommen.»

«Ich, äh... Ich werd mal nachsehen, ob er sich ein bißchen Zeit nehmen kann, Mr. –»

«Rawlins.»

«Nehmen Sie doch solange auf der Couch da drüben Platz, ich bin gleich wieder da.»

Sie verschwand durch eine Tür hinter ihrem Schreibtisch. Nach ein paar Minuten kam eine andere ältere Dame heraus. Sie sah mich mißtrauisch an und machte dann mit der Arbeit weiter, die die andere liegengelassen hatte.

Das Wartezimmer war eigentlich ganz hübsch. Eine lange, schwarze Ledercouch stand vor einem Fenster, das auf den Wilshire Boulevard hinausging. Wenn man aus dem Fenster schaute, blickte man auf eins dieser Nobelrestaurants, das Angus Steak House. Vor dem Eingang stand ein Mann in Beefeater-Uniform,

147

wie die britische Leibgarde sie trägt, der all den netten Menschen die Tür aufmachte, die innerhalb einer Dreiviertelstunde einen ganzen Tageslohn auf den Kopf hauen wollten. Der Beefeater wirkte zufrieden. Ich fragte mich, was er wohl so an Trinkgeld verdiente.

Vor der Couch stand ein langer Beistelltisch. Er war übersät mit Handelsblättern und Wirtschaftsmagazinen. Nichts für Frauen. Und auch nichts für Männer, die irgendwas in Richtung Sport oder Unterhaltung suchten. Als ich es satt hatte, dem Beefeater dabei zuzusehen, wie er die Tür aufmachte, fing ich an, mich im Zimmer umzuschauen.

An der Wand neben der Couch hing eine Bronzetafel. An ihrem oberen Ende war ein gehämmertes Oval, in das die Umrisse eines herabstoßenden Falken gehauen waren. Der Falke hatte drei Pfeile in den Klauen. Darunter standen die Namen aller wichtigen Partner- und Tochtergesellschaften von Lion Investments. Einige der Namen kannte ich; Prominente, von denen man tagtäglich in der *Times* lesen konnte. Anwälte, Bankiers und schlicht stinknormale reiche Leute. Der Name des Präsidenten stand ganz unten auf der Tafel, als wäre er ein schüchterner Mensch, der seinen Namen nur ungern so auffällig plaziert sah, daß man ihn als denjenigen identifizieren konnte, der die Fäden in der Hand hielt. Mr. Todd Carter gehörte nicht zu den Menschen, die es schätzten, wenn ihr Name in aller Munde war, dachte ich mir. Ich meine, was würde er wohl sagen, wenn er wüßte, daß ein seltsames französisches Mädchen, das nachts loszog, um den Wagen eines Toten zu klauen, mit seinem Namen hantierte? Ich lachte so laut, daß die alte Frau hinter dem Schreibtisch aufsah und mir einen finsteren Blick zuwarf.

«Mr. Rawlins», sagte die erste Sekretärin, als sie auf mich zukam. «Sie wissen ja, Mr. Baxter ist ein vielbeschäftigter Mann. Er hat nicht sehr viel Zeit...»

«Na ja, dann sehen Sie mal zu, daß er mich schnellstens empfängt, damit er weiterarbeiten kann.»

Das gefiel ihr gar nicht.

«Darf ich fragen, in welcher Angelegenheit Sie ihn sprechen möchten?»

«Klar dürfen Sie, aber ich glaub kaum, daß es Ihrem Boss gefällt, wenn ich mit dem Personal über seine Geschäfte rede.»

«Sir, ich kann Ihnen versichern», sagte sie und konnte ihren Zorn nur mit Mühe unterdrücken, «daß, was immer Sie Mr. Baxter zu sagen haben, bei mir bestens aufgehoben ist. Im übrigen kann er Sie nicht empfangen, also werden Sie wohl oder übel mit mir vorliebnehmen müssen.»

«Nee.»

«Ich fürchte, doch. Also, wenn ich ihm irgend etwas ausrichten soll, dann sagen Sie es mir bitte, damit ich wieder an meine Arbeit gehen kann.» Sie brachte einen kleinen Block und einen gelben Bleistift zum Vorschein.

«Tja, Miss –?» Aus irgendeinem Grund dachte ich,

149

es wäre nett, wenn wir unsere Namen austauschen würden.

«Was darf ich ausrichten, Sir?»

«Ich verstehe», sagte ich. «Also, richten Sie ihm folgendes aus: Ich hab eine Nachricht für einen Mr. Todd Carter, den Präsidenten Ihrer Firma, wenn ich mich nicht irre. Ich habe Mr. Baxters Karte bekommen, um eine Nachricht an Mr. Carter weiterzuleiten wegen eines Auftrags, der mir von einem Mr. DeWitt Albright erteilt worden ist.» Dabei beließ ich es fürs erste.

«Ja? Und was für ein Auftrag soll das sein?»

«Sind Sie sicher, daß Sie das wissen möchten?» fragte ich.

«Was für ein Auftrag, Sir?» Falls sie überhaupt nervös war, ließ sie es sich nicht anmerken.

«Mr. Albright hat mich angeheuert, um Mr. Carters Geliebte zu finden, die ihn hat sitzen lassen.»

Sie hörte auf zu schreiben und spähte mich über den Rand ihrer Zweistärkenbrille hinweg an. «Soll das vielleicht ein Witz sein?»

«Nicht daß ich wüßte, Ma'am. Um ehrlich zu sein, seitdem ich für Ihren Boss arbeite, hab ich nichts mehr zu lachen. Rein gar nichts.»

«Entschuldigen Sie mich», sagte sie.

Sie knallte ihren Block so fest auf den Tisch, daß ihre Assistentin aufschreckte, und verschwand erneut durch die Hintertür.

Sie war höchstens fünf Minuten weg, als ein hochgewachsener Mann im dunkelgrauen Anzug aus der

Tür trat und auf mich zukam. Er war dünn und hatte buschiges schwarzes Haar und dichte schwarze Augenbrauen. Seine Augen schienen sich in den Schatten dieser gewaltigen Augenbrauen zurückzuziehen.

«Mr. Rawlins.» Sein Lächeln war so weiß, daß es gut zu DeWitt Albright gepaßt hätte.

«Mr. Baxter?» Ich stand auf und ergriff seine ausgestreckte Hand.

«Kommen Sie doch mit mir, Sir.»

Wir gingen an den zwei finster dreinschauenden Frauen vorbei. Ich war sicher, daß sie die Köpfe zusammenstecken und zu tratschen anfangen würden, sobald Mr. Baxter und ich durch die Tür verschwunden waren.

Der Flur, den wir betraten, war zwar schmal, aber mit dickem Teppich ausgelegt, und die Wände waren mit piekfeinem blauen Stoff tapeziert. Am Ende des Flurs war eine elegante Eichentür, in die «Maxim T. Baxter, Vizepräsident» eingeschnitzt war.

Sein Büro war klein und bescheiden. Der Schreibtisch aus Eschenholz war zwar Qualitätsarbeit, aber weder groß noch protzig. Der Fußboden war aus Kiefernholz, und das Fenster hinter seinem Schreibtisch ging auf einen Parkplatz hinaus.

«Nicht gerade klug, am Empfang über Mr. Carters Angelegenheiten zu sprechen», sagte Baxter, kaum das wir uns gesetzt hatten.

«Das interessiert mich nich, Mann.»

«Was?» Es war eine Frage, aber in seinem Tonfall schwang so etwas wie Überheblichkeit mit.

151

«Ich hab gesacht, das interessiert mich nich, Mr. Baxter. Für mich steht einfach zuviel aufem Spiel, als daß ich mir Sorgen drüber machen würde, was Sie für richtich halten. Verstehnse, wennse der Frau da draußen Bescheid gesacht hätten, dasse mich zu Ihn lassen soll, dann —»

«Ich habe sie *gebeten*, mir auszurichten, was Sie zu sagen haben, Mr. Rawlins. Wenn ich recht verstehe, suchen Sie Arbeit. Ich könnte brieflich einen Termin für Sie arrangieren ...»

«Ich bin hier, weil ich mit Mr. Carter sprechen muß.»

«Das ist unmöglich», sagte er. Dann stand er auf, als ob mir das Angst einjagen könnte.

Ich sah zu ihm hoch und sagte: «Mann, wieso setzense sich nich einfach hin und holen Ihren Boss an die Strippe.»

«Ich weiß nicht, wofür Sie sich eigentlich halten, Mr. Rawlins. Nicht einmal wichtige Leute platzen einfach so bei Mr. Carter herein. Sie können von Glück sagen, daß ich mir überhaupt Zeit nehme, Sie zu empfangen.»

«Soll das heißen, der ahme Nigger kann von Glück sahng, daß sich der Schleifer die Zeit nimmt, ihn runterzuputzen, hä?»

Statt mir eine Antwort zu geben, sah Mr. Baxter auf die Uhr. «Ich habe einen Termin, Mr. Rawlins. Sagen Sie mir doch einfach, was Sie Mr. Carter sagen möchten, dann wird er Sie anrufen, falls er es für angebracht hält.»

«Das hat die Lady da draußen auch gesacht, und dann halten Sie mir vor, daß ich dumm daherred.»

«Im Gegensatz zu den beiden Damen dort draußen bin ich im Bilde, was Mr. Carters Situation betrifft.»

«Sie wissen vielleicht, was er Ihn gesacht hat, aber Sie hamm ja nich den blassesten Schimmer, was ich zu sahng hab.»

«Und das wäre?» fragte er und setzte sich wieder.

«Ich sach Ihn bloß eins, nämlich dasser den Laden hier demnähx unter Umstänn von ner Knastzelle aus schmeißt, wenn er nich mit mir redet, und zwar n bißchen plötzlich.» Ich wußte zwar nicht genau, was ich damit sagen wollte, aber es brachte Baxter zumindest soweit aus der Fassung, daß er zum Telefonhörer griff.

«Mr. Carter», sagte er. «Der Ermittler von Mr. Albright ist hier und möchte zu Ihnen… Albright, der Mann, den wir auf die Monet-Sache angesetzt haben… Er hört sich ganz danach an, als ob es dringend wäre, Sir. Vielleicht sollten Sie ihn empfangen…»

Sie schwafelten noch ein Weilchen, aber das war eigentlich das Wesentliche.

Baxter führte mich in den Flur zurück, bog jedoch links ab, bevor wir die Tür erreichten, die zu den Sekretärinnen führte. Wir kamen an eine Tür aus dunklem Holz; sie war abgeschlossen. Baxter hatte einen Schlüssel dafür, und als er sie aufzog, sah ich, daß es die Tür zu einem winzigen, gepolsterten Fahrstuhl war.

«Steigen Sie ein, der bringt sie zu seinem Büro», sagte Baxter.

Ich spürte keinerlei Bewegung, hörte nur das leise Summen des Motors irgendwo unter dem Boden. Im Fahrstuhl gab es eine Bank und einen Aschenbecher. Wände und Decke waren mit samtweichem, in Vierecke geschnittenen roten Stoff ausgeschlagen. In jedem Viereck war ein Tanzpaar zu sehen. Die herumwirbelnden Männer und Frauen waren gekleidet wie Höflinge am französischen Hof. Der ganze Prunk ließ mein Herz schneller schlagen.

Die Tür ging auf, und da stand ein kleiner, rothaariger Mann in einem gelbbraunen Anzug, der von Sears, Roebuck hätte stammen können, und einem schlichten weißen Hemd mit offenem Kragen. Zuerst dachte ich, er sei Mr. Carters Diener, aber dann fiel mir auf, daß außer uns niemand im Zimmer war.

«Mr. Rawlins?» Er befingerte seinen fliehenden Haaransatz und schüttelte mir die Hand. Sein Händedruck war leicht wie Papier. Er war so klein und still, daß er eher wie ein Kind wirkte als wie ein Mann.

«Mr. Carter. Ich bin hier, weil ich Ihnen sagen –»

Er hob eine Hand und schüttelte den Kopf, noch bevor ich weitersprechen konnte. Dann führte er mich quer durch das weitläufige Zimmer zu den beiden rosa Sofas, die vor seinem Schreibtisch standen. Der Schreibtisch hatte die Größe und Farbe eines Konzertflügels. Die großen Brokatvorhänge hinter dem Schreibtisch waren offen und gaben den Blick frei auf die Berge hinter dem Sunset Boulevard.

Ich weiß noch, daß ich dachte: Es ist ein weiter Weg vom Vizepräsidenten bis ganz nach oben.

Wir setzten uns jeder an ein Ende von einem der beiden Sofas.

«Einen Drink?» Er deutete auf eine Kristallkaraffe auf einem kleinen Beistelltisch, die eine braune Flüssigkeit enthielt.

«Was ist das?» Meine Stimme klang seltsam in dem riesigen Zimmer.

«Brandy.»

Es war das erste Mal, daß ich richtig guten Schnaps trank. Er schmeckte einfach ausgezeichnet.

«Mr. Baxter meinte, Sie hätten Neuigkeiten von diesem Albright.»

«Nun ja, nicht ganz, Sir.»

Er runzelte die Stirn, als ich das sagte. Es war das Stirnrunzeln eines kleinen Jungen; es erweckte mein Mitleid.

«Schauen Sie, ich bin ein bißchen unglücklich darüber, wie die Sache mit Mr. Albright so läuft. Eigentlich bin ich über fast alles unglücklich, was passiert ist, seitdem ich den Mann kennengelernt hab.»

«Und das wäre?»

«Eine Frau, eine Freundin von mir, ist ermordet worden, als sie angefangen hat, sich in Sachen Miss Monet umzuhören, und die Polizei denkt, ich hätte was damit zu tun. Ich bin in der ganzen Stadt mit Straßenräubern und Verrückten aneinandergeraten, und das alles bloß, weil ich ein paar Fragen wegen Ihrer Freundin gestellt hab.»

«Ist Daphne was passiert?»

Er wirkte so besorgt, daß ich froh war, ihm mitteilen zu können: «Als ich sie das letzte Mal gesehen hab, ging's ihr bestens.»

«Sie haben sie gesehen?»

«Ja. Vorgestern nacht.»

Tränen stiegen auf in seinen blassen Kinderaugen.

«Was hat sie gesagt?» fragte er.

«Wir waren in Schwierigkeiten, Mr. Carter. Aber das ist ja gerade das Verrückte daran. Als ich sie das erste Mal gesehen hab, hatte sie nen französischen Akzent. Aber dann, nachdem wir die Leiche gefunden hatten, da hat sie sich plötzlich angehört, als wenn sie aus San Diego oder sonstwoher kommen könnte.»

«Leiche? Was für eine Leiche?»

«Da komm ich schon noch zu, aber zuerst müssen wir mal zu irgend ner Einigung kommen.»

«Sie wollen Geld.»

«Nn-nh. Nein. Mein Geld hab ich schon gekriegt, und das kommt sowieso von Ihnen, nehm ich an. Ich will bloß, daß Sie mir helfen zu kapieren, was los ist. Schauen Sie, ich traue Ihrem Albright nich übern Weg, und die Polizei könnse vergessen. Ich hab da so n Freund, Joppy, aber für den ist das zu hoch. Deswegen denk ich, Sie sind der einzige, der mir helfen kann. Ich geh davon aus, daß Sie das Mädchen haben wollen, weil Sie sie lieben, und wenn ich in dem Punkt schieflieg, kann ich mein Arsch abschreiben.»

«Ich liebe Daphne», sagte er.

Es war mir fast peinlich, ihn das sagen zu hören. Er versuchte nicht einmal, sich wie ein Mann zu benehmen. Er rang verzweifelt die Hände und versuchte, keine Fragen zu stellen, während ich redete.

«Dann müssen Sie mir sagen, weshalb Albright sie sucht.»

Carter glitt erneut mit dem Finger an seinem Haaransatz entlang und schaute hinaus auf die Berge. Er wartete noch einen Augenblick und sagte dann: «Jemand, dem ich vertraue, hat mir gesagt, daß Mr. Albright bestimmte Sachen zuverlässig regelt, vertraulich. Ich hab meine Gründe, daß ich diese Sache nicht in der Zeitung sehen will.»

«Verheiratet?»

«Nein, ich möchte Daphne heiraten.»

«Sie hat Ihnen nicht etwa was gestohlen?»

«Wie kommen Sie denn darauf?»

«Mr. Albright scheint sich ziemliche Sorgen um ihr Gepäck zu machen, und da hab ich mir gedacht, sie hätte vielleicht was, das Sie wiederhaben wollen.»

«Sie mögen es Diebstahl nennen, Mr. Rawlins, das spielt für mich keine Rolle. Sie hat etwas Geld mitgenommen, als sie verschwunden ist, aber das interessiert mich nicht. Ich will sie. Sie sagen, es ging ihr gut, als Sie sie gesehen haben?»

«Wieviel Geld?»

«Mir ist nicht klar, was das für eine Rolle spielt.»

«Wenn Sie Antworten von mir haben wollen, müssen Sie mir auch welche geben.»

«Dreißigtausend Dollar.» Er sagte das, als ginge es lediglich um ein bißchen Kleingeld von der Ablage im Badezimmer. «Ich hatte es zu Hause, weil wir den Leuten in unseren verschiedenen Unternehmen einen halben Tag Urlaub geben wollten, quasi als Prämie, aber der Tag, den wir uns dafür ausgesucht hatten, war ein Zahltag, und die Bank konnte das Geld so früh nicht liefern, deswegen hab ich es mir nach Hause kommen lassen.»

«Sie haben sich von der Bank soviel Geld frei Haus liefern lassen?»

«Das eine Mal, und wie groß war schon die Wahrscheinlichkeit, daß ich ausgerechnet in der Nacht beraubt werden würde?»

«So etwa hundert Prozent, würd ich sagen.»

Er lächelte. «Das Geld bedeutet mir nichts. Daphne und ich haben uns gestritten, und sie hat das Geld genommen, weil sie dachte, ich würde nie wieder mit ihr sprechen. Da hat sie sich getäuscht.»

«Gestritten weswegen?»

«Die haben versucht, sie zu erpressen. Sie ist zu mir gekommen und hat es mir erzählt. Sie wollten sie benutzen, um an mich heranzukommen. Sie hat beschlossen zu verschwinden, um mich zu retten.»

«Was hatten die denn gegen sie inner Hand?»

«Das möchte ich lieber nicht sagen.»

Ich ließ es ihm durchgehen. «Wußte Albright von dem Geld?»

«Ja. Jetzt habe ich Ihre Fragen beantwortet, erzählen Sie mir von ihr. Geht es ihr gut?»

«Wie ich sie das letzte Mal gesehn hab, ging's ihr bestens. Sie war auf der Suche nach ihrem Freund – Frank Green.»

Ich dachte, der Name eines Mannes könnte ihn ein bißchen aufrütteln, doch Todd Carter schien ihn nicht einmal zu hören. «Haben Sie nicht was von einer Leiche gesagt?»

«Wir sind zu einem anderen Freund von ihr gefahren, einem Mann namens Richard, und den haben wir tot im Bett gefunden.»

«Richard McGee?» Carters Stimme wurde kalt.

«Weiß ich nicht. Ich weiß bloß, daß er Richard hieß.»

«Wohnte er auf der Laurel Canyon Road?»

«Ja.»

«Gut. Freut mich, daß er tot ist. Freut mich. Er war ein fürchterlicher Mensch. Hat sie Ihnen erzählt, daß er mit kleinen Jungs gehandelt hat?»

«Sie hat bloß gesagt, er wär n Freund von ihr.»

«Tja, damit hat er sein Geld verdient. Er war ein Erpresser und Homosexuellen-Zuhälter. Er arbeitete für reiche Männer mit perversen Gelüsten.»

«Also, jetzt isser tot, und Daphne hat sich seinen Wagen geschnappt, das war vorletzte Nacht. Sie meinte, sie würde aus der Stadt verschwinden. Seitdem hab ich nix mehr von ihr gehört.»

«Was hatte sie an?» Seine Augen leuchteten erwartungsvoll.

«N blaues Kleid und blaue Pumps.»

«Hatte sie Strümpfe an?»

«Ich glaub, ja.» Ich wollte nicht, daß er dachte, ich hätte allzu genau hingeschaut.

«Welche Farbe?»

«Auch blau, glaub ich.»

Er grinste von einem Ohr zum anderen. «Das ist sie. Sagen Sie, hatte sie eine Anstecknadel hier, auf der Brust?»

«Ja, aber auf der anderen Seite. Sie war rot, mit kleinen grünen Punkten drauf.»

«Wollen Sie noch einen Drink, Mr. Rawlins?»

«Sicher doch.»

Diesmal schenkte er ein.

«Sie ist eine wunderschöne Frau, nicht wahr?»

«Wenn nicht, würden Sie kaum nach ihr suchen.»

«Mir ist noch nie eine Frau begegnet, die ein Parfüm tragen kann, das so schwach duftet, daß man näher ran muß, um herauszufinden, wonach es riecht.»

Ivory-Seife, dachte ich mir.

Er fragte mich nach ihrem Make-up und ihrem Haar. Er erzählte mir, daß sie aus New Orleans kam und aus einer alten französischen Familie stammte, deren Stammbaum sich bis Napoleon zurückverfolgen ließ. Wir sprachen eine halbe Stunde über ihre Augen. Und dann fing er an, mir Dinge zu erzählen, die Männer nie über ihre Frauen sagen sollten. Es ging nicht um Sex, sondern er erzählte mir, wie sie ihn an seine Brust drückte, wenn er sich fürchtete, und sie sie sich für ihn einsetzte, wenn ein Kellner oder Ladenbesitzer versuchte, auf ihm herumzutrampeln.

Es war ein seltsames Erlebnis, mit Mr. Carter zu sprechen. Also, da saß ich nun, ein Neger im Büro eines reichen Weißen, und redete mit ihm, als wären wir die besten Freunde – wenn nicht mehr. Ich bemerkte, daß er nicht die Angst oder Verachtung empfand, wie sie die meisten Weißen an den Tag legten, wenn sie mit mir zu tun hatten.

Es war ein seltsames Erlebnis, aber das kannte ich bereits. Mr. Carter war derart reich, daß er mich nicht einmal als Mensch betrachtete. Er konnte mir alles sagen. Ich hätte genausogut ein preisgekrönter Köter sein können, vor den er sich hinkniete und den er knuddelte, wenn es ihm dreckig ging.

Das war die übelste Sorte von Rassismus. Die Tatsache, daß er den Unterschied zwischen uns nicht einmal wahrnahm, verriet, daß er sich einen feuchten Dreck um mich scherte. Doch ich hatte keine Zeit, mir deswegen Sorgen zu machen. Ich schaute lediglich zu, wie seine Lippen sich bewegten, während er von seiner verlorenen Liebe erzählte, bis ich ihn schließlich als irgendein seltsames Wesen zu sehen begann. Wie ein Baby, das zu voller Größe heranwächst und seine armen Eltern mit seiner Kraft und seiner Dummheit terrorisiert.

«Ich liebe sie, Mr. Rawlins. Ich würde alles tun, um sie zurückzubekommen.»

«Na dann, viel Glück. Aber ich glaub, Sie sollten lieber Albright von ihr fernhalten. Der hat's auf die Moneten abgesehen.»

«Werden Sie sie für mich finden? Ich gebe Ihnen tausend Dollar.»

«Und was ist mit Albright?»

«Ich werde meinen Teilhabern sagen, daß sie ihn feuern sollen. Er wird nichts gegen uns unternehmen.»

«Und wenn doch?»

«Ich bin ein reicher Mann, Mr. Rawlins. Der Bürgermeister und der Polizeichef sind regelmäßig bei mir zu Gast.»

«Und wieso können die Ihnen dann nicht helfen?»

Bei dieser Frage wandte er sich ab.

«Finden Sie sie für mich», sagte er.

«Wenn Sie n bißchen was spring lassen, sagen wir mal so zweihundert Dollar, laß ich's auf nen Versuch ankommen. Ich hab nich gesacht, daß da was bei rumkommt. So wie ich das sehe, isse vielleicht schon längst wieder in New Orleans.»

Lächelnd stand er auf. Er nahm meine Hand, sein Griff war leicht wie Papier. «Ich werd Mr. Baxter einen Scheck ausstellen lassen.»

«Äh, tut mir leid, aber ich nehm nur Bares.»

Er holte seine Brieftasche hervor und blätterte die Scheine durch. «Hier drin hab ich hundertfünfundsiebzig und ein paar Zerquetschte. Über den Rest könnten sie Ihnen einen Scheck geben.»

«Ich nehm hunnertfuffzich», sagte ich.

Er nahm einfach das ganze Geld aus seiner Brieftasche und reichte es mir, wobei er murmelte: «Nehmen Sie alles, nehmen Sie alles.»

Und das tat ich dann auch.

Seit einiger Zeit wurde ich das Gefühl nicht los, daß ich mein kleines Abenteuer nicht lebend überstehen würde. Es gab keinen anderen Ausweg, als abzuhauen, aber abhauen konnte ich nicht, deswegen beschloß ich, all diesen Weißen soviel Geld abzuknöpfen, wie nur locker zu machen war.

Mit Geld konnte man alles kaufen. Mit Geld ließ sich die Miete bezahlen und das Kätzchen füttern. Geld war der Grund dafür, daß Coretta tot war und daß DeWitt Albright mich umbringen wollte. Irgendwie hatte ich das unbestimmte Gefühl, wenn ich nur genügend Geld hätte, könnte ich mein eigenes Leben zurückkaufen.

18

Ich mußte Frank Green finden.

Knifehand hatte die Antwort auf all meine Fragen. Er wußte, wo das Mädchen war, falls es überhaupt jemand wußte, und er wußte, wer Coretta umgebracht hatte; dessen war ich sicher. Richard McGee war auch tot, aber sein Tod interessierte mich nicht, weil die Polizei mich nicht damit in Verbindung bringen konnte.

Nicht daß ich für den Ermordeten nichts empfunden hätte; ich fand es nicht in Ordnung, daß jemand ermordet wurde, und war der Meinung, daß der Mörder in einer etwas vollkommeneren Welt hätte vor Gericht gestellt werden sollen.

Aber ich glaubte nicht daran, daß es für Neger Gerechtigkeit gab. Ich dachte, es gab vielleicht ein bißchen Gerechtigkeit für einen Schwarzen, wenn er genügend Geld hatte, die Justiz zu schmieren. Geld ist zwar keine sichere Sache, aber auf dieser Welt hab ich noch nichts gesehen, was Gott so nahe kommt.

Doch ich hatte kein Geld. Ich war arm und schwarz und ein aussichtsreicher Kandidat fürs Zuchthaus, es sei denn, ich konnte Frank dazu bringen, sich zwischen mich und die Gorillas von DeWitt Albright und der Polizei zu stellen.

Also machte ich mich auf die Suche.

Zuerst fuhr ich zu Ricardos Pool Room auf der Slauson. Ricardos Laden war eine Bruchbude ohne Fenster, die nur eine Tür hatte. Es stand kein Name draußen, denn entweder wußte man, wo Ricardos Laden war, oder man hatte dort nichts verloren.

Joppy hatte mich ein paarmal mit zu Ricardo genommen, nachdem wir seine Bar dichtgemacht hatten. Es war ein zwielichtiger Schuppen, wo sich üble Typen mit gelb unterlaufenen Augen herumtrieben, die rauchten und soffen, während sie auf das nächste Verbrechen warteten, das sie begehen konnten.

Es war einer von den Läden, wo man sich leicht den Tod holen kann, aber solange ich einen so zähen Burschen wie Joppy Shag bei mir hatte, war ich sicher. Trotzdem, wenn Joppy den Billardtisch verließ, um auf die Toilette zu gehen, konnte ich beinahe spüren, wie die Gewalt im Dunkeln pulsierte.

Aber auf der Suche nach Frank Green kam ich um einen Laden wie den von Ricardo nicht herum. Denn es war Franks Geschäft, jemandem weh zu tun. Wenn ihm beispielsweise jemand sein Geld geklaut oder mit seinem Mädchen rumgemacht hatte und Frank einen Burschen mit Knarre brauchte, der ihm bei dem Mord unter die Arme griff – dann war Ricardo die richtige Adresse. Vielleicht brauchte er aber auch bloß einen zusätzlichen Mann, um sich eine Wagenladung Zigaretten unter den Nagel zu reißen. Die Männer bei Ricardo waren am Ende; sie lebten nur dafür, jemandem weh zu tun.

Es war ein großer Raum mit vier Billardtischen, über denen jeweils eine Lampe mit grünem Schirm hing. An den Wänden standen Stühle mit hohen Lehnen aufgereiht; dort saßen die meisten Gäste, tranken aus braunen Papiertüten und rauchten im trüben Licht. Lediglich ein dünner Junge spielte Billard. Das war Mickey, der Sohn von Rosetta.

Rosetta schmiß den Laden, seitdem Ricardo Diabetes bekommen und beide Beine verloren hatte. Er lag irgendwo im ersten Stock in einem Einzelbett, trank Whiskey und starrte die Wände an.

Als Joppy von Ricardos Krankheit hörte, sagte er zu Rosetta: «Tut mir leid, das zu hörn, Babe.»

Rosettas Gesicht war breit und flach. Ihre glänzenden Knopfaugen saßen tief in ihren braunen Pausbacken. Sie blinzelte Joppy an und sagte: «Der hat man rumgehurt für zwei, wenn nich mehr. Ich mein, jetz könnter ma n bißchen Ruhe vertrahng.» Und damit war das Thema beendet.

Sie saß an dem einzigen Kartentisch, am anderen Ende des Raums. Ich ging zu ihr hinüber und sagte: «N Abend, Rosetta, wie geht's n so?»

«Is Joppy da?» fragte sie und linste an mir vorbei.

«Nee. Der is noch am Arbeiten, in der Bar.»

Rosetta sah mich an, als sei ich eine streunende Katze, die es auf ihren Käse abgesehen hatte.

Der Raum war so dunkel und verraucht, daß ich nicht erkennen konnte, was die Leute machten, von Mickey mal abgesehen, aber ich spürte, wie sich Blicke auf mich richteten. Als ich mich wieder zu Rosetta umdrehte, sah ich, daß auch sie mich anstarrte.

«Hat in letzter Zeit irgendwer guten Whiskey verscherbelt, Rose?» fragte ich. Ich hatte gehofft, mich ein bißchen locker mit ihr unterhalten zu können, bevor ich meine Frage stellte, aber ihr starrer Blick verunsicherte mich, und es war zu leise, um normal zu sprechen.

«Das is keine Bar hier, Schätzchen. Wennde Whiskey willst, gehste besser zu dein Freund Joppy.» Sie blickte zur Tür, um mich zum Gehen aufzufordern, nehm ich an.

«Ich will keinen Drink, Rose. Ich würd gern ein, zwei Kisten kaufen. Ich dachte, du weißt vielleicht, wo ich welche krieg kann.»

«Wieso frachste einklich nich dein Freund? Der weiß, wo der Whiskey wächst.»

«Joppy hat mich hergeschickt, Rose. Er hat gemeint, bei dir wär ich richtig.»

Sie war immer noch mißtrauisch, aber ich sah, daß sie keine Angst hatte. «Du könntest's ma bei Frank Green probiern, wennde kistenweise kaufen willst.»

«Ja? Und wo find ich den?»

«Ich habben jetzt schon paar Tage nich gesehn. Entweder hatter sich bei ner Braut verkrochen, oder er is geschäftlich auf Achse.»

Mehr hatte Rosetta zu diesem Thema nicht zu sagen. Sie zündete sich eine Zigarette an und wandte sich ab. Ich bedankte mich und marschierte zu Mickey rüber.

«Wie wär's mit ner Runde Pool?» fragte Mickey.

Es war wirklich gleich, was wir spielten. Ich setzte einen Fünfer und verlor ihn, dann verlor ich noch mal fünf. Dazu brauchte ich eine knappe halbe Stunde. Als ich den Eindruck hatte, ich hätte genug hingeblättert für meine Informationen, verabschiedete ich mich.

Ich freute mich wie ein Kind, als ich aus Ricardos Laden kam. Ich weiß nicht genau, wie ich das sagen soll. Es war, als würde ich zum ersten Mal in meinem Leben eine Sache selbst in die Hand nehmen. Niemand sagte mir, was ich zu tun hatte. Ich handelte auf eigene Faust. Wenn ich Frank auch nicht gefunden hatte, so hatte ich Rosetta doch dazu gebracht, seinen Namen aufs Tapet zu bringen. Wenn sie gewußt hätte, wo er ist, hätte ich ihn schon an diesem Tag erwischt.

Auf der Isabella Street, am Ende einer Sackgasse, stand ein großes Haus. Das war Vernies Laden. Haufenweise Arbeiter schauten ab und zu vorbei, um eins von Vernies Mädchen zu besuchen. Es war ein netter Laden. Im ersten und zweiten Stock gab es jeweils drei Zimmer, und im Parterre waren eine Küche und ein Wohnzimmer, wo man die Gäste empfangen und bewirten konnte.

Vernie war eine hellhäutige Frau mit mattgoldenem Haar. Sie wog um die zweihundertfünfzig Pfund. Vernie stand Tag und Nacht in der Küche und kochte. Ihre Tochter Darcel, die genauso umfangreich war wie die Mutter, hieß die Männer willkommen, führte sie in den Salon und kassierte ein paar Dollar für Essen und Getränke.

Manche Männer, wie Odell, saßen gern herum und tranken und hörten Musik aus dem Grammophon. Von Zeit zu Zeit kam Vernie aus der Küche, um mit lautem Geschrei alte Freunde zu begrüßen oder sich neuen Gästen vorzustellen.

Aber wenn man Gesellschaft suchte, saßen oben Mädchen vor ihrer Zimmertür, wenn sie nicht gerade mit einem Kunden beschäftigt waren. Huey Barnes hockte im ersten Stock auf dem Flur. Er hatte breite Hüften und schwere Knochen und das Gesicht eines unschuldigen Kindes. Auch wenn er nicht so aussah, Huey war flink und tückisch und sorgte allein durch seine Anwesenheit dafür, daß bei Vernie alles glattging.

Ich kreuzte am frühen Nachmittag dort auf.

«Easy Rawlins.» Darcel streckte ihre fetten Hände nach mir aus. «Ich hab schon gedacht, du wärst gestorben und innen Himmel entfleucht.»

«Nh-nh, Darcie. Du weißt doch, daß ich bloß für nen Schuß in dein Ofen gesammelt hab.»

«Na, dann schieben man rein hier. Schieben man rein.»

Sie führte mich an der Hand ins Wohnzimmer. Ein paar Männer saßen herum, tranken und hörten Jazz. Auf dem Couchtisch standen eine große Schüssel brauner Reis und daneben weiße Porzellanteller.

«Easy Rawlins!» Die Stimme kam von der Tür zur Küche.

«Wie geht's, Baby?» fragte Vernie, als sie auf mich zugerannt kam.

«Ganz gut, Vernie, ganz gut.»

Die dicke Frau umarmte mich, und dabei hatte ich das Gefühl, ich würde in ein Federbett gewickelt.

«Ah», stöhnte sie und hob mich fast vom Boden. «Is ja Ewigkeiten her. Ewigkeiten!»

«Jaja», sagte ich. Ich umarmte sie auch und sank dann auf die Couch.

Vernie lächelte mich an. «Rühr dich nich vom Fleck, Vernie. Du mußt mir unbedingt erzähln, wie's dir geht, bevor du nach oben abwanderst.» Und damit verschwand sie wieder in der Küche.

«He, Ronald, was läuft?» sagte ich zu dem Mann neben mir.

«Nich viel, Ease», antwortete Ronald White. Er arbeitete als Klempner bei der Stadt. Ronald trug immer und überall seinen Klempner-Overall. Er sagte immer, die Arbeitsklamotten eines Mannes wären die einzigen richtigen Klamotten.

«Mal n bißchen Ruhe vor den ganzen Jungs?» Ich zog Ronald ganz gern auf wegen seiner Familie. Seine Frau warf alle zwölf bis vierzehn Monate einen Sohn. Sie war eine religiöse Frau und hielt nichts von Vorsichtsmaßnahmen. Mit vierunddreißig Jahren hatte Ronald neun Söhne, und der zehnte war unterwegs.

«Denen macht's nen Heidenspaß, die Bude auseinanderzunehm, Easy. Ich schwör's dir.» Ronald schüttelte den Kopf. «Die würden sogar die Decke langkriechen, wenn sie sich festkrallen könnten. Ich kann dir sahng, langsam hab ich Angst, nach Haus zu komm.»

«Och, komm, Mann. So schlimm kann's doch gar nich sein.»

Ronalds Stirn wurde runzlig wie eine Trockenpflaume, und der Schmerz stand ihm ins Gesicht geschrieben, als er sagte: «Ungelohng, Easy. Ich komm rein, und ne ganze Armee von den stürmt direkt auf mich zu. Zuerst kommen die Großen angehüpft. Dann die, die noch kaum laufen können. Und wie die Kleinen angekrabbelt komm, marschiert Mary ins Wohnzimmer, so was von schwach, daß sie aussieht wie der Tod, und sie hat zwei Babys aufem Arm.

Ich sach dir, Easy, ich geb fuffzich Dollar für Essen aus und kann zukucken, wie die Kinners das Zeuch wegputzen. Die sind ununterbrochen am Fressen,

170

wennse nich grad am Brüllen sind.» Ronald hatte tatsächlich Tränen in den Augen. «Ich schwör's dir, ich halt's nich aus, Mann. Ich schwör's dir.»

«Darcel!» schrie ich. «Komm, bring Ronald nen Drink, schnell. Der hatten dringend nötich.»

Darcel kam mit einer Flasche I.W. Harpers und schenkte uns dreien einen Drink ein. Ich gab ihr drei Dollar für die Flasche.

«Ja», sagte Curtis Cross. Er saß am Eßtisch vor einem Teller Reis. «Kinners sind die gefährlichsten Geschöpfe auf Gottes Erdboden, mit Ausnahme von junge Mädels zwischen fuffzehn und zweiundvierzig.»

Das rang selbst Ronald ein Lächeln ab.

«Ich weiß nich», sagte Ronald. «Ich liebe Mary, aber ich glaub, ich mach demnähx die Fliege. Wenn nich, bring mich die Klein noch ins Grab.»

«Trink noch ein, Alter. Laß uns nich verdursten, Darcie, hä? Der Mann hier hat was zu vergessen.»

«Du hast die Flasche schon bezahlt, Easy. Die kannste leern, mit wem du willst.» Wie die meisten schwarzen Frauen hörte es Darcel nicht gern, wenn ein Mann Frau und Kinder sitzenlassen wollte.

«Bloß drei Dollar, und da verdient ihr noch was dran?» Ich tat erstaunt.

«Wir kaufen im großen ein, Easy.» Darcie schenkte mir ein Lächeln.

«Könnt ich den nich auch so kriegen?» fragte ich, als würde ich zum erstenmal hören, daß man heiße Ware kaufen konnte.

«Keine Ahnung, Schätzchen. Du weißt doch, daß Huey bei uns für die Einkauferei zuständich is.»

Damit war die Sache für mich gelaufen. Huey war nicht die Sorte Mensch, die man nach Frank Green fragte. Huey war wie Junior Fornay – gemein und gehässig. Mit ihm wollte ich nicht über meine Angelegenheiten sprechen.

Gegen neun fuhr ich Ronald nach Hause. Er heulte sich an meiner Schulter aus, als ich ihn vor seinem Haus absetzte.

«Bitte, zwing mich nich, da reinzugehn, Easy. Nimm mich mit, Bruder.»

Ich versuchte, ein Lachen zu unterdrücken. Ich sah Mary an der Tür stehen. Sie war dünn, abgesehen von ihrem Bauch, und auf jedem Arm hatte sie einen kleinen Jungen. All ihre Kinder drängten sich um sie herum und stießen sich gegenseitig, um zu sehen, wie ihr Vater nach Hause kam.

«Jetzt komm schon, Ron. Du hast die ganzen Babys gemacht, dann mußte auch in dein Bett schlafen.»

Ich weiß noch, daß ich dachte, wenn ich das Schlamassel erst einmal hinter mir hätte, könnte ich mir eigentlich ein ganz schönes Leben machen. Doch Ronald hatte keine Chance, glücklich zu werden, es sei denn, er brach seiner armen Familie das Herz.

Im Lauf des nächsten Tages ging ich in die Bars, denen Frank heiße Ware verscherbelte, und zu den Würfelspielern auf der Straße, bei denen er verkehrte. Franks Namen brachte ich allerdings nicht zur

Sprache. Frank hatte Schiß, wie alle Gangster, und wenn er das Gefühl hatte, daß die Leute über ihn sprachen, wurde er nervös; wenn Frank nervös war, hätte er mich womöglich umgelegt, bevor ich Zeit hatte, meine Nummer abzuziehen.

Es waren vor allem diese beiden Tage, die mich zum Detektiv gemacht haben.

Insgeheim verspürte ich Schadenfreude, wenn ich in eine Bar ging und ein Bier bestellte mit dem Geld, das jemand anders mir gegeben hatte. Ich fragte den Barkeeper nach seinem Namen und redete über alles mögliche, aber bei all meinem freundlichen Gerede versuchte ich im Grunde nur, etwas herauszufinden. Niemand wußte, was ich vorhatte, und das machte mich irgendwie unsichtbar; die Leute dachten, sie würden mich sehen, aber eigentlich sahen sie nur einen Schatten von mir, etwas, das nicht real war.

Es wurde mir nie langweilig, und ich war nie enttäuscht. In dieser Zeit hatte ich nicht einmal Angst vor DeWitt Albright. Dummerweise hatte ich das Gefühl, ich sei sicher, sogar vor seiner irrsinnigen Brutalität.

19

Zeppo war immer auf der Forty-ninth Ecke McKinley zu finden. Er war halb Neger, halb Italiener und hatte Schüttellähmung. Er stand da und sah für alle Welt aus wie ein dünner, verkrampfter Priester, wenn das

173

Wort des Herrn in ihn fährt. Er zitterte und wand sich unter allerlei Grimassen. Manchmal beugte er sich bis zum Boden und legte beide Handflächen aufs Pflaster, als ob die Straße ihn verschlingen wollte und er sie von sich stoßen würde.

Ernest, der Friseur, ließ Zeppo vor seinem Laden stehen und betteln, weil er wußte, daß die Kinder aus der Nachbarschaft Zeppo in Ruhe ließen, solange er vor dem Fenster des Friseurs stand.

«He, Zep, wie geht's?» fragte ich.

«G-g-ga-g-ganz gu-g-g-gu-g-gut, Ease.» Manchmal kamen ihm die Worte leicht über die Lippen, aber es gab auch Zeiten, wo er nicht einmal einen Satz zu Ende brachte.

«Schöner Tag, hä?»

«J-j-j-ja. T-to-t-t-to-toller T-Tag», stammelte er, wobei er sich die Hände wie Klauen vors Gesicht hielt.

«Na, dann», sagte ich und ging in den Friseurladen.

«He, Easy», sagte Ernest, faltete seine Zeitung zusammen und stand aus seinem Frisiersessel auf. Ich setzte mich hinein, und er warf mir den weiß sich bauschenden Umhang über und verknotete ihn sorgfältig unter meinem Kinn.

«Ich hab gedacht, du kommst immer donnerstachs, Ease?»

«Man darf nich zum Gewohnheitstier werden, Ernest. Man muß es nehmen, wie's grad kommt.»

«Meine Fresse! Herr, gib mir die Sieben!» brüllte jemand aus dem hinteren Teil des Lädchens. Hinten in Ernests Laden war immer ein Würfelspiel im

174

Gange; eine Gruppe von fünf Männern kniete hinter dem dritten Frisiersessel.

«Da haste also heut morng innen Spiegel gekuckt und n Haarschnitt auf dich zukomm sehn, hä?» fragte mich Ernest.

«Ne Mähne wie n Löwe.»

Ernest lachte und schnippte zur Probe ein paarmal mit seiner Schere.

Bei Ernest liefen immer italienische Opern im Radio. Wenn man ihn nach dem Grund fragte, meinte er bloß, Zeppo würde das gefallen. Doch Zeppo konnte das Radio von der Straße aus nicht hören, und er war nur einmal im Monat in Ernests Laden, wenn er seinen kostenlosen Haarschnitt bekam.

Ernests Vater war Trinker gewesen. Er hatte den armen kleinen Ernest und Ernests Mutter verprügelt, bis Blut floß. Deswegen hatte Ernest nicht allzuviel Geduld mit Trinkern. Und Zeppo war ein Trinker. Ich nehme an, die Bibberei war nicht ganz so schlimm, wenn er sich einen anständigen Schluck billigen Whiskey hinter die Binde kippte. Also bettelte er, bis er genug zusammen hatte für eine Dose Bohnen und einen Viertelliter Scotch. Dann betrank sich Zeppo.

Und weil Zeppo fast immer betrunken war oder aber auf dem besten Weg dahin, ließ Ernest ihn nicht in den Laden.

Einmal habe ich ihn gefragt, weshalb er Zeppo vor dem Laden herumlungern ließ, wo er Säufer doch so sehr haßte. Und da hat er zu mir gesagt: «Der Herr

175

könnte eines Tages fragen, wieso ich nicht auf meinen klein Bruder aufgepaßt hab.»

Wir schwafelten uns schwer einen vom Leder, während die Männer das Elfenbein rollen ließen und Zeppo vor dem Fenster zuckte und sich krümmte; *Don Giovanni* kam aus dem Radio geflüstert. Ich wollte wissen, wo ich Frank Green finden konnte, aber wir mußten im Lauf einer normalen Unterhaltung auf das Thema kommen. Die meisten Friseure sind über alles im Viertel bestens informiert. Deswegen ließ ich mir die Haare schneiden.

Als mir Ernest den weißen Schaum um die Ohren pinselte, kam Jackson Blue zur Tür herein.

«Wie läuft's, Ernest; Ease», begrüßte er uns.

«Jackson», sagte ich.

«Lenny is da drühm, Blue», warnte ihn Ernest.

Ich blickte zu Lenny hinüber. Er war ein fetter Mann, der in Gärtnerklamotten mit einer weißen Malermütze auf den Knien hockte. Er kaute auf einem Zigarrenstummel herum und schielte zu Jackson Blue herüber.

«Sach der klappring klein Sau, sie soll sich verpfeifen, Ernie. Sonst mach ich den Wichser alle. Das is mein Ernst», warnte Lenny.

«Der hat mit dir nix am Hut, Lenny. Entweder du spielst weiter, oder raus aus mein Laden.»

Das Schöne an Friseuren ist, daß sie ein gutes Dutzend Rasiermesser haben, die sie auch benutzen, um in ihrem Laden für Ordnung zu sorgen.

«Was is denn mit Lenny los?» fragte ich.

«Der issen Trottel», sagte Ernest. «Das is alles. Genau wie Jackson hier.»

«Was is denn passiert?»

Jackson war klein und sehr dunkel. Er war so schwarz, daß seine Haut in der prallen Sonne blau schimmerte. Er duckte sich und glotzte auf die Tür.

«Lennys Freundin, du kennst ja Elba, hat ihn wieder ma sitzenlassen», sagte Ernest.

«So?» Ich überlegte, wie ich das Gespräch auf Frank Green bringen könnte.

«Und sie scharwenzelt um Jackson rum, bloß um Lenny auf die Palme zu bring.»

Jackson schaute zu Boden. Er trug einen weiten, blaugestreiften Anzug und einen braunen Filzhut mit schmaler Krempe.

«Tatsächlich?»

«Ja, Easy. Und du weißt ja, Jackson steckt sein Dingens sogar innen Fleischwolf, wenn der ihm schöne Augen macht.»

«Ich hab's nich mit der getriehm. Das hatse dem doch bloß erzählt.» Jackson schmollte.

«Denn lügt mein Stiefbruder wohl auch?» Lenny stand plötzlich neben uns. Es war wie eine Szene aus einem komischen Film: Jackson wirkte verängstigt, wie ein in die Enge getriebener Hund, und Lenny, dessen fetter Wanst ihm über die Hose hing, war wie ein bulliger Köter, der sich auf ihn stürzen wollte.

«Zurück mit dir!» brüllte Ernest und stellte sich zwischen die beiden Männer. «Wenn er will, kann hier jeder reinkomm, solang er kein Ärger macht.»

177

«Der kleene Suffkopp hier muß mir für Elba ran, Ernie.»

«Aber nich hier. Ich schwör dir, wenn du an Jackson ran willst, mußte schon an mir vorbei, und du kannst dich drauf verlassen, die Quälerei is der nicht wert.»

Da fiel mir ein, womit Jackson manchmal sein Geld verdiente.

Lenny streckte die Hand nach Jackson aus, aber der kleine Bursche stellte sich hinter Ernest, und Ernest stand einfach da, felsenfest. Er sagte: «Spiel weiter, solange du dein Blut noch innen Adern hast, Mann», dann zog er ein Rasiermesser aus der Tasche seines blauen Kittels.

«Du hast kein Grund, mir annen Krahng zu gehn, Ernie. Ich hab keinem vor die Tür geschissen.» Er reckte den Hals, damit er Jackson hinter dem Rücken des Friseurs sehen konnte.

Ich wurde langsam nervös, wie ich so zwischen ihnen saß, und nahm den Umhang ab. Ich wischte mir damit den Schaum vom Hals.

«Siehste das, Lenny. Du belästichst mein Kunden, Bruder.» Ernest deutete mit einem Finger dick wie ein Schwellennagel auf Lennys Bauch. «Entweder du verschwindest wieder nach hinten, oder ich zieh dir's Fell ab. Ungelogen.»

Jeder, der Ernest kannte, wußte, daß dies seine letzte Warnung war. Als Friseur mußte man schon zäh sein, denn der Laden war das Geschäftszentrum für gewisse Elemente im Viertel. Spieler, Losverkäufer und allerlei andere Privatunternehmer trafen sich im Friseurladen. Der Friseurladen war so etwas wie ein Vereinslokal. Und in jedem Verein mußte Ordnung herrschen, damit er reibungslos lief.

Lenny zog das Kinn an und ruckte mit den Schultern, dann schlurfte er ein paar Schritte zurück.

Ich hievte mich aus dem Sessel und knallte fünfundsiebzig Cents auf die Theke. «Für dich, Ernie», sagte ich.

Ernie nickte mir zu, doch er war zu sehr damit beschäftigt, Lenny mit Blicken in die Knie zu zwingen, um mich anzusehen.

«Wieso hauen wir nich ab», sagte ich zu Jackson, der hinter Ernest kauerte. Immer wenn Jackson nervös war, mußte er sein Ding anfassen; im Augenblick hielt er sich daran fest.

«Klar, ich glaub, Ernie hat hier alles fest im Griff.»

Wir bogen um die erste Ecke, an die wir kamen, und liefen dann eine Gasse runter, einen halben Block entfernt. Wenn uns Lenny hinterherkommen wollte, mußte er schon so scharf auf uns sein, daß er sich auf eine Jagd einließ.

Er fand uns nicht, aber als wir die Merriweather Lane hinuntergingen, rief jemand: «Blue!»

Es war Zeppo. Er kam hinter uns hergehoppelt wie ein Mann auf unsichtbaren Krücken. Bei jedem Schritt schwankte er und drohte vornüber zu fallen, doch dann machte er noch einen Schritt und konnte sich damit gerade noch retten.

«He, Zep», sagte Jackson. Er blickte Zeppo über die Schulter, um nachzusehen, ob Lenny im Anmarsch war.

«J-Jackson.»

«Was willste, Zeppo?» Ich wollte selbst etwas von Jackson und konnte dabei kein Publikum gebrauchen.

Zeppo streckte den Kopf weiter nach hinten, als ich es für möglich gehalten hätte, dann hob er die Handgelenke in Schulterhöhe. Er sah aus wie ein Vogel im Todeskampf. Sein Lächeln war wie der Tod persönlich. «L-L-Lenny i-is echt a-am K-k-k-k-ochen.» Dann fing er an zu husten, was bei Zeppo gleichbedeutend war mit Lachen. «H-h-has-te w-was für m-m-mi-mich, B-blue?»

Ich hätte den Krüppel knutschen können.

«Nee, Alter», sagte Jackson. «Frank is jetz ganz groß eingestiehng. Der verkauft bloß noch kistenweise an die Läden. Er sacht, so Kleinkram kann er nich gebrauchen.»

«Du verkaufst nich mehr für Frank?» fragte ich.

«Nh-nh. Der is zu groß für n Nigger wie mich.»

«Scheiße! Dabei war ich grad auf der Suche nach was Whiskey. Ich wollt ne Party schmeißen, und da brauch ich was Schnaps.»

«Na ja, vielleicht kann ich da was deichseln, Ease.» Jacksons Augen leuchteten auf. Er drehte sich noch immer ab und zu um und schaute nach, ob Lenny im Anmarsch war.

«Zum Beispiel?»

«Wenn du genuch kaufst, macht Frank uns vielleicht n Freundschaftspreis.»

«Wieviel?»

«Wieviel brauchste denn?»

«Ein, zwei Kisten Jim Beam wär nich schlecht.»

Jackson kratzte sich am Kinn. «An mich verkauft Frank kistenweise. Ich könnt ihm drei abkaufen und eine davon flaschenweise weiterverscherbeln.»

«Wann triffste dich denn mit ihm?» Ich klang wohl ein bißchen zu ungeduldig, denn in Jacksons Augen ging eine Alarmleuchte auf. Er wartete einen langen Augenblick und sagte dann: «Was n los, Easy?»

«Was meinsten damit?»

«Ich mein», sagte er, «wieso biste hinter Frank her?»

«Mann, ich hab keine Ahnung, was du meinst. Ich weiß bloß, daß am Samstach paar Leutchen zu mir rüberkomm, und der Küchenschrank is leer. Ich hab n paar Scheinchen übrig, aber ich bin letzten Montach geflohng, ich kann nich alles für Whiskey aufen Kopp haun.»

Die ganze Zeit über stand Zeppo mit flatternden Knien neben uns. Er wartete ab, ob bei unserem Gerede vielleicht ein Fläschchen für ihn raussprang.

«Na ja, gut, wenn du's eilig hast», sagte Jackson, immer noch mißtrauisch, «was hältste davon, wenn ich dir woanders was besorg?»

«Is mir egal. Ich will bloß was billigen Whiskey, und ich hab gedacht, du bist der richtige Mann dafür.»

«Bin ich auch, Easy. Du weißt ja, daß ich normaler-

weise bei Frank kauf, aber ich könnt vielleicht auch in
ein von den Läden gehn, die er beliefcrt. Is zwar n
bißchen teurer, aber du würdst immer noch was sparn
dabei.»

«Mach, was du willst, Jackson. Aber führ mich zur
Quelle.»

«M-m-m-m-mich auch», setzte Zeppo hinzu.

20

Als wir zu meinem Wagen kamen, fuhr ich die Fiftieth
Street hinunter zum Seventy-sixth Place. Die Nähe
zum Polizeirevier machte mich nervös, aber ich mußte
Frank Green finden.

Jackson nahm Zeppo und mich mit zu Abes
Schnapsladen. Ich war froh, daß Zeppo mitgekom-
men war, weil Leute, die ihn nicht kannten, nur Augen
für ihn hatten. Ich hoffte, daß es dann nicht so sehr
auffiel, wenn ich nach Frank fragte.

Auf dem Weg zum Schnapsladen erzählte mir Jackson die Geschichte der beiden Besitzer.

Abe und Johnny waren Schwager. Sie waren vor
kurzem aus Polen gekommen, aus Auschwitz; Juden,
die die Lager der Nazis überlebt hatten. In Polen
waren sie Friseure gewesen, und auch in Auschwitz
waren sie Friseure gewesen.

Abe hatte zur Untergrundbewegung innerhalb des

Lagers gehört und Johnny vor der Gaskammer gerettet, als es Johnny so dreckig ging, daß der Nazi-Aufseher ihn zum Sterben auserkoren hatte. Abe buddelte ein Loch in die Wand neben seinem Bett, versteckte Johnny darin und erzählte dem Aufseher, Johnny sei gestorben und die Abendpatrouille habe ihn abgeholt und ins Krematorium gebracht. Abe sammelte Essen bei seinen Freunden aus dem Widerstand und fütterte seinen kranken Schwager durch ein Loch in der Wand. So ging das drei Monate lang, bis das Lager von den Russen befreit wurde.

Abes Frau und seine Schwester, Johnnys Frau, waren tot. Ihre Eltern, Vettern und Cousinen und alle Bekannten und Verwandten waren in den Lagern der Nazis umgekommen. Abe packte Johnny auf eine Bahre und später, auf einer GI-Station, beantragten sie die Einreise.

Jackson wollte mir noch mehr Geschichten über die Lager erzählen, aber das war gar nicht nötig. Ich erinnerte mich an die Juden. Kaum mehr als Skelette, die aus dem Mastdarm bluteten und um Essen bettelten. Ich erinnerte mich daran, wie sie sich verzweifelt mit ihren schwachen Händen vor dem Gesicht herumfuchtelten, um ihre Gier im Zaum zu halten; und dann vor meinen Augen tot umfielen.

Sergeant Vincent LeRoy fand einen zwölfjährigen Jungen, der kahl war und nur noch vierzig Pfund wog. Der Junge rannte auf Vincent zu und schlang die Arme um sein Bein, genau wie der kleine Mexikaner sich an Matthew Teran geklammert hatte. Vincent war ein harter Bursche, ein Kanonier, aber bei dem kleinen Jungen schmolz er dahin. Er nannte ihn Baumratte, weil er so an ihm hochkroch und nicht mehr loslassen wollte.

Am ersten Tag trug Vincent Baumratte auf dem Rücken, während wir die Überlebenden des Konzentrationslagers evakuierten. An diesem Abend gab er Baumratte den Krankenschwestern mit ins Evakuierungszentrum, aber der kleine Junge konnte ihnen entwischen und fand den Weg zurück zu unserem Biwak.

Danach beschloß Vincent, ihn zu behalten. Nicht so, wie Teran den mexikanischen Jungen behielt, sondern wie jeder Mann, der ein Herz für Kinder hat.

Bäumchen, wie ich ihn nannte, ritt den ganzen nächsten Tag huckepack auf Vincents Rücken. Er verdrückte einen riesigen Schokoladenriegel, den Vincent in seinem Rucksack hatte, und andere Süßigkeiten, die er von den Männern zugesteckt bekam.

In dieser Nacht wurden wir von Bäumchens Stöhnen geweckt. Sein kleiner Magen hatte sich noch weiter aufgebläht, und er konnte nicht einmal mehr hören, wie wir versuchten, ihn zu besänftigen.

Der Lagerarzt meinte, er sei an dem schweren Essen gestorben, das er zu sich genommen hatte.

Vincent weinte einen ganzen Tag lang, nachdem Baumratte gestorben war. Er gab sich die Schuld, und ich nehme an, er war mit schuld dran. Aber ich werde nie vergessen, was die Deutschen diesem armen Jun-

184

gen Schreckliches angetan hatten, daß er nicht einmal mehr etwas Gutes essen konnte. Deswegen verstanden damals so viele Juden die amerikanischen Neger; in Europa waren die Juden über tausend Jahre die Neger gewesen.

Abe und Johnny kamen nach Amerika und hatten nach nicht einmal zwei Jahren einen Schnapsladen. Sie arbeiteten hart für ihr Geld, doch die Sache hatte einen Haken: Johnny war irre.

Jackson sagte: «Ich weiß nicht, ob er in dem Loch so geworden is oder ob er schon immer so war. Er hat gesacht, einmal nachts wär er durchgedreht, weil er und Abe ihren eignen Fraun die Haare vom Kopp schneiden mußten, bevor die in die Gaskammer gewandert sind. Kannste dir das vorstelln? Deiner eignen Frau die Haare schneiden und sie dann innen Tod schicken?... Jedenfalls, vielleicht isser in der Nacht durchgedreht, und deswegen isser jetzt irre.»

«Was sollen das heißen, irre?»

«Na, eben irre, Easy. Eines Abends komm ich mit Donna Frank an, so ner High-School-Puppe, weil ich mit n bißchen Schnaps Eindruck schinden will bei ihr, und Abe is schon weg. Johnny tut so, wie wenn ich Luft wär un erzählt ihr, sie is ja so hübsch, un er würd ihr gern was gehm.»

«Und?»

«Er gibt ihr fünf Dollar und läßt mich anner Kasse stehn, während er sie gleich hinter der Theke flachlegt und fickt!»

«Du lügst!»

«Nää, Easy, der Kerl hat ne Schraube locker, und nich nur eine.»

«Und dann haste das Geschäft angeleiert?»

«Scheiße, nee, der Typ hat mir nen Schreck eingejagt. Aber ich hab's Frank verklickert, und der hat dann den Kontakt klargemacht. Frank war zwar schomma bei Abe gewesen, aber Abe wollt mit heiße Ware nix zu tun hamm, verstehste. Aber Johnny is ganz wild drauf, der verscherbelt bloß noch heißen Stoff, wenn Abe abends nach Haus gegang is.»

«Liefert Frank hier regelmäßig?» fragte ich.

«Ja.»

«Einfach so, mittem Lieferwagen, hä?» lachte ich. «Stellt die Kiste mittwochs nachmittags vorn Laden un lädt ab.»

«Donnerstachs, normalerweise», sagte Jackson, doch dann runzelte er die Stirn.

Es war ein mickriger Schnapsladen. In der Mitte hatten sie einen Ständer für Kuchen, Kartoffelchips und Schweinekrüstchen in Tüten. Es gab eine lange Süßwarentheke, und dahinter waren die Schnapsregale und die Kasse. An der Rückwand stand ein Kühlschrank mit Glastür für Ginger Ale, Fruchtsäfte und Brause.

Johnny war ein hochgewachsener Mann mit sandfarbenem Haar und glasigen braunen Augen. Sein Gesichtsausdruck lag irgendwo zwischen Lächeln und Verwunderung. Er sah aus wie ein kleiner Junge, bei dem Hopfen und Malz verloren ist.

«Tachchen, Johnny», sagte Jackson. «Das hier sind Easy un Zeppo, Freunde von mir.»

Zeppo kam hinter uns hereingeschwankt. Johnnys Lächeln gefror ein wenig, als er Zeppo sah. Manche Leute haben Angst vor Leuten mit Schüttellähmung, vielleicht haben sie Angst, sie könnten sich anstecken.

«Guten Tag, meine Herren», sagte er zu uns.

«Langsam müßt ich einklich Prozente kriehng, Johnny, bei der Kundschaft, die ich dir so anschlepp. Easy macht grad ne Party klar, un Zeppo braucht seine Medizin jeden Tach.»

Johnny lachte und behielt dabei Zeppo im Auge. Er fragte: «Was brauchen Sie, Easy?»

«Ich brauch ne Kiste Jim Beam, und Jackson meinte, Sie könnten's n bißchen billiger machen als normal.»

«Ich kann Ihnen Rabatt drauf geben, wenn Sie kistenweise kaufen.» Er hatte zwar einen schweren Akzent, verstand jedoch offensichtlich ganz gut Englisch.

«Wieviel issen bei zwei Kisten so drin?»

«Drei Dollar die Flasche, sonst zahlen Sie überall vier.»

«Ja, nich schlecht, aber ne Idee zuviel für mein Geldbeutel. Wissense, ich hab letzte Woche mein Job verlorn.»

«Oha, das nenn ich Pech», sagte Johnny zu mir. «Da haben Sie nun Geburtstag, und die setzen Sie vor die Tür.»

«Bloß ne Party. Wie isses mit zwei fünfundsiebzig?»

Er hob die rechte Hand und rieb die Finger gegeneinander. «Ich würd sie Ihnen ja geben dafür, aber ich mach Ihnen nen Vorschlag», sagte er. «Zwei Kisten zu drei Dollar macht vierundfünfzig. Ich laß sie Ihnen für fünfzig.»

Ich hätte ihn weiter runterhandeln sollen, aber ich konnte es kaum erwarten zu verschwinden. Ich könnte Albright erzählen, Frank wäre freitags da, und donnerstags würde ich mit Frank was ausmachen.

«Einverstanden», sagte ich. «Kann ich das morgen abholen?»

«Warum können wir das nicht jetzt gleich erledigen?» fragte er mißtrauisch.

«Ich hab doch keine hunnert Dollar mit, Mann. Bis morng könnt ich das Geld zusammenkratzen.»

«Vor Freitag geht's bei mir nicht. Am Freitag krieg ich die nächste Lieferung.»

«Wieso nich morng?» fragte ich, um ihn ein bißchen in die Irre zu führen.

«Ich kann doch nicht meinen ganzen Whiskey an einen Mann verkaufen, Easy. Ich krieg zwar zwei Kisten morgen, aber was ist, wenn ein Kunde reinkommt und Jim Beam verlangt? Wenn ich den nicht hab, geht er in einen anderen Laden. Nicht gut fürs Geschäft.»

Mit einer Anzahlung von zehn Dollar machten wir die Sache klar. Ich kaufte Zeppo einen Viertelliter Harpers und gab Jackson einen Fünfer.

«Was n los, Easy?» sagte Jackson zu mir, als Zeppo sich verzogen hatte.

«Nix. Was sollen das heißen?»

«Ich mein, du schmeißt doch keine Party. Un normalerweise läßte dir mittwochs auch nich die Haare schneiden. Irgendwas is doch.»

«Du träumst, Alter. Die Party steicht Samstach, un du bist jederzeit willkomm.»

«Aha.» Er musterte mich argwöhnisch. «Und was hat das alles mit Frank zu tun?»

Mein Magen füllte sich mit Eiswasser, aber das ließ ich mir nicht anmerken. «Mann, das hat rein gar nix mit Frank Green zu tun. Ich wollte bloß was Schnaps.»

«In Ordnung. Klingt einleuchtend. Du weiß ja, daß ich auf der Matte steh, wenn irnkswo ne Party steicht.»

«Also, bis dann», sagte ich. Ich hoffte, daß ich dann noch am Leben wäre.

Ich brauchte lediglich die nächsten vierundzwanzig Stunden zu überstehen, bis Frank seine wöchentliche Runde machte.

21

Auf dem Rückweg vom Schnapsladen fuhr ich bei Joppy vorbei.

Ich fühlte mich wie zu Hause, als ich ihn die Marmorplatte wienern sah. Trotzdem war mir unbehaglich zumute. Ich hatte Joppy immer als einen Freund respektiert. Außerdem nahm ich mich ein bißchen vor ihm in acht; bei einem Boxer muß man nämlich vorsichtig sein.

Als ich zum Tresen kam, vergrub ich beide Hände in den Taschen meiner Baumwolljacke. Ich hatte soviel zu sagen, daß ich einen Augenblick lang überhaupt nichts sagen konnte.

«Was glotzten so, Ease?»

«Ich weiß nich, Jop.»

Joppy lachte und fuhr sich mit der Hand über seinen kahlen Schädel. «Was sollen das heißen?»

«Dieses Mädchen hat gestern abend bei mir angerufen.»

«Was für n Mädchen?»

«Die, hinter der dein Freund her ist.»

«Aha.» Joppy legte seinen Lappen hin und die Hände auf den Tresen. «Sieht aus, wie wenn du nen Glückstag gehabt hättst.»

«Sieht ganz danach aus.»

Die Bar war leer. Joppy und ich sahen uns forschend an.

«Aber ich glaub einhlich nicht, daß es Glück war», sagte ich.

«Nein?»

«Nein, Joppy, du warst es.»

Die Muskeln in Joppys Unterarmen spannten sich, als er die Fäuste ballte. «Wie kommsten einhlich da drauf?»

«Das is die einzige Lösung, Jop. Du und Coretta wart die einzigen, die wußten, daß ich hinter ihr her war. Ich mein, DeWitt Albright wußte es, aber der hätt sich das Mädchen einfach gegriffen, wenn er gewußt hätte, wo sie steckt. Außerdem wollte Coretta noch Geld von mir, also wär's ihr wohl kaum recht gewesen, wenn ich dahinterkomm, daß sie mit Daphne gesprochen hat. Du warst es, Alter.»

«Vielleicht hatse deine Nummer ja auch außem Telefonbuch.»

«Da steh ich nich drin, Joppy.»

Ich wußte nicht genau, ob ich richtig lag. Daphne konnte mich auch anders gefunden haben, aber das hielt ich für unwahrscheinlich.

«Warum, Mann?» fragte ich.

Joppys unbewegliche Miene verriet nie, was er gerade dachte. Er vermutete aber wohl kaum, daß ich in meinen Taschen Bleirohre umklammert hielt.

Nach einem langen Augenblick lächelte er mich freundlich an und sagte: «Nu koch man nich gleich über, Mann. Is doch halb so wild.»

«Was soll das heißen, halb so wild?» brüllte ich. «Coretta is tot, dein Freund Albright klebt mir am Arsch, die Bullen hamm mich schon einmal kassiert –»

«Das hab ich doch alles nich gewollt, Easy, das mußte mir glauben.»

«Jetzt hat mich Albright auf Frank Green angesetzt», platzte ich heraus.

«Frank Green?» Joppys Pupillen schrumpften auf die Größe von Stecknadelköpfen.

«Ja. Frank Green.»

«Na schön, Easy. Ich sach dir, wie's is. Albright war hier und hat nach dem Mädchen gesucht. Er hat mir das Bild gezeicht, und ich hab sofort gewußt, wer das is . . .»

«Woher denn?» fragte ich.

«Frank hatse manchmal angeschleppt, wenn er n Schnaps geliefert hat. Ich hab gedacht, sie is seine Braut oder so was.»

«Aber du hast Albright nix gesacht?»

«Nee. Frank is meine Quelle, mit dem werd ich mich doch nicht anlehng. Ich hab einfach gewatet, bisser se ma wieder mitgehabt hat, und da hab ich ihr dann klammheimlich verklickert, ich hätt paar Information, diese intressiern könnten. Sie hat mich angerufen, und ich habse ihr gegehm.»

«Wieso? Wieso wolltest du ihr denn helfen?»

Joppy ließ ein Lächeln aufblitzen, das für ihn in Sachen Schüchternheit das Äußerste darstellte. «Sie issen hübsches Mädchen, Easy. Sehr hübsch. Ich hätt nix dagehng, wennse meine Freundin wär.»

«Wieso hastes nich einfach Frank erzählt?»

«Damit der hier aufkreuzt und die Klinge schwingt? Scheiße. Frank is doch verrückt.»

Joppy entspannte sich ein wenig, als er sah, daß ich ihm zuhörte. Er griff wieder zu seinem Lappen. «Na ja, Ease, ich dachte, ich könnt dir n paar Moneten besorgen und Albright auf ne falsche Fährte locken. Es wär alles glattgegang, wenn du auf mich gehört und die Sucherei gelassen hättst.»

«Wieso haste ihr gesacht, sie soll bei mir anrufen?»

Joppy biß die Zähne zusammen, so daß die Knochen unter seinen Ohren hervortraten. «Sie hat mich angerufen und wollte, daß ich ihr helfe, irgendwohin zu kommen, zu nem Freund, hatse gesacht. Aber damit wollt ich nix zu tun haben. Na ja, ich hätt ihr ja helfen könn, solang ich dafür nicht hinterm Tresen weg muß, aber ich fahr doch nirnkswo hin.»

«Aber wieso ausgerechnet mich?»

«Ich hab ihr gesacht, sie soll dich anrufen. Sie wollte wissen, was DeWitt von ihr will, und du warst derjenige, der für ihn arbeitet.» Joppy zog die Schultern hoch. «Ich hab ihr deine Nummer gegehm. Ich hab gedacht, schaden kann's nich.»

«Also machst du nen Trottel aus mir, und wenn du fertig bist, präsentierste mich ihr aufem Silbertablett.»

«Keiner hat dich gezwung, das Geld von dem Mann zu nehm. Keiner hat dich gezwung, zu dem Mädchen zu fahrn.»

In dem Punkt hatte er recht. Er hatte mich zwar dazu überredet, aber ich wollte auch das Geld.

«Ihr Freund war tot.»

«N Weißer?»

«M-hm. Und Coretta James is tot, und ihr Mörder hat auch Howard Green auf dem Gewissen.»

«Hab ich auch gehört.» Joppy warf den Lappen unter den Tresen und holte ein kleines Glas hervor. Während er mir einen Whiskey einschenkte, sagte er: «Ich hab das alles nich gewollt, Easy. Ich wollt dir und dem Mädchen doch bloß helfen.»

«Das Mädchen ist der Teufel, Mann», sagte ich. «Bei der sitzt das Böse in jeder Pore.»

«Vielleicht sollteste aussteing, Easy. Mach nen Ausflug innen Osten oder runter innen Süden, oder so.»

«Das hat Odell auch gesacht. Aber abhaun is nich, Alter.»

Ich wußte, was ich zu tun hatte. Ich mußte Frank finden und ihm von dem Geld erzählen, das Carter mir angeboten hatte. Im Grunde seines Herzens war Frank Geschäftsmann. Und wenn DeWitt Albright Frank bei seinen Geschäften in die Quere kam, würde ich einfach den Kopf einziehen und die beiden das unter sich ausmachen lassen.

Joppy machte mein Glas noch mal voll. Es war so eine Art Friedensangebot. Er hatte mir eigentlich nicht schaden wollen. Nur die Lüge, die lag mir schwer im Magen.

«Wieso haste mir denn nix gesacht von dem Mädchen?» fragte ich ihn.

«Ich weiß nich, Easy. Sie wollte, daß ich's für mich behalt, und» – Joppys Gesicht entspannte sich – «ich wollt sie . . . für mich behalten. Ganz für mich, verstehste?»

Ich nahm meinen Drink und hielt Joppy eine Zigarette hin. Wir rauchten unser Friedenspfeifchen und saßen in Freundschaft beieinander. Lange Zeit sprachen wir kein Wort.

Nach einer Weile fragte Joppy: «Was meinste, wer die ganzen Leute umgeleecht hat?»

«Keine Ahnung, Mann. Odell hat gesacht, die Bullen denken, es könnte n Irrer sein. Und bei Coretta und Howard mag das ja hinkomm, aber ich weiß, wer diesen Richard McGee umgeleecht hat.»

«Wer denn?»

«Ich glaub nich, daß es einem von uns beiden was bring würde, wenn ich dir das sach. Das behalt ich am besten für mich.»

Genau darüber dachte ich nach, als ich durch das Tor und den Weg zu meinem Haus hinaufging. Erst als ich schon fast an der Tür war, fiel mir auf, daß das Tor nicht doppelt verriegelt war, wie der Postbote es normalerweise tat.

Bevor ich mich umdrehen und nachsehen konnte, explodierte etwas in meinem Kopf. Ich setzte zu einem langen Sturzflug durch das Halbdunkel auf die Betontreppe meiner Veranda an. Aber aus irgendeinem Grund schlug ich nicht auf der Treppe auf. Die Tür flog auf, und ich fand mich mit dem Gesicht nach unten auf der Couch wieder. Ich wollte aufstehen, aber der Krach in meinem Schädel machte mich benommen.

Dann drehte er mich um.

Er trug einen dunkelblauen Anzug, so dunkel, daß man ihn für schwarz hätte halten können. Er trug ein schwarzes Hemd. Sein schwarzer Schuh stand auf dem Kissen neben meinem Kopf. Er hatte einen schwarzen Stetson mit schmaler Krempe auf dem Kopf. Seine Visage war genauso schwarz wie alles andere an ihm. Das einzig Bunte an Frank Green war seine bananenfarbene Krawatte, die er sich locker um den Hals geknotet hatte.

«Hi, Frank.» Die Worte ließen Schmerzen durch meinen Schädel schießen.

Franks rechte Faust machte ein schnickerndes Geräusch, und es erschien eine Zehn-Zentimeter-Klinge wie eine chromfarbene Flamme.

«Hab gehört, du bist hinter mir her, Easy.»

Ich versuchte mich aufzusetzen, doch er stieß mein Gesicht wieder runter auf die Couch. «Hab gehört, du bist hinter mir her», sagte er noch einmal.

«Stimmt, Frank. Ich muß mit dir reden. Ich hab so ne Sache an der Hand, da sind für jeden von uns fünfhundert Dollar drin.»

Franks schwarze Visage verzerrte sich zu einem weißen Grinsen. Er stemmte mir sein Knie auf die Brust und drückte mir die Spitze seines Messers, ganz leicht nur, in den Hals. Ich spürte, wie das Fleisch prickelte und das Blut sickerte.

«Ich werd dich wohl umlehng müssen, Easy.»

Meine erste Reaktion war die, daß ich mich nach einem rettenden Strohhalm umschaute, aber ich sah nichts als Möbel und Wände. Da fiel mir etwas Merkwürdiges auf. Der Holzstuhl mit der hohen Lehne, den ich normalerweise in der Küche stehen hatte, stand neben meinem Polstersessel, als hätte ihn jemand als Fußstütze benutzt. Ich habe keine Ahnung, weshalb ich mich ausgerechnet darauf konzentrierte; vermutlich hatte Frank ihn aus der Küche geholt, während ich bewußtlos gewesen war.

«Laß mich doch erst ma ausreden», sagte ich.

«Also, was?»

«Ich könnt vielleicht siehmhundertfuffzich draus machen.»

«Wie kommt n so einer wie du an so viel Zaster?»

«So n Typ will mit nem Mädchen reden, ner Bekannten von dir. Reicher Typ. Der rückt soviel raus, nur fürs Reden.»

«Was für n Mädchen?» Franks Stimme klang fast wie ein Knurren.

«N weißes Mädchen. Daphne Monet.»

«Du bisten toter Mann, Easy», sagte Frank.

«Hör mir zu, Frank. Du hast mich falsch verstanden, Mann.»

«Du hast überall hinter mir hergeschnüffelt. Ich hab's doch gehört. Du warst sogar in den Läden, wo ich Geschäfte mach und saufen geh. Ich komm von meiner kleinen Geschäftsreise zurück, und jetz is Daphne weg, und du sitzt in jedem Loch, wo ich reinscheiß.» Seine harten gelben Augen bohrten sich in meine. «Die Bullen sind auch hinter mir her, Easy. Irgendwer hat Coretta kaltgemacht, un ich hab gehört, du warst inner Gehngd, bevorse abgekratzt is.»

«Frank...»

Er drückte die Klinge ein wenig fester hinein. «Du bist tot, Easy», sagte er, und dann verlagerte er das Gewicht seiner Schulter.

Die Stimme sagte: «Hier wird weder geheult noch gebettelt, Easy. Die Genugtuung darfste dem Nigger nicht lassen.»

«N Abend, Frank», sagte eine freundliche Stimme. Meine war's nicht. Ich wußte, daß sie echt war, weil Frank erstarrte. Er stierte mich zwar immer noch an, konzentrierte sich jedoch auf das, was hinter ihm war.

«Wer is da?» krächzte er.

«Is lange her, Frank. Müssen wohl so an die zehn Jahre sein.»

«Bist du das, Mouse?»

«Du hasten gutes Gedächtnis, Frank. Ich hab schon immer was übrig gehabt für n Mann mit nem guten Gedächtnis, in neun von zehn Fällen is das nämlich n kluger Bursche, der n echtes Problem auf den ersten Blick erkennt. Weil weißte, ich hab im Moment n Problem, Frank.»

«Was denn?»

In diesem Augenblick klingelte das Telefon, und ich freß 'nen Besen, wenn Mouse nicht dranging!

«Nja?» sagte er. «Jaja, Easy is hier, aber im Moment isser ziemlich beschäfticht. M-hm, ja, klar. Kann er Sie gleich zurückrufen? Nein? Na schön. Ja. Ja, versuchen Sie's doch so in ner Stunde noch mal, dann hatter Zeit.»

Ich hörte, wie er den Hörer wieder auf die Gabel legte. Mehr als Frank Greens Oberkörper konnte ich nicht sehen.

«Wo war ich... ach ja, ich wollt dir sagen, was ich für n Problem hab. Siehste, Frank, ich hab hier ne langläufige Pistole Kaliber .41 auf dein Hinterkopf gerichtet. Aber ich kann nich abdrücken, weil ich nämlich Angst hab, daß du meim Partner die Kehle durchschneidst, wennde umkippst. Das man n Problem, hä?»

Frank glotzte mich bloß an.

«Also was meinste, Frank, was soll ich machen? Ich weiß, daß es dich innen Fingern juckt, den armen Easy abzustechen, aber ich glaub nich, daß du dann noch Zeit hast, dir deswehng n Lächeln abzuring, Bruder.»

«Das geht dich n Scheiß an, Mouse.»

«Ich mach dir nen Vorschlag, Frank. Du legst das Messer da auf die Couch, und ich laß dich lehm. Wenn nich, biste tot. Ich zähl jetzt nich bis drei oder so n Quatsch. In einer Minute drück ich ab.»

Langsam nahm Frank das Messer von meiner Kehle und legte es auf die Couch, so daß man es von hinten sehen konnte.

«Na schön, jetzt steh auf, und setz dich hier innen Sessel.»

Frank gehorchte, und da stand Mouse, wie er schöner nicht sein konnte. Sein Lächeln funkelte. Ein paar von seinen Zähnen waren in Gold gefaßt, andere waren überkront. Ein Zahn hatte einen Goldrand mit einem blauen Juwel darin. Er trug einen flotten, karierten Zwirn mit Broadway-Hosenträgern über dem Hemd. Er hatte Gamaschen über seinen Lackschuhen, und die größte Pistole, die ich je gesehen hatte, lag locker in seiner linken Hand.

Auch Frank starrte die Pistole an.

Knifehand war ein übler Bursche, aber es gab niemanden, der klar bei Verstand war und Mouse kannte, der ihm nicht Respekt gezollt hätte.

«Wie läuft's, Easy?»

«Mouse», sagte ich. Mein Hemd war blutverschmiert; meine Hände zitterten.

«Soll ich n umlehng, Ease?»

«He!» brüllte Frank. «Wir hatten ne Abmachung!»

«Easy is mein ältester Kumpel, Alter. Ich blas dir deine häßliche Visage weg, dein dämliches Geschwafel hält mich bestimmt nich davon ab.»

«Wir brauchen ihn nich umlehng. Ich brauch bloß paar Antworten.» Mir wurde klar, daß ich Frank Green nicht brauchte, solange ich Mouse an meiner Seite hatte.

«Dann laß knacken, Alter», sagte Mouse und grinste.

«Wo is Daphne Monet?» fragte ich Green. Er stierte mich bloß an, mit Blicken so scharf wie sein Messer.

«Haste nich gehört, Frank?» sagte Mouse. «Wo is sie?»

Franks Blicke waren beileibe nicht mehr so scharf, als er Mouse anschaute, aber er schwieg trotzdem.

«Das is kein Spielchen hier, Frank.» Mouse ließ die Pistole sinken, bis die Mündung auf den Fußboden zeigte. Er pflanzte sich vor Frank auf; so nahe, daß Knifehand ihn hätte packen können. Doch Frank rührte sich nicht. Er wußte, daß Mouse nur mit ihm spielte.

«Du sachst uns jetz, was wir wissen wolln, oder ich

knall dich ab.» Franks Kiefer erstarrte, und sein linkes Auge ging halb zu. Ich sah, daß ihm Daphne soviel bedeutete, daß er bereit war zu sterben, um sie zu schützen.

Mouse hob die Pistole, so daß die Mündung auf die weiche Stelle unter Franks Kiefer gerichtet war.

«Lassen laufen», sagte ich.

«Aber du hast doch gesacht, ihr hättet n Fünfhundert-Dollar-Ding am Kochen.» Mouse war ganz wild darauf, Frank weh zu tun, das hörte ich an seinem Tonfall.

«Lassen laufen, Mann. In meinem Haus wird keiner umgelegt.» Ich dachte, Mouse könnte sich unter Umständen dafür erwärmen, mir die Möbel nicht mit Blut zu versauen.

«Dann gib ma dein Schlüssel. Ich mach ne kleine Spritztour mit ihm.» Mouse verzog das Gesicht zu einem bösen Grinsen. «Der wird mir schon sahng, was ich wissen will.»

Ohne Vorwarnung zog Mouse Frank die Pistole dreimal über den Schädel; jeder Schlag machte ein ekelhaftes, dumpfes Geräusch. Frank fiel auf die Knie, und das dunkle Blut rann über die dunklen Klamotten.

Als Frank zu Boden fiel, sprang ich zwischen ihn und Mouse. «Lassen laufen!» schrie ich.

«Geh mir außem Weg, Easy!» In Mouse' Stimme lag pure Mordlust.

Ich griff nach seinem Arm. «Laß ihn in Ruhe, Raymond!»

Bevor noch irgendwas passieren konnte, spürte ich, wie Frank mich von hinten stieß. Ich wurde gegen Mouse geschleudert, und wir stürzten zu Boden. Ich umklammerte Mouse, damit er meinen Sturz auffing und um ihn davon abzuhalten, Frank abzuknallen. Bis der drahtige kleine Bursche unter mir hervorkriechen konnte, war Frank schon zur Tür hinausgeschossen.

«Verfluchtnochmal, Easy!» Er drehte sich um, die Pistole locker auf mich gerichtet. «Pack mich ja nicht an, wenn ich ne Knarre in der Hand hab! Biste wahnsinnig?»

Mouse lief zum Fenster, doch Frank war verschwunden.

Ich hielt mich einen Augenblick zurück, während Mouse sich beruhigte.

Nach ein oder zwei Minuten wandte er sich vom Fenster ab und sah an seinem Jackett herunter: «Jetzt kuck dir mal das ganze Blut an meine Jacke an, Easy! Was hasten dir dabei gedacht?»

«Ich brauch Frank Green lebend. Wenn du ihn umlegst, trocknet eine von mein Quellen aus.»

«Was? Was hatten das mit der Sauerei hier zu tun?» Mouse zog sein Jackett aus und drapierte es über seinem Arm. «Is da's Bad?» fragte er und deutete zur Tür.

«Ja», sagte ich.

Er steckte die Pistole in seinen Gürtel und nahm das schmutzige Jackett mit auf die Toilette. Ich hörte das Wasser laufen.

Als Mouse zurückkam, starrte ich zwischen den Rippen der Jalousie hindurch aus dem vorderen Fenster.

«Der läßt sich heut nich mehr blicken, Easy. N zäher Bursche wie Frank hat man genuch Tod gesehn, als dasser sich drum reißen würde.»

«Was suchste einhlich hier, Mouse?»

«Hast du denn nich bei Etta angerufen?»

«Ja, und?»

Mouse schaute mich an, schüttelte den Kopf und lächelte.

«Easy, du hast dich verändert.»

«Wie meinsten das?»

«Früher haste vor allem Schiß gehabt. Hast mickrige Niggerjobs angenomm wie Gärtnern und Putzen. Jetz haste die nette Hütte hier und vögelst die Braut von nem Weißen.»

«Ich hab sie nich angerührt, Mann.»

«Noch nich.»

«Nie im Leben!»

«Jetz komm, Easy, du redest mit deinem alten Freund Mouse. Wenn ne Frau dich bloß zweimal schief ankuckt, kannst du nich nein sagen. Ich müßte das doch wohl wissen.»

Ich hatte kurz nach ihrer Verlobung hinter Mouse' Rücken mit Etta rumgemacht. Er kam dahinter, hat sich aber nicht drum gekümmert. Mouse machte sich nie große Sorgen darüber, was seine Frauen so trieben. Aber hätte ich sein Geld angerührt, hätte er mich auf der Stelle umgelegt.

«Also, was suchste nu hier?» fragte ich, um das Thema zu wechseln.

«Erst ma will ich wissen, wie ich an den Zaster komm, von dem du Frank erzählt hast.»

«Nein, Mouse. Das hat nix mit dir zu tun.»

«Bei dir kreuzt n Typ auf und will dich umlehng, Easy. Dein Auge sieht aus wie Hackfleisch. Is doch glasklar, wieso du angerufen hast, Alter, du kannst n bißchen Hilfe gebrauchen.»

«Nein, Raymond, ich hab dich angerufen, aber da ging's mir dreckig. Ich mein, ich bin froh, daß du meine Haut gerettet hast, aber deine Art Hilfe kann ich nu wirklich nich brauchen.»

«Jetz komm, Easy, du erzählst mir, was los is, und am Schluß springt für uns beide was raus.»

Fast genau dieselben Worte hatte er acht Jahre zuvor zu mir gesagt. Als alles vorbei war, hatte ich zwei tote Männer auf dem Gewissen.

«Nein, Raymond.»

Mouse starrte mich einen Moment an. Er hatte hellgraue Augen; Augen, die alles zu durchdringen schienen.

«Ich hab nein gesagt, Mouse.»

«Jetzt erzähl schon, Easy.» Er lehnte sich in den Sessel zurück. «Da kommste nich drum rum, Bruder.»

«Was soll das heißen?»

«Kein Nigger krichten Arsch außem Sumpf, ohne daß ihm wer dabei hilft, Easy. Du willst die Hütte hier behalten und n bißchen Zaster haben und bist scharf drauf, daß dauernd weiße Miezen an der Strippe häng? In Ordnung. Völlich in Ordnung. Aber, Easy, du brauchst wen, der hinter dir steht, Alter. Diese Weißen lühng dir doch die Hucke voll, wennse dir verklickern, sie schaffen's schon allein. Die hamm immer wen im Rücken.»

«Alles, was ich will, ist meine Chance», sagte ich.

«Ja, Easy. Ja, das is alles.»

«Aber eins kann ich dir sagen», sagte ich. «Ich hab Schiß, mich mit dir einzulassen, Alter.»

Mouse präsentierte mir sein goldenes Lächeln. «Was?»

«Weißte noch, wie wir nach Pariah gefahren sind? Um die Moneten für deine Hochzeit zu organisiern?»

«Ja, und?»

«DaddyReese und Clifton sind dabei draufgegangen, Ray. Und zwar wegen dir.»

Als Mouse aufhörte zu lächeln, schien das Licht im Zimmer schwächer zu werden. Urplötzlich war er ganz geschäftsmäßig; mit Frank Green hatte er nur gespielt.

«Was sollen das heißen?»

«Du hast sie kaltgemacht, Mann! Du, und ich genauso! Zwei Tage, bevor er draufgegangen is, war Clifton noch bei mir. Er wollte von mir wissen, wasser machen soll. Er hat mir erzählt, daß du was mit ihm vorhattest.»

Ich spürte, wie es mir die Tränen in die Augen trieb, doch ich hielt sie zurück. «Aber ich hab nix gesacht. Ich hab den Jungen einfach ziehnlassen. Jetz denkt jeder, er hätte Reese umgelegt, aber ich weiß, daß du's warst. Und das tut weh, Mann.»

Mouse rieb sich über den Mund, ohne mit der Wimper zu zucken.

«Und damit haste dich die ganze Zeit rumgequält?» Er klang erstaunt.

«Ja.»

«Das is doch Jahre her, Easy, und im Grunde warste doch nich mal dabei.»

«Schuld verjährt nich», sagte ich.

«Schuld?» Er sprach das Wort aus, als hätte es nichts zu bedeuten. «Soll das etwa heißen, dir geht's dreckig wehngs was *ich* gemacht hab?»

«Genau.»

«Dann mach ich dir jetz nen Vorschlach», sagte er und hob die Hände an die Schultern. «Wir ziehn das Ding zusamm durch, und du sachst, wo's lang geht.»

«Was heißten das?»

«Ich tu bloß das, was du mir sachst.»

«Alles, was ich sag?»

«Alles, was du sachst, Easy. Vielleicht kannste mir ja mal zeing, wie so n armer Schlucker ohne n bißchen Blut über die Runden kommt.»

Wir rührten den Whiskey nicht an.

Ich erzählte Mouse, was ich wußte; es war nicht viel. Ich erzählte ihm, daß Albright nichts Gutes im Schilde führte. Ich erzählte ihm, ich könnte tausend Dollar für Informationen über Daphne Monet bekommen, weil auf ihren Kopf ein Preis ausgesetzt war.

Als er mich fragte, was sie getan hatte, sah ich ihm in die Augen und sagte: «Keine Ahnung.»

Mouse paffte an einer Zigarette, während er mir zuhörte. «Wenn Frank noch mal hier aufkreuzt, kommste hier womöglich nich mehr lebend raus», sagte er, als ich fertig war.

«Dann sind wir aber nich mehr hier, Alter. Wir beide haun morgen früh hier ab und gehn der Sache aufen Grund.» Ich sagte ihm, wo er DeWitt Albright finden konnte. Außerdem sagte ich ihm, wie er Odell Jones und Joppy erreichen konnte, falls er Hilfe brauchte. Ich wollte Mouse auf Franks Fährte setzen, und ich würde dort suchen, wo ich Daphne gesehen hatte. Wir würden uns das Mädchen schnappen und von da an improvisieren.

Es war ein gutes Gefühl zurückzuschlagen. Mouse war ein guter Soldat, auch wenn ich mir bezüglich seines Gehorsams ernsthaft Sorgen machte. Und falls ich die ganze Sache richtig eingefädelt hatte, würden wir beide groß rauskommen; ich wäre noch am Leben und könnte obendrein mein Haus behalten.

Mouse schlief auf meiner Wohnzimmercouch. Er hatte schon immer einen guten Schlaf gehabt. Einmal meinte er zu mir, sie müßten ihn bei seiner Hinrichtung schon wecken, denn «der gute Mouse wird sich doch seine wohlverdiente Ruhe nich nehm lassen».

22

Ich erzählte Mouse nicht die ganze Geschichte.

Ich erzählte ihm weder von dem Geld, das Daphne gestohlen hatte, noch wie der reiche Weiße hieß; noch, daß ich wußte, wie er hieß. Wahrscheinlich wollte Mouse das Versprechen wirklich halten, das er mir gegeben hatte; er konnte auch ohne Mord und Totschlag auskommen, wenn er es nur versuchte. Doch ich wußte, daß ihn nichts zurückhalten konnte, wenn er von den dreißigtausend Dollar Wind kriegte. Für soviel Geld hätte er sogar *mich* umgebracht.

«Halt dich einfach an Frank», sagte ich zu ihm. «Versuch rauszukriegen, wo er hingeht. Wenn er dich zu dem Mädchen führt, dann hamm wir's geschafft. Daß das klar is, Raymond, ich will bloß das Mädchen finden, es gibt kein Grund, Frank was zu tun.»

Mouse lächelte mich an. «Keine Sorge, Ease. Ich war bloß sauer, als ich gesehen hab, wie er dir aufe Pelle gerückt is. Weißte, irnkswie hätt ich Lust, ihm nen Denkzettel zu verpassen.»

«Nimm dich vor ihm in acht», sagte ich. «Der weiß, wie man mit nem Messer umgeht.»

«Scheiße!» stieß Mouse verächtlich hervor. «Ich bin mittem Messer zwischen die Zähne aufe Welt gekomm.»

Als wir morgens um acht aus dem Haus kamen, wurden wir von der Polizei in Empfang genommen.

«Scheiße.»

«Mr. Rawlins», sagte Miller. «Wir hätten Ihnen gern noch ein paar Fragen gestellt.»

Mason grinste.

«Ich glaub, ich verschwinde lieber, Easy», sagte Mouse.

Mason legte Mouse seine fette Pranke auf die Brust. «Wer sind Sie?» fragte er.

«Mein Name is Navrochet», sagte Mouse. «Ich war bloß kurz hier und wollt mir was Geld abholn, das ich noch von ihm krich.»

«Geld wofür?»

«Geld, das ich ihm vor über nem Jahr geliehen hab.» Mouse brachte ein Bündel Scheine zum Vorschein, von denen keiner größer war als ein Zwanziger.

Das breite Grinsen in Masons fetter Visage machte ihn nicht eben attraktiver. «Und ausgerechnet jetzt hat er's?»

«Is auch besser so», sagte Mouse. «Sonst wärt ihr nämlich jetzt hinter mir her, Leute.»

Die Bullen wechselten bedeutungsvolle Blicke.

«Wo wohnen Sie, Mr. Navrochet?» fragte Miller. Er holte Block und Bleistift hervor.

«Drüben auf der Florence, Nummer siebenundzwanzig zweiunddreißigeinhalb. Hinten im ersten Stock», log Mouse.

«Vielleicht haben wir später noch ein paar Fragen an Sie», meinte Miller, während er die Adresse aufschrieb. «Also bleiben Sie am besten in der Stadt.»

«Wie ihr wollt, Jungs. Ich wasch Autos bei World aufem Crenshaw. Wenn ich nich zu Haus bin, könnter mich da finden. Bis dann, Easy.» Pfeifend und mit den Armen schlenkernd zog Mouse von dannen. Ich hab nie rausgekriegt, woher er sich so gut auskannte, daß er ihnen derartige Lügen auftischen konnte.

«Sollen wir reingehen?» Miller deutete an mir vorbei zum Haus.

Sie setzten mich in einen Sessel und pflanzten sich dann vor mir auf, als ob es ans Eingemachte ginge.

«Was wissen Sie über diesen Richard McGee?» fragte mich Miller.

Als ich aufblickte, sah ich, daß sie in meinem Gesicht nach der Wahrheit suchten.

«Wen?» sagte ich.

«Sie haben schon verstanden», sagte Miller.

«Ich hab keine Ahnung, was Sie gesagt haben.» Ich wollte Zeit schinden, um herauszubekommen, was sie wußten. Mason legte mir eine schwere Hand auf die Schulter.

«Das LAPD hat gestern abend einen Toten gefunden, in seinem Haus im Laurel Canyon», meinte Miller zu mir. «Richard McGee. Auf seinem Tisch lag eine handschriftliche Notiz.»

Miller hielt mir den Zettel vor die Nase. Es war «C. James» darauf gekritzelt.

«Kommt Ihnen das bekannt vor?» fragte Miller.

Ich versuchte dämlich auszusehen; das war nicht besonders schwierig.

«Wie ist es mit Howard Green? Kennen Sie den?» Miller stellte einen Fuß auf meinen Tisch und beugte sich so weit nach vorn, daß sein hageres Gesicht nur noch ein paar Zentimeter von meinem entfernt war.

«Nein.»

«Ach, nein? Er geht in diese Niggerbar, wo Sie mit Coretta James gewesen sind. Der Laden ist einfach nicht groß genug, um sich drin zu verstecken.»

«Na ja, vielleicht würd ich sein Gesicht wiedererkenn, wenn Sie ihn mir zeigen», sagte ich.

«Das wär nich ganz einfach», brummte Mason. «Er is tot, und seine Visage sieht aus wie Hackfleisch.»

«Wie steht's mit Matthew Teran, Ezekiel?» fragte Miller.

«Klar kenn ich den. Der hat doch bis vor n paar Wochen noch als Bürgermeister kandidiert. Was, zum Henker, soll das hier überhaupt?» Ich stand auf und tat angeekelt.

Miller sagte: «Teran hat bei uns angerufen, an dem Abend, als wir Sie verhaftet haben. Er wollte wissen, ob wir rausgekriegt hätten, wer seinen Fahrer Howard Green umgebracht hat.»

Ich glotzte ihn verständnislos an.

«Wir konnten ihm leider nicht helfen», fuhr Miller fort. «Aber es hatte noch einen anderen Mord gegeben, den Mord an Coretta James, der auf dieselbe Art und Weise verübt worden ist. Er war äußerst interessiert, Easy. Er wollte alles über Sie wissen. Er ist sogar aufs Revier gekommen und hat sich und seinem neuen Fahrer zeigen lassen, wie Sie aussehen.»

Das Guckloch in der Tür fiel mir wieder ein.

«Ich hab den Mann nie gesehn», sagte ich.

«Nein?» sagte Miller. «Terans Leiche ist heute morgen in seinem Büro in der Stadt gefunden worden. Er hatte ein hübsches kleines Einschußloch im Herz.»

Es warf mich nach hinten in den Sessel, als würde mir ein Nagel durch den Kopf getrieben.

«Wir glauben nicht, daß Sie was damit zu tun haben, Ezekiel. Zumindest haben wir keine Beweise. Aber Sie müssen irgendwas wissen . . . und wir haben den ganzen Tag Zeit, Ihnen Fragen zu stellen.»

Mason grinste derart breit, daß ich sein knallrotes Zahnfleisch sehen konnte.

«Ich hab keine Ahnung, wovon Sie reden. Vielleicht kenn ich diesen Howard Green. Ich mein, wenn er zu John geht, weiß ich wahrscheint's, wie er aussieht, aber sonst weiß ich gar nix.»

«Ich glaube doch, Ezekiel. Und wenn Sie was wissen und es uns nicht sagen, dann sieht's böse aus für Sie. Wirklich böse.»

«Mann, ich hab kein Schimmer. Wenn er umgeleecht wird, hab ich doch nix damit zu tun. Sie hamm mich hochgenomm. Sie wissen, daß ich nich vorbestraft bin. Ich hab mir mit Dupree und Coretta ein hinter die Binde gekippt, und damit hat sich's. Deswehng könnse mich doch nich häng.»

«Doch, ich kann, wenn ich nämlich beweise, daß Sie in McGees Haus gewesen sind.»

Mir fiel auf, daß Miller eine kleine sichelförmige Narbe unter dem rechten Auge hatte. Es kam mir so vor, als hätte ich immer schon gewußt, daß er diese Narbe hatte. Als hätte ich es gleichzeitig gewußt und doch nicht gewußt.

«Ich bin da nich gewesen», sagte ich.

«Wo?» fragte Miller begierig.

«Ich bin in keinem Haus von nem Toten gewesen.»

«Auf dem Messer ist ein dicker fetter Fingerabdruck, Ezekiel. Wenn der Ihnen gehört, dann schmoren Sie.»

Mason nahm meine Jacke von einem Stuhl und hielt sie mir hin wie ein Butler. Er dachte, er hätte mich, deswegen konnte er es sich leisten, höflich zu sein.

Sie brachten mich aufs Revier, um meine Fingerabdrücke zu nehmen, dann schickten sie die Abdrücke in die Stadt, um sie mit dem Abdruck vergleichen zu lassen, den sie an dem Messer gefunden hatten.

Miller und Mason brachten mich zu einem zweiten Verhör noch einmal in den kleinen Raum.

Sie fragten mich dauernd dasselbe. Ob ich Howard Green kenne? Ob ich Richard McGee kenne? Miller drohte dauernd damit, er werde zu John fahren und jemanden auftreiben, der mich mit Green in Verbindung bringen würde, aber wir wußten beide, daß er bloß bluffte. Damals hätte bei der Polizei von hundert Negern nicht einer ausgepackt. Und die es doch taten, logen wahrscheinlich das Blaue vom Himmel herunter. Und Johns Verein hielt besonders gut zusammen, also war ich sicher, zumindest vor der Aussage von Freunden.

Doch ich machte mir Sorgen wegen dieses Fingerabdrucks.

Ich wußte, daß ich das Messer nicht angefaßt hatte, aber ich wußte nicht, was die Polizei im Schilde führte. Wenn sie tatsächlich den richtigen Mörder erwischen wollten, dann wären sie anständig, würden meine Fingerabdrücke mit denen an dem Messer vergleichen und mich laufen lassen. Aber vielleicht brauchten sie ja einen Sündenbock. Vielleicht wollten sie lediglich die Akte schließen, weil ihre Jahresquote nicht besonders gut aussah. Wenn es um Bullen in einem schwarzen Viertel ging, konnte man nie wissen. Die Polizei kümmerte sich nicht um Verbrechen unter Negern. Na ja, es gab ein paar weichherzige Bullen, die die Fassung verloren, wenn ein Mann seine Frau umbrachte oder einem Kind was antat. Aber die Art Gewalt, mit der Frank Green hausieren ging, brachte keinen aus der Ruhe. Die Zeitungen schrieben nur selten über Morde an Farbigen. Und wenn, dann stand es ganz hinten unter Vermischtes.

Wenn sie mir also den Mord an Howard Green oder Coretta anhängen wollten, würden sie mich unter Umständen einfach dafür verknacken, damit nicht soviel Papierkram anfiel. Zumindest dachte ich das.

Der Unterschied war nur, daß auch zwei Weiße hatten dran glauben müssen. Der Mord an einem Weißen war ein richtiges Verbrechen. Ich konnte nur hoffen, daß diese Bullen daran interessiert waren, den richtigen Verbrecher zu finden.

Ich wurde immer noch verhört, als nachmittags ein junger Mann im weiten braunen Anzug den kleinen Raum betrat. Er überreichte Miller einen großen braunen Umschlag. Er flüsterte Miller etwas ins Ohr, und Miller nickte ernst, als hätte er etwas sehr Wichtiges zu hören bekommen. Der junge Mann ging, und Miller drehte sich zu mir um; es war das einzige Mal, das ich ihn habe lächeln sehen.

«Ich hab die Antwort in Sachen Fingerabdrücke hier in dem Päckchen, Ezekiel», sagte er grinsend.

«Dann kann ich ja jetz wohl gehe.»

«Nh-nh.»

«Was stehten drin?» Mason hüpfte hin und her wie ein Hund, dessen Herrchen eben nach Hause gekommen ist.

«Sieht aus, als hätten wir unseren Mörder.»

Mein Herz schlug so schnell, daß ich den Puls im Ohr hören konnte. «Nee, Mann. Ich bin da nich gewesen.»

Ich blickte Miller ins Gesicht, ohne mir die Angst auch nur im geringsten anmerken zu lassen. Ich sah ihn an und dachte dabei an alle Deutschen, die ich je getötet hatte. Er konnte mir weder einen Schrecken einjagen, noch konnte er mich fertigmachen.

Miller zog ein weißes Blatt aus dem Umschlag und sah es sich an. Dann sah er mich an. Dann wieder auf das Papier.

«Sie können gehen, Mr. Rawlins», sagte er nach einer vollen Minute. «Aber wir kommen sicher noch mal auf Sie zurück. Wir werden Sie schon wegen irgendwas drankriegen, Ezekiel, darauf können Sie Gift nehmen.»

«Easy! Easy, hier drüben!» zischte Mouse mir aus meinem Wagen auf der anderen Straßenseite zu.

«Wo haste denn meine Schlüssel her?» fragte ich ihn, als ich auf den Beifahrersitz kletterte.

«Schlüssel? Bei dem Ding brauchste doch bloß zwei Hölzchen aneinanderreiben, und schon läuft die Kiste.»

An der Zündung baumelte ein Bündel mit Klebeband umwickelter Drähte. Bei anderer Gelegenheit wäre ich vielleicht sauer gewesen, aber in dem Augenblick konnte ich bloß noch lachen.

«Ich hab schon gedacht, ich müßt dir hinterherstiefeln, Ease», sagte Mouse. Er tätschelte die Pistole, die zwischen uns auf dem Vordersitz lag.

«Bis jetzt hammse nich genuch in der Hand, um mich dazubehalten. Aber wenn die nich bald was gebacken krieng, kommse unter Umständen auf die bekloppte Idee, alle andern zu vergessen und mich inne Pfanne zu hauen.»

«Also», sagte Mouse, «ich hab rausgekricht, wo Dupree sich verkrochen hat. Wir könnten n Weilchen bei ihm bleim und kucken, was als nächstes so anliecht.»

Ich wollte mit Dupree sprechen, aber ich hatte Wichtigeres zu tun.

«Wir fahrn nachher zu ihm rüber, aber zuerst mußte mich ma woanders hinbring.»

«Wohin denn?»

«Fahr hier bis zur nächsten Ecke und dann links ab», sagte ich.

23

Portland Court war ein Hufeisen aus winzigen Apartmenthäuschen nicht weit von Joppys Laden in der Nähe der 107th Ecke Central. Sechzehn kleine Veranden und Türen waren versetzt im Halbkreis um einen kleinen Hof angeordnet, wo sieben verkrüppelte Magnolienbäume in Tontöpfen standen. Es war früh am Abend, und die Mieter, größtenteils alte Leute, saßen hinter ihren Fliegentüren und aßen ihr Abendbrot von tragbaren Aluminiumtischchen. Aus jedem Haus drang Radiomusik. Mouse und ich winkten den Leuten und grüßten sie, als wir zu Nummer acht durchgingen.

Die Tür war zu.

Ich klopfte an und klopfte dann noch mal. Nach ein paar Sekunden hörten wir einen lauten Krach und dann schwere Schritte, die auf die Tür zukamen.

«Wer issen da?» rief eine wütende, wenn nicht sogar angsterfüllte Stimme.

«Ich bin's, Easy!» brüllte ich.

Die Tür ging auf, und da stand Junior Fornay, hinter dem grauen Dunstschleier der Fliegentür, in blauen Boxershorts und weißem Unterhemd.

«Was willsten?»

«Ich will mit dir über dein Anruf neulich reden, Junior. Ich hätt da n paar Fragen.»

Ich streckte die Hand aus, um die Tür aufzuziehen, doch Junior knallte von innen den Riegel vor.

«Wenn du reden wolltest, hättste damals genuch Zeit für gehabt. Jetz muß ich mich ne Runde aufs Ohr hauen.»

«Mach lieber die Tür auf, Junior, bevor ichse dir wegpusten muß», sagte Mouse.

Er hatte seitlich neben der Tür gestanden, wo Junior ihn nicht sehen konnte, aber jetzt trat er in sein Blickfeld.

«Mouse», sagte Junior.

Ich fragte mich, ob er wohl noch immer so versessen darauf war, meinen Freund wiederzusehen.

«Mach auf, Junior, Easy un ich hamm nich die ganze Nacht Zeit.»

Wir gingen hinein, und Junior lächelte, als wollte er, daß wir uns ganz wie zu Hause fühlten.

«Wollter n Bier, Jungs? Ich hab noch paar Fläschchen im Eisschrank.»

Wir bekamen was zu trinken und rauchten Zigaretten, die Junior uns angeboten hatte. Wir setzten uns auf Klappstühle, die er um einen Kartentisch aufgebaut hatte.

«Wie kann ich euch helfen?» fragte er nach einer Weile.

Ich holte ein Taschentuch heraus. Es war dasselbe Taschentuch, mit dem ich bei Richard McGee etwas vom Boden aufgehoben hatte.

«Kennste die noch?» fragte ich Junior, als ich es auf dem Tisch ausbreitete.

«Was hab ich mit ner Zigarettenkippe am Hut?»

«Die is von dir, Junior. Zapatas. Ich kenn bloß einen, der so was von verkomm is, dasser diesen Scheiß raucht. Und siehste, die hat einfach jemand fallen lassen, das Papier am Ende is nämlich bloß angekokelt, nich Asche.»

«Un wenn schon. Un wennse von mir is?»

«Die hab ich aufem Fußboden im Haus von nem Toten gefunden. Er hieß Richard McGee. Irgend jemand hatte ihm grad Coretta James' Namen gesteckt; jemand, der wußte, daß Coretta mit diesem weißen Mädchen zusammengewesen is.»

«Na und?» Wie durch Zauberei erschien Schweiß auf Juniors Stirn.

«Wieso hast du Richard McGee umgelegt?»

«Hä?»

«Wir hamm keine Zeit für Spielchen, Junior. Ich weiß, daß du n umgelegt hast.»

«Wassen mit Ease los, Mouse? Hatter eins auf die Rübe gekricht?»

«Wir hamm jetz keine Zeit für Spielchen, Junior. Du hasten umgelegt, und ich will wissen, warum.»

«Du hastse ja nich alle, Easy! Du hastse ja nich alle!»

Junior sprang aus seinem Sessel auf und tat so, als wollte er sich verkrümeln.

«Setz dich, Junior», sagte Mouse.

Junior setzte sich.

«Erzähl mir, was passiert is, Junior.»

«Ich weiß nich, was du da redest, Mann. Ich weiß doch nich mal, wen du meinst.»

«Na schön», sagte ich und präsentierte ihm meine Handflächen. «Aber wenn ich zur Polizei geh, krieg die ganz schnell spitz, daß der Fingerabdruck, den sie an dem Messer gefunden haben, von dir stammt.»

«Was für n Messer?» Juniors Augen sahen aus wie zwei Monde.

«Junior, jetz hör mal genau zu. Ich hab im Moment selbst genuch Sorng, und ich hab keine Zeit, mir deinetwehng den Kopp zu zerbrechen. An dem Abend, wie ich bei John war, is auch der Weiße dagewesen. Hattie hatten von dir nach Haus bring lassen, und dann muß er dir Geld gegeben haben, damit du ihm Corettas Namen steckst. Und da hast du ihn umgelegt.»

«Ich hab kein umgeleecht.»

«Der Fingerabdruck beweist unter Garantie, daß du lügst, Alter.»

«Quatsch!»

Ich wußte, daß ich in Sachen Junior richtig lag, aber das nützte mir nichts, solange er sich weigerte zu reden. Das Problem war, daß Junior keine Angst vor mir hatte. Er hatte nie Angst vor jemandem, bei dem er das Gefühl hatte, er könnte ihn im Kampf besiegen. Obwohl ich beweisen konnte, daß er schuldig war, machte er sich keinerlei Sorgen, weil ich ihm im Zweikampf unterlegen war.

«Machen alle, Raymond», sagte ich.

220

Mouse grinste und stand auf. Plötzlich hatte er die Pistole in der Hand.

«Moment ma, Mann. Was für n Scheiß ziehste hier einklich ab?» sagte Junior.

«Du hast Richard McGee umgelegt, Junior. Und die Nacht drauf haste mich angerufen, weil das was mit dem Mädchen zu tun hatte, hinter dem ich her war. Du wolltest rauskrieng, was ich wußte, und wie ich dir nix erzählt hab, haste aufgelegt. Aber du hast ihn erledigt, und du erzählst mir jetzt warum, oder Mouse pustet dir n Arsch weg.»

Junior leckte sich die Lippen und wand sich in seinem Sessel wie ein Kind, das einen Wutanfall hat.

«Wieso willste dich einklich mit mir anlehng, Mann? Was hab ich dir getan?»

«Erzähl mir, was passiert is, Junior. Erzähl's mir, vielleicht vergeß ich dann, was ich weiß.»

Junior wand sich noch ein bißchen. Schließlich sagte er: «Er war unten inner Bar an dem Abend, wie du da warst.»

«Und?»

«Hattie wollten nich reinlassen, also hatse ihm gesacht, er soll verschwinden. Aber der war wohl schon besoffen, aufer Straße isser dann nämlich irnkswie umgekippt. Also sacht Hattie, ich soll ma rausgehn un nachkucken, weilse kein Ärger will mit dem da draußen. Also geh ich raus und helf ihm zu seiner Karre un so.»

Junior hielt inne, um einen Schluck Bier zu trinken, starrte dann aber bloß aus dem Fenster.

«Mach weiter, Junior», sagte Mouse schließlich. Er wollte weiter.

«Er meint, er gibt mir zwanzich Dollar, wenn ich ihm sach, was das für n Mädchen is, wonach du gefracht hast, Easy. Er hat gesacht, er gibt mir n Hunderter, wenn ich ihn nach Haus fahr und ihm sach, wie er das weiße Mädchen findet.»

«Die hast du auch genomm, ich weiß.» Mouse schob sich einen Zahnstocher zwischen die Vorderzähne.

«N Haufen Geld»; Junior lächelte hoffnungsvoll ob der Wärme, die Mouse ausstrahlte. «Nja, da hab ich ihn nach Haus gefahrn. Und ich hab ihm verklickert, ich hätt das Mädchen gesehn, wo er hinterher is, mit Coretta James. War doch eh bloß ne weiße Braut, was juckt mich das?»

«Und wieso haste ihn dann umgelegt?» fragte ich.

«Er wollte, daß ich Frank Green was ausrichten tu. Er meint, er gibt mir die Kröten, wenn ich das erledicht hab.»

«Und?»

«Ich hab ihm gesacht, den Scheiß kann er sich abschminken! Ich hab getan, was er wollte, und wenn er noch was will, könn wir drüber reden, wenn ich mein Geld gekricht hab.» Junior hatte plötzlich einen wilden Blick. «Er hat gemeint, wenn ich das so seh, soll ich doch abhaun mit meim Zwanziger. Dann macht er mich zur Sau und verdrückt sich nach nebenan. Scheiße! Soweit ich weiß, hatter ne Knarre da drin. Ich hab mir n Messer außer Spüle geholt und bin

222

ihm hinterher. Er hätt doch ne Kanone da drin hamm könn, stimmt's nich, Raymond?»

Mouse nippte an seinem Bier und starrte Junior an.

«Was solltest du Frank sagen?» fragte ich.

«Ich sollt ihm bestelln, daß er und seine Kumpels was gehng das Mädchen inner Hand hamm.»

«Gegen Daphne?»

«Ja», sagte Junior. «Er sacht, sie hamm was gehnse inner Hand, und sie sollten sich alle ma unterhalten.»

«Was sonst?»

«Nix.»

«Du hast ihn umgelegt, nur weil er vielleicht ne Kanone hatte?»

«Du hast kein Grund, das der Polente zu verklikkern, Mann», sagte Junior.

Er war in seinem Sessel versunken wie ein alter Mann. Er widerte mich an. Er hatte genug Mut, um auf einen Schwächeren loszugehen, er hatte genug Mut, einen unbewaffneten Säufer zu erstechen, aber Junior hatte nicht den Mumm, sich für seine eigenen Verbrechen zu verantworten.

«Der hat's nich verdient, am Lehm zu bleiben», wisperte die Stimme in meinem Kopf.

«Gehn wir», sagte ich zu Mouse.

24

Dupree war bei seiner Schwester in Compton, draußen hinter Watts. Bula arbeitete nachts als Hilfsschwester im Temple Hospital, deswegen antwortete Dupree auf unser Klopfen.

«Easy», sagte er mit leiser Stimme. «Mouse.»

«Pete!» Mouse war ein helles Bürschchen. «Riech ich da etwa Schweineschwänzchen?»

«Ja, Bula hat heut morng welche gemacht. Mit Erbsen.»

«Brauchst gar nix zu sagen, ich renn einfach meiner Nase nach.»

Mouse ging an Dupree vorbei, dem Geruch hinterher. Wir standen in der winzigen Diele und sahen mit gesenktem Kopf jeder auf die Schulter des anderen. Ich stand noch immer mit einem Bein vor der Tür. Aus Bulas Rosenbeeten waren zwei Grillen zu hören.

«Tut mir leid wegen Coretta, Pete. Tut mir leid.»

«Ich möcht bloß wissen, weshalb, Easy. Weshalb sollte jemand sie auf die Art umbringen?» Als Dupree zu mir aufblickte, sah ich, daß seine Lider dunkel und geschwollen waren. Ich hab ihn nie danach gefragt, aber ich wußte, daß die Veilchen von seinem Verhör stammten.

«Ich weiß nich, Alter. Ich versteh nich, wie einer mit jemand so was machen kann.»

Tränen liefen Dupree übers Gesicht. «Ich mach mit dem Kerl dasselbe, was er mit ihr gemacht hat.» Er schaute mir in die Augen. «Wenn ich rauskrieg, wer das war, Easy, mach ich den Kerl kalt. Egal wer's is.»

«Kommt man lieber rein, Jungs», sagte Mouse am Ende des Korridors. «Essen steht aufem Tisch.»

In Bulas Küchenschrank stand eine Flasche Rye. Mouse und Dupree machten sich über sie her. Dupree hatte den ganzen Abend geheult und war völlig durcheinander. Ich stellte ihm ein paar Fragen, aber er wußte von nichts. Er erzählte uns, wie die Polizei ihn verhört und zwei Tage lang festgehalten hatte, ohne ihm zu sagen, weshalb. Aber als sie ihm schließlich von Coretta erzählten, war er zusammengebrochen, und sie sahen ein, daß er es nicht gewesen sein konnte.

Dupree trank zügig, während er seine Geschichte erzählte. Er wurde immer betrunkener, bis er schließlich auf dem Sofa einschlief.

«Dupree hier, das mannen anständiger Kerl», lallte Mouse. «Aber der verträcht einfach nix.»

«Du hängst aber auch schon ziemlich in den Seilen, Raymond.»

«Meinße etwa, ich wär besoffen?»

«Ich mein bloß, du hast genausoviel geschluckt wie er, und du kannst dich drauf verlassen, wenn du jetzt ins Röhrchen pusten müßtest, wärste geliefert.»

«Wenn ich besoffen wär», sagte er, «würd ich dann so was hinkrieg?»

Schneller als jeder andere, den ich je gesehen habe, griff Mouse in sein buntes Jackett und brachte seine langläufige Pistole zum Vorschein. Zwischen der Mündung und meiner Stirn lagen nur Zentimeter.

«In ganz Texas zieht keiner schneller wie ich!»

«Steckse weg, Raymond», sagte ich so ruhig ich konnte.

«Mach schon», forderte Mouse, während er die Pistole in sein Schulterhalfter zurückschob. «Zieh deine Knarre. Ma sehn, wer dabei draufgeht.»

Meine Hände lagen auf meinen Knien. Ich wußte, wenn ich mich bewegte, würde Mouse mich umlegen.

«Ich hab keine Kanone, Raymond. Das weißt du doch.»

«Wenn du so bescheuert bist, mit ohne Wumme aufe Straße zu gehn, bisse wohl ganz wild drauf abzukratzen.» Er hatte glasige Augen, und ich war sicher, daß er mich nicht sehen konnte. Trotzdem sah er jemand, einen Dämon, den er im Kopf mit sich herumtrug.

Er zog erneut die Pistole. Diesmal spannte er den Hahn. «Bete, Nigger, ich schick dich nämlich jetz ins Jenseits.»

«Lassen laufen, Raymond», sagte ich. «Du hast ihm nen anständigen Denkzettel verpaßt. Wenn du ihn umlegst, hatter nix mehr davon.» Ich redete einfach.

«Der is so dämlich und fordert mich raus, dabei hatter noch nich ma ne Knarre! Ich mach den Wichser alle!»

«Lassen leben, Ray, und in Zukunft geht ihm der Arsch auf Grundeis, wenn er dich bloß ins Zimmer marschiern sieht.»

«Soll dem Wichser der Arsch man auf Grundeis gehn. Ich mach den Wichser alle. Ich machen alle!»

Mouse nickte und ließ sich die Pistole in den Schoß fallen. Der Kopf sank ihm auf die Brust, und er war eingeschlafen; einfach so!

Ich nahm die Kanone und legte sie auf den Tisch in der Küche.

Mouse hatte immer zwei kleinere Pistolen in der Tasche. Das wußte ich noch aus unseren alten Zeiten. Ich nahm mir eine davon und legte ihm und Dupree einen Zettel hin. Ich schrieb, ich sei nach Hause gefahren und hätte Mouse' Kanone mitgenommen. Ich wußte, daß ihm das nichts ausmachte, solange ich es ihm nur sagte.

Ich fuhr zweimal bei mir um den Block, bis ich sicher war, daß mir auf der Straße niemand auflauerte. Dann stellte ich den Wagen um die Ecke ab, damit jeder, der zu mir wollte, dachte, ich sei nicht da.

Als ich den Schlüssel ins Schloß gesteckt hatte, fing das Telefon an zu klingeln. Es läutete zum siebtenmal, als ich dran war.

«Easy?» Sie klang so süß wie nie zuvor.

«Ja, ich bin's. Ich dachte, du wärst mittlerweile schon so gut wie in New Orleans.»

«Ich hab die ganze Nacht versucht, dich anzurufen. Wo bist du gewesen?»

«Mich amüsiern. Hab ne Menge neue Freunde kennengelernt. Die Polypen sind ganz wild drauf, daß ich bei ihnen einzieh.»

Sie nahm meinen Witz über Freunde für bare Münze. «Bist du allein?»

«Was willst du, Daphne?»

«Ich muß mit dir sprechen, Easy.»

«Na ja, dann los, sprich.»

«Nein, nein. Ich muß dich sehen, Easy. Ich hab Schiß.»

«Kann ich dir nich verübeln. Ich hab schon Schiß, wenn ich bloß mit dir telefonier», sagte ich. «Aber ich muß trotzdem mit dir sprechen. N paar Sachen hätt ich gern noch gewußt.»

«Komm zu mir, und ich erzähl dir alles, was du wissen willst.»

«Na schön. Wo bist du?»

«Bist du allein? Außer dir darf niemand wissen, wo ich bin.»

«Soll das heißen, du willst nicht, daß dein Freund Joppy spitzkriegt, wo du dich versteckst?»

Falls es sie überraschte, daß ich von Joppy wußte, ließ sie es sich nicht anmerken.

«Außer dir darf *niemand* wissen, wo ich bin. Weder Joppy noch dein anderer Freund, der gerade zu Besuch ist.»

«Mouse?»

«Niemand! Entweder du versprichst es mir, oder ich leg sofort auf.»

«Na schön, is ja schon gut. Ich bin grad erst gekommen, und Mouse is nich mal in der Nähe. Sag mir, wo du bist, und ich komm dich holen.»

«Du würdest mich doch nicht anlügen, Easy, oder?»

«Nee. Ich will bloß reden, genau wie du.»

Sie gab mir die Adresse eines Motels im Süden von L.A.

«Beeil dich, Easy. Ich brauch dich», sagte sie, bevor sie auflegte. Sie machte so schnell Schluß, daß sie mir nicht einmal ihre Zimmernummer gegeben hatte.

Ich kritzelte etwas auf einen Zettel und überlegte währenddessen, was ich tun sollte. Ich erklärte Mouse, daß er mich bei Primo, einem Freund, finden könnte. Oben auf den Zettel schrieb ich in Blockbuchstaben RAYMOND ALEXANDER, denn die einzigen Wörter, die Mouse lesen konnte, waren seine beiden Namen.

Ich hoffte, Dupree würde mit Mouse kommen, damit er ihm den Zettel vorlesen und ihm den Weg zu Primos Haus zeigen konnte.

Dann flitzte ich zur Tür raus.

Wieder fuhr ich durch die Nacht von L.A. Zum Tal hin war der Himmel korallenrot, gestreift mit dünnen schwarzen Wolken. Ich hatte keine Ahnung, weshalb ich allein loszog, um mir das Mädchen in Blau zu schnappen. Doch zum erstenmal seit einer ganzen Weile war ich glücklich und voller Erwartungen.

25

Das Sunridge war ein relativ kleines rosa Motel, das aus zwei rechteckigen Gebäuden bestand, die sich um einen asphaltierten Parkplatz zu einem «L» vereinten. In dieser Gegend gab es hauptsächlich Mexikaner, und auch die Frau, die am Empfangspult saß, war eine Mexikanerin. Sie war eine mexikanische Vollblutindianerin; klein, mandeläugig und von tief olivfarbener Haut mit einem kräftigen Schuß Rot. Ihre Augen waren sehr dunkel, und die vier weißen Strähnen in ihrem ansonsten schwarzen Haar verrieten mir, daß sie älter war, als sie aussah.

Sie starrte mich fragend an.

«Ich such ne Freundin», sagte ich.

Sie kniff die Augen ein wenig fester zusammen und zeigte mir das dichte Geflecht von Falten in ihren Augenwinkeln.

«Ihr Nachname ist Monet, sie ist Französin.»

«Keine Männer auf den Zimmern.»

«Ich muß bloß mit ihr reden. Wir können auch nen Kaffee trinken gehn, wenn wir hier nicht reden können.»

Sie schaute weg, als ob sie sagen wollte, damit sei unser Gespräch beendet.

«Ich möchte ja nicht unhöflich sein, Ma'am, aber das Mädchen hat mein Geld, und notfalls klopf ich an jede Tür, bis ich sie gefunden hab.»

Sie drehte sich zur Hintertür um, aber noch bevor

sie jemanden rufen konnte, sagte ich: «Ma'am, notfalls nehm ich's auch mit Ihren Brüdern und Söhnen
auf, um mit dieser Frau zu sprechen. Ich will weder ihr
noch Ihnen was Böses, aber ich muß unbedingt mit
ihr reden.»

Sie musterte mich, wobei sie die Nase in die Luft
streckte wie ein mißtrauischer Hund, der den neuen
Briefträger begutachtet, dann schätzte sie die Entfernung zur Hintertür ab.

«Elf, am anderen Ende», sagte sie schließlich.

Ich rannte zum anderen Ende des Gebäudes.

Während ich an die Tür von Nummer elf klopfte,
blickte ich ständig hinter mich.

Sie trug einen grauen Frottee-Bademantel, und sie
hatte sich ein Handtuch wie einen Turban um den
Kopf gewickelt. In diesem Moment waren ihre Augen
grün, und als sie mich sah, lächelte sie. Bei all ihrem
Ärger und all dem Ärger, den ich womöglich noch
mitgebracht hatte, lächelte sie, als sei ich ein Freund,
mit dem sie ein Rendezvous hatte.

«Ich hab gedacht, du wärst das Zimmermädchen»,
sagte sie.

«Nh-nh», murmelte ich. In dem halboffenen Bade-
mantel sah sie schöner aus als je zuvor. «Wir sollten
hier verschwinden.»

Sie blickte an meiner Schulter vorbei. «Sprechen
wir lieber erst mal mit der Geschäftsführerin.»

Die kleine Frau kam mit zwei dickbäuchigen Mexi-
kanern auf uns zu. Einer der Männer schwang einen

Schlagstock. Dreißig Zentimeter vor mir blieben sie stehen; Daphne zog die Tür ein wenig zu, um sich dahinter zu verstecken.

«Belästigt er Sie, Miss?» fragte die Geschäftsführerin.

«Oh, nein, Mrs. Guitierra. Mr. Rawlins ist ein Freund von mir. Er führt mich zum Essen aus.» Daphne wirkte amüsiert.

«Ich will keine Männer auf den Zimmern», sagte die Frau.

«Ich bin sicher, es macht ihm nichts aus, im Wagen zu warten, nicht wahr, Easy?»

«Ich glaub nicht.»

«Lassen Sie uns nur noch kurz zu Ende reden, Mrs. Guitierra, dann ist er ganz brav und wartet im Wagen auf mich.»

Einer der Männer sah aus, als hätte er die Absicht, mir mit seinem Stock den Schädel einzuschlagen. Der andere sah Daphne an; er hatte ebenfalls Absichten.

Als sie zum Büro zurückgingen, wobei sie uns noch immer anstarrten, sagte ich zu Daphne: «Hör mal. Du wolltest, daß ich allein hierherkomm, und hier bin ich. Das gleiche will ich jetzt von dir, also, ich will, daß du jetzt mit mir kommst; ich kenn da n ruhiges Plätzchen.»

«Woher weiß ich, daß du mich nicht zu dem Mann bringst, den Carter angeheuert hat?» Ihre Augen lachten.

«Nh-nh. Der kann mir gestohlen bleiben... Ich hab mit deinem Freund Carter gesprochen.»

Daraufhin verschwand das Lächeln von ihrem Gesicht.

«Im Ernst! Wann?»

«Vor zwei, drei Tagen. Er will dich zurück, und Albright hat's auf die Dreißigtausend abgesehn.»

«Ich geh nicht zu ihm zurück», sagte sie, und ich wußte, daß das die Wahrheit war.

«Darüber können wir uns ein andermal unterhalten. Jetzt mußt du erst mal hier weg.»

«Wohin?»

«Überlaß das ruhig mir. Du mußt dich vor den Männern verstecken, die hinter dir her sind, und ich genauso. Ich bring dich dahin, wo du sicher bist, und dann können wir uns überlegen, was wir unternehmen.»

«Ich kann nicht aus L.A. verschwinden. Nicht, bevor ich mit Frank gesprochen hab. Der müßte jetzt eigentlich wieder da sein. Ich versuch die ganze Zeit, ihn zu erreichen, aber er ist nicht zu Haus.»

«Die Polente will ihm die Sache mit Coretta anhängen, also hält er sich wahrscheinlich bedeckt.»

«Ich muß mit Frank sprechen.»

«Na gut, aber jetzt müssen wir erst mal hier weg.»

«Sekunde», sagte sie. Sie verschwand für einen Augenblick im Zimmer. Als sie wieder auftauchte, gab sie mir ein Bündel Bares, das in einen Zettel gewickelt war. «Geh das Zimmer bezahlen, Easy. Dann lassen sie uns in Ruhe, wenn sie uns mit meinem Gepäck sehen.»

Wirtinnen sind überall gleich: Sie sind ganz wild

auf ihr Geld. Als ich Daphnes Rechnung bezahlte, verdrückten sich die beiden Männer, und die kleine Frau brachte sogar ein Lächeln zustande.

Daphne hatte drei Gepäckstücke, aber keins davon war der verbeulte alte Koffer, den sie an unserem ersten Abend dabeigehabt hatte.

Wir hatten eine lange Fahrt vor uns. Ich wollte weit weg von Watts und Compton, also fuhren wir nach East L.A.; heute nennt sich die Gegend El Barrio. Damals war das eins der jüdischen Viertel, und vor einiger Zeit hatten es die Mexikaner in Beschlag genommen.

Wir fuhren an Hunderten von ärmlichen Häusern vorbei, an traurigen Palmen und Tausenden von Kindern, die auf den Straßen spielten und johlten.

Schließlich kamen wir zu einem heruntergekommenen alten Haus, das einmal eine Villa gewesen war. Es hatte eine wunderschöne gemauerte Veranda mit einem hohen grünen Dach. In jedem der drei Stockwerke gab es zwei große Panoramafenster. Zwei Fenster waren zerschlagen worden; sie waren mit Pappe verklebt und mit Lumpen verstopft. Drei Hunde und acht alte Autos lagen träge um einen Hof mit rotem Lehmboden verstreut unter den Zweigen einer kränklichen, verkümmernden Eiche. Sechs oder sieben kleine Kinder spielten zwischen den Wracks. An die Eiche genagelt war ein kleines hölzernes Schild mit der Aufschrift «Zimmer».

Ein grauhaariger alter Mann in Overall und Unterhemd saß auf einem Stuhl am Fuß der Treppe.

«Tachchen, Primo», winkte ich ihm.

«Easy», erwiderte er. «Haste dich verirrt hier draußen?»

«Nee, Alter. Ich brauch bloß n bißchen Ruhe, da hab ich gedacht, ich probier's mal bei dir.»

Primo war ein waschechter Mexikaner. Das war 1948, als Mexikaner und Schwarze sich noch nicht haßten. Damals, bevor die Ahnenforschung entdeckt wurde, glaubten Mexikaner und Neger, sie säßen im selben Boot. Das heißt, sie hielten sich bloß für ein paar vom Pech verfolgte Lohnsklaven, die immer den kürzeren zogen.

Ich habe Primo kennengelernt, als ich eine Weile mein Geld mit Gärtnern verdiente. Wir arbeiteten in derselben Kolonne und erledigten die Großaufträge in Beverly Hills und Brentwood. Wir pflegten sogar ein paar Gärten in der Stadt, nicht weit von der Sixth.

Primo war ein netter Kerl, der gern mit mir und meinen Freunden durch die Gegend zog. Er erzählte uns, er hätte das große alte Haus gekauft, um ein Hotel daraus zu machen. Er lag uns dauernd damit in den Ohren, doch zu ihm rauszukommen und ein Zimmer zu mieten oder unseren Freunden von ihm zu erzählen.

Als ich den Weg heraufkam, stand er auf. Er ging mir bloß bis zur Brust. «Wie isses?» fragte er.

«Haste was Ruhiges?»

«Ich hab n Gartenhäuschen, das könnt ihr haben, du und die Señorita.» Er mußte sich bücken, um einen Blick auf Daphne zu werfen, die im Wagen saß. Sie schenkte ihm ein nettes Lächeln.

«Wieviel?»

«Fünf Dollar die Nacht.»

«Was?»

«Ein ganzes Haus, Easy. Wie gemacht für die Liebe.» Er zwinkerte mir zu.

Ich hätte ihn runterhandeln können, und spaßeshalber hätte ich das auch getan, aber ich hatte andere Sorgen.

«Na schön.»

Ich gab ihm einen Zehn-Dollar-Schein, und er brachte uns zu dem Weg, der ums Haus zum Gartenhäuschen führte. Er wollte mit uns kommen, doch ich hielt ihn zurück.

«Primo, mein Freund», sagte ich. «Ich komm morgen mal rauf, und dann köpfen wir beide n Fläschchen Tequila. In Ordnung?»

Er lächelte und knuffte mich in den Arm, bevor er sich umdrehte und ging. Ich wünschte mir, mein Leben wäre noch immer so unkompliziert, daß ich auf nichts anderes aus war als auf eine heiße Nacht mit einem weißen Mädchen.

Zuerst sahen wir nur eine Flut blühender Büsche, durchsetzt mit Geißblatt, Löwenmäulchen und Passionsfrüchten. Ein gezacktes, mannsgroßes Loch war in die Zweige gehauen. Hinter diesem Durchgang befand sich ein kleines Gebäude wie ein Wagenschuppen oder das Quartier des Gärtners auf einem großen

236

Anwesen. Das Haus bestand an drei Seiten aus Glastüren, die von der Decke bis zum Boden reichten. Alle Türen gingen auf die gemauerte Terrasse hinaus, die das Haus an drei Seiten umgab, doch sie waren zu. Die Haustür war aus Holz, grün gestrichen.

Lange weiße Vorhänge hingen vor allen Fenstern.

Das Innere des Hauses bestand aus einem einzigen großen Raum mit einer verlotterten Sprungfedermatratze auf der einen und einem zweiflammigen Gasherd auf der anderen Seite. Es gab einen Tisch, auf dem ein Toaster stand, und vier spindeldürre Stühle. Es gab ein großes Polstersofa, dunkelbraun bezogen und mit riesigen gelben Blumen bestickt.

«Es ist einfach wunderschön», rief Daphne aus.

Man konnte mir wohl ansehen, daß ich sie für verrückt hielt, denn sie errötete leicht und setzte hinzu: «Na ja, man müßte es vielleicht ein bißchen aufmöbeln, aber ich glaub, wir könnten was draus machen.»

«Wenn wir's abreißen würden, vielleicht...»

Daphne lachte, und das war sehr schön. Wie gesagt, sie war wie ein Kind, und ihre kindliche Freude rührte mich.

«Es ist wunderbar», sagte sie. «Vielleicht nicht gerade fürstlich, aber es ist ruhig, und wir sind ungestört. Hier kann uns keiner sehen.»

Ich stellte ihr Gepäck neben dem Sofa ab.

«Ich muß mal kurz weg», sagte ich. Jetzt, wo ich sie erst einmal da hatte, wußte ich, wie ich die Sache ins Rollen brachte.

«Bleib.»

«Es geht nicht anders, Daphne. Zwei üble Typen und die Polizei von L.A. sind mir auf den Fersen.»

«Was für üble Typen?» Sie setzte sich auf die Bettkante und legte die Beine übereinander. Im Hotel hatte sie ein gelbes Strandkleid angezogen, das ihre braungebrannten Schultern zur Geltung brachte.

«Der Mann, den dein Freund angeheuert hat, und Frank Green, dein anderer Freund.»

«Was hat denn Frankie mit dir zu tun?»

Ich trat auf sie zu, und sie stand auf und kam mir entgegen. Ich zog meinen Kragen herunter, zeigte ihr den tiefen Schnitt an meinem Hals und sagte: «Das hat *Frankie* mit Easy gemacht!»

«Oh, Schatz!» Sie streckte eine zarte Hand nach meinem Nacken aus.

Vielleicht war es bloß die Berührung einer Frau, die mir unter die Haut ging, vielleicht begriff ich aber auch endlich, was mir in der vorangegangenen Woche alles passiert war; ich weiß es nicht.

«Kuck dir das mal an! Das waren die Bullen!» sagte ich und deutete auf den Bluterguß an meinem Auge. «Die haben mich zweimal verhaftet, wollten mir vier Morde in die Schuhe schieben, und ich bin von Leuten bedroht worden, die ich am liebsten nie zu Gesicht bekommen hätte, und...» Ich spürte, daß mir gleich die Galle hochkommen würde.

«Och, mein armer Junge», sagte sie, während sie mich am Arm nahm und ins Badezimmer führte. Sie ließ meinen Arm auch nicht los, als sie den Hahn

238

aufdrehte und Wasser in die Wanne laufen ließ. Sie war bei mir, knöpfte mein Hemd auf und ließ mir die Hosen herunter.

Ich saß einfach da, nackt auf dem Klodeckel, und schaute zu, wie sie das verspiegelte Medizinschränkchen durchstöberte. Ich spürte etwas tief in mir, etwas Dunkles, Geheimnisvolles, wie Jazz, der einem in Erinnerung ruft, daß der Tod wartet.

«Tod», röchelt das Saxophon. Aber das war mir ehrlich gesagt egal.

26

Daphne Monet, eine Frau, die ich kaum kannte, steckte mich in die tiefe Porzellanwanne, und ich lehnte mich zurück, während sie mich erst vorsichtig zwischen den Zehen wusch, und dann die Beine hinaufwanderte. Ich hatte eine Erektion, die flach an meinem Bauch lag, und atmete langsam, wie ein kleiner Junge, der ganz still hält, um einen Schmetterling zu fangen. Von Zeit zu Zeit sagte sie: «Schh, mein Schatz, ist schon gut.» Und aus irgendeinem Grund tat mir das weh.

Als sie mit meinen Beinen fertig war, schrubbte sie meinen ganzen Körper mit einem rauhen Waschlappen und einem Stück Bimssteinseife.

Noch nie hatte ich mich so zu einer Frau hingezogen gefühlt wie zu Daphne Monet. Bei den meisten schönen Frauen bekomme ich Lust, sie zu berühren, möchte sie besitzen. Daphne jedoch brachte mich dazu, in mich hineinzuschauen. Sie flüsterte ein liebes Wort, und das versetzte mich zurück in die Zeit, als ich zum erstenmal Liebe und Verlust empfunden hatte. Ich war erst acht, als meine Mutter starb, und daran dachte ich, als Daphne bei meinem Bauch ankam. Ich hielt den Atem an, als sie mein erigiertes Glied anhob, um mich darunter zu waschen; sie sah mir ins Gesicht, ihre Augen plötzlich blau von all dem Wasser, und glitt zweimal an meiner Erektion auf und ab. Als sie fertig war, lächelte sie und drückte sie wieder an meinen Körper.

Ich brachte kein Wort heraus.

Sie trat von der Wanne zurück und wand sich mit einer langen, fließenden Bewegung aus ihrem gelben Kleid, warf es zu mir ins Wasser und zog sich das Höschen runter. Sie setzte sich auf die Toilette und urinierte so laut, daß es sich fast anhörte wie bei einem Mann.

«Gib mir mal das Klopapier, Easy», sagte sie.

Die Rolle lag am Fußende der Badewanne.

Sie stand mit durchgedrückten Hüften über der Wanne und sah auf mich herunter. «Wenn meine Möse das Ding von nem Mann wär, sie wär mindestens so groß wie deine Birne, Easy.»

Ich stieg aus der Wanne, und sie umfaßte meine Hoden. Auf dem Weg ins Schlafzimmer flüsterte sie mir Obszönitäten ins Ohr. Ich wäre vor Scham fast im Boden versunken. Nie ist mir ein Mann begegnet, der so direkt gewesen wäre wie Daphne Monet.

Ich habe es nie leiden können, wenn Frauen so redeten. Für mich war das etwas typisch Männliches. Doch bei all ihrer Direktheit schien Daphne mich im Grunde um etwas zu bitten. Und ich wollte bloß, so tief ich konnte, in meine Seele hinablangen, um es zu finden.

Wir schrien und kreischten und rangen die ganze Nacht lang miteinander. Einmal, als ich eingeschlafen war, wachte ich auf und ertappte sie dabei, wie sie einen Eiswürfel meine Brust hinuntergleiten ließ. Dann, gegen drei Uhr morgens, zog sie mich nach draußen auf die Terrasse hinter die Büsche und machte es mir, während ich mit dem Rücken an einem rauhen Baum lehnte.

Als die Sonne aufging, kuschelte sie sich an mich und fragte: «Tut's weh, Easy?»

«Was?»

«Dein Ding, tut's weh?»

«Ja.»

«Ist es wund?»

«Eher so, als ob's von innen weh tut.»

Sie packte meinen Penis. «Tut es weh, daß du mich liebst, Easy?»

«Ja.»

Ihr Griff wurde fester. «Ich mag das, wenn's dir weh tut, Easy. Unseretwegen.»

«Ich auch», sagte ich.

«Spürst du's?»

«Ja, ich spür's.»

Sie ließ mich los. «Das hab ich nicht gemeint. Ich

meine dieses Haus. Ich meine uns hier, und daß wir anders sind, als die uns haben wollen.»

«Wer?»

«Die haben keinen Namen. Einfach die Leute, die uns nicht so sein lassen wollen, wie wir sind. Die wollen nicht, daß es uns so gutgeht, daß wir uns so nahe sind wie jetzt. Deswegen wollte ich mit dir weg.»

«*Ich* bin doch wohl zu dir gekommen.»

Wieder streckte sie die Hand aus. «Aber ich hab dich angerufen, Easy; ich hab dich auf mich gebracht.»

Wenn ich an diese Nacht zurückdenke, werde ich ganz wirr im Kopf. Ich könnte sagen, Daphne sei verrückt gewesen, aber das hieße, ich sei vernünftig genug, das zu sagen, und das war ich nicht. Wenn sie wollte, daß es mir weh tat – aber gern, und wenn sie wollte, daß ich blutete, hätte ich mich mit Freuden zur Ader gelassen. Daphne war wie eine Tür, die mein Leben lang verschlossen geblieben war; eine Tür, die unvermutet aufflog und mich einließ. Für diese Frau hatten sich mein Herz und meine Brust weit wie der Himmel geöffnet.

Aber ich kann nicht behaupten, daß sie verrückt gewesen wäre. Daphne war wie ein Chamäleon. Sie paßte sich ihrem Mann an. Wenn es ein verweichlichter Weißer war, der Angst hatte, sich beim Kellner zu beschweren, zog sie seinen Kopf an ihren Busen und tätschelte ihn. Wenn es ein armer Schwarzer war, in dem sich ein Leben lang Schmerz und Wut aufgestaut hatten, reinigte sie seine Wunden mit einem rauhen Lappen und leckte sein Blut, bis sie es gestillt hatte.

Am frühen Nachmittag war ich endgültig erschöpft. Wir hatten uns die ganze Zeit in den Armen gelegen. Ich dachte weder an die Polizei noch an Mouse, ich dachte noch nicht einmal an DeWitt Albright. Ich hatte nichts anderes im Kopf als die Schmerzen, die mir die Liebe zu diesem weißen Mädchen bereitete. Doch schließlich machte ich mich von ihr los und sagte: «Wir müssen miteinander reden, Daphne.»

Vielleicht bildete ich es mir nur ein, aber zum erstenmal seit dem Bad leuchteten ihre Augen grün.

«Also, was?» Sie setzte sich im Bett auf und bedeckte sich. Ich wußte, daß ich dabei war, sie zu verlieren, doch ich war so zufrieden, daß ich mir darum keine Sorgen machte.

«Es hat n Haufen Tote gegeben, Daphne, und die Bullen wollen mir dafür ans Leder. Dann wären da noch die dreißigtausend Dollar, die du Mr. Carter geklaut hast, und deswegen hab ich DeWitt Albright am Arsch.»

«Das mit dem Geld ist eine Sache zwischen mir und Todd, und mit den Toten oder diesem Albright hab ich nichts zu tun. Absolut nichts.»

«Das denkst du, aber Albright bringt's fertig, daß deine Angelegenheiten plötzlich seine sind...»

«Also, was willst du von mir?»

«Wieso is Howard Green ermordet worden?»

Sie starrte durch mich hindurch, als wäre ich eine Fata Morgana. «Wer?»

«Sach schon.»

Sie schaute einen Augenblick weg und seufzte dann. «Howard hat für einen reichen Typ namens Matthew Teran gearbeitet. Er war Terans Fahrer, sein Chauffeur. Teran wollte als Bürgermeister kandidieren, aber in den Kreisen brauchst du dafür wohl erst mal ne Genehmigung. Todd hatte jedenfalls was dagegen.»

«Wieso?» fragte ich.

«Ist schon ne ganze Weile her, daß ich ihn kennengelernt hab, Teran, mein ich, und da hat er bei Richard nen kleinen Mexikaner gekauft.»

«Bei dem Typ, den wir gefunden haben?»

Sie nickte.

«Und was war das für einer?»

«Richard und ich waren» – sie zögerte einen Augenblick – «Freunde.»

«Dein Liebhaber?»

Sie nickte leicht. «Bevor ich Todd kennengelernt hab, waren wir ne Zeitlang zusammen.»

«An dem Abend, als ich angefangen hab, dich zu suchen, ist mir Richard vor Johns Kneipe übern Weg gelaufen. War er da vielleicht hinter dir her?»

«Kann schon sein. Er wollte mich nicht gehen lassen, also hat er sich mit Teran und Howard Green zusammengetan, um mir Schwierigkeiten zu machen, damit sie an Todd rankamen.»

«Was für Schwierigkeiten?» fragte ich.

«Howard wußte was. Was über mich.»

«Was?»

Doch darauf wollte sie keine Antwort geben.

«Wer hat Howard ermordet?» fragte ich.

Zunächst gab sie keine Antwort. Sie spielte bloß mit dem Laken, ließ es unter ihre Brüste sinken.

«Joppy war's», sagte sie schließlich. Sie wollte mir nicht in die Augen sehen.

«Joppy!» schrie ich. «Wieso sollte der n so was machen?» Doch ich wußte, daß es stimmte, noch bevor ich die Frage gestellt hatte. Man mußte schon so brutal sein wie Joppy, um jemanden zu Tode zu prügeln.

«Coretta auch?»

Daphne nickte. In diesem Augenblick erfüllte mich der Anblick ihrer Nacktheit mit Ekel.

«Warum?»

«Ich bin mit Frank ein paarmal in Joppys Laden gewesen. Nur so, Frank hat sich gern mit mir sehen lassen. Und als ich das letzte Mal da war, hat Joppy mir geflüstert, jemand hätte nach mir gefragt, und ich sollte später bei ihm anrufen, wenn ich wissen wollte, wer es war. Da hab ich dann von diesem Albright erfahren.»

«Aber was is mit Howard und Coretta? Was is mit denen?»

«Howard Green war schon bei mir gewesen und hatte mir gesagt, wenn ich nicht genau das tue, was er und sein Boss von mir verlangen, würden sie mich ruinieren. Ich hab Joppy gesagt, ich könnte ihm tausend Dollar beschaffen, wenn er dafür sorgt, daß Albright mich nicht findet und ob er mal mit Howard redet.»

«Also hat er Howard erledigt?»

«Das war aber, glaub ich, keine Absicht. Howard hat schon immer gern ne dicke Lippe riskiert. Da hat bei Joppy einfach was ausgesetzt.»

«Aber was is mit Coretta?»

«Als sie bei mir war, hab ich Joppy das erzählt. Ich hab ihm erzählt, daß du Fragen stellst, und» – sie zögerte –, «da hat er sie umgebracht. Er hatte einfach Schiß. Er hatte ja schließlich schon nen Menschen umgebracht.»

«Und weshalb hat er dich nicht umgebracht?»

Sie hob den Kopf und warf ihr Haar zurück. «Ich hatte ihm das Geld noch nicht gegeben. Er war noch immer scharf auf die tausend Dollar. Auf jeden Fall hat er gedacht, ich wär Franks Freundin. Die meisten Leute haben Respekt vor Frank.»

«Was bedeutet dir Frank?»

«Das würdest du nie verstehen, Easy.»

«Na ja, meinste, er weiß, wer Matthew Teran umgebracht hat?»

«Ich hab keine Ahnung, Easy. Ich hab jedenfalls niemand umgebracht.»

«Wo is das Geld?»

«Nicht hier. Irgendwo. Irgendwo, wo du es nicht findest.»

«Dieses Geld wird dich noch mal umbringen!»

«Du bringst mich um, Easy.» Sie streckte die Hand aus und berührte mein Knie.

Ich stand auf. «Daphne, ich muß mit Mr. Carter sprechen.»

«Ich geh nicht zu ihm zurück. Nie mehr.»

«Er will bloß mit dir sprechen. Du brauchst ihn doch nich zu lieben, um mit ihm zu sprechen.»

«Du verstehst das nicht. Ich liebe ihn, und genau deswegen kann ich ihn nie mehr wiedersehen.» Sie hatte Tränen in den Augen.

«Du machst's mir nich grade leicht, Daphne.»

Wieder streckte sie die Hand nach mir aus.

«Laß das!»

«Wieviel kriegst du von Todd für mich?»

«Tausend.»

«Bring mir Frank, und ich geb dir zwei.»

«Frank hat versucht, mich umzulegen.»

«Der tut dir nichts, solange ich dabei bin.»

«Dein Lächeln genügt nicht, um Frank aufzuhalten.»

«Bring mich zu ihm, Easy; nur so kommst du an dein Geld.»

«Was ist mit Mr. Carter und Albright?»

«Die haben's auf mich abgesehen, Easy. Da werden Frank und ich uns schon drum kümmern.»

«Was bedeutet dir Frank?» fragte ich noch einmal.

Da lächelte sie mich an. Ihre Augen wurden blau, und sie lehnte sich zurück, an die Wand hinter dem Bett. «Wirst du mir helfen?»

«Ich weiß nich. Ich muß hier verschwinden.»

«Warum?»

«Das ist mir einfach zuviel», sagte ich und dachte an Sophie. «Ich brauch ne kleine Verschnaufpause.»

«Wir könnten doch hierbleiben, Schatz; wir haben gar keine andere Möglichkeit.»

«Du irrst dich, Daphne. Wir brauchen nicht auf die zu hören. Wenn wir uns lieben, dann können wir auch zusammensein. Das kann uns keiner verbieten.»

Sie lächelte traurig. «Du verstehst das nicht.»

«Das heißt, alles, was du von mir willst, issen Schäferstündchen inner Scheune. Ne flotte Niggernummer hinterm Haus und dann die Klamotten in Ordnung gebracht und n bißchen Lippenstift aufgelegt, als ob nie was gewesen wär.»

Sie streckte die Hand aus, um mich zu berühren, aber ich wich zurück. «Easy», sagte sie. «Jetzt irrst du dich.»

«Gehn wir was essen», sagte ich, ohne sie anzuschauen. «N paar Blocks von hier issen Chinese. Da können wir zu Fuß hingehn, hintenraus gibt's ne Abkürzung.»

«Wenn wir wiederkommen, ist es vorbei», sagte sie.

Ich vermutete, daß sie das schon zu vielen Männern gesagt hatte. Und viele Männer wären lieber geblieben, als sie zu verlieren.

Schweigend zogen wir uns an.

Als wir startklar waren, fiel mir etwas ein.

«Daphne?»

«Ja, Easy?» Sie klang gelangweilt.

«Eins möcht ich noch wissen.»

«Was denn?»

«Wieso haste mich gestern angerufen?»

Sie blickte mich mit grünen Augen an. «Ich liebe dich, Easy. Das hab ich vom ersten Moment an gewußt.»

27

Chow's Chow war ein chinesisches Diner, wie es in den vierziger und fünfziger Jahren überall in L.A. zu finden war. Es gab keine Tische, sondern lediglich einen langen Tresen mit zwölf Hockern. Mr. Ling stand hinter dem Tresen vor einem langen schwarzen Herd, wo er drei Gerichte zubereitete: gebratenen Reis, Fu-Yung-Eierfladen und Chow Mein. Je nach Wahl gab es dazu entweder Huhn, Schwein, Krabben, Rind oder sonntags auch Hummer.

Mr. Ling war ein kleiner Mann, der nie etwas anderes anhatte als eine dünne weiße Hose und ein weißes Unterhemd. Eine tätowierte Schlange wand sich links unter seinem Hemd hervor, rankte sich um seinen Nacken und endete mitten auf seiner rechten Wange. Der Schlangenkopf hatte zwei riesige Giftzähne und eine lange, rote Riffelzunge.

«Was Sie wollen?» brüllte er mich an. Ich war mindestens ein Dutzend Mal in Mr. Lings Diner gewesen, doch nie erkannte er mich wieder. Er erkannte nie einen Kunden wieder.

«Gebratenen Reis», sagte Daphne mit leiser Stimme.

«Welche Sorte?» schrie Mr. Ling. Und dann, noch bevor sie eine Antwort geben konnte: «Schwein, Huhn, Krabben, Rind!»

«Mit Huhn und Krabben, bitte.»

«Kostet mehr!»

«Geht schon in Ordnung, Sir.»

Ich nahm Fu-Yung-Eierfladen mit Schwein.

Daphne schien jetzt ein wenig ruhiger. Ich hatte das Gefühl, wenn ich sie nur dazu bringen konnte, aus sich herauszugehen, mit mir zu sprechen, dann könnte ich ihr ein wenig Vernunft beibringen. Ich wollte sie nicht zwingen, zu Carter zu gehen. Wenn ich sie dazu zwang, konnte ich wegen Entführung hinter Gitter wandern, und ich hatte keine Ahnung, wie Carter darauf reagieren würde, wenn man sie hart anfaßte. Und vielleicht war ich in diesem Augenblick ja auch ein wenig in sie verliebt. Sie sah sehr hübsch aus in ihrem blauen Kleid.

«Verstehst du, ich will dich zu nichts zwingen, Daphne. Ich mein, wenn's nach mir geht, brauchst du Carter nicht mal mehr nen Kuß zu geben, ich hätt jedenfalls nix dagegen.»

Ich spürte ihr Lächeln in meiner Brust, und nicht nur da.

«Gehst du manchmal in den Zoo, Easy?»

«Nein.»

«Wirklich nicht?» Sie war erstaunt.

«Ich seh kein Grund, wieso ich mir Tiere im Käfig

250

ankucken sollte. Die könn mir nich helfen, und ich kann genausowenig was für sie tun.»

«Aber du kannst dir was bei ihnen abgucken, Easy. Von den Tieren im Zoo kannst du was lernen.»

«Was lernen?»

Sie lehnte sich zurück und blickte in den Qualm und den Dampf, der von Mr. Lings Herd aufstieg. Sie blickte zurück in einen Traum.

«Mein Vater hat mich zum erstenmal in New Orleans mit in den Zoo genommen. Ich bin in New Orleans geboren.» Sie fing an, die Worte beim Sprechen ein wenig zu dehnen. «Wir sind ins Affenhaus gegangen, und ich weiß noch, daß ich dachte, da drin riecht es nach Tod. Ein Klammeraffe schaukelte an den Netzen, die in seinen Käfig runterhingen; immer hin und her. Jeder, der Augen im Kopf hatte, konnte sehen, daß er nach all den Jahren in Gefangenschaft verrückt geworden war; aber die Kinder und Erwachsenen stießen sich gegenseitig in die Rippen und machten sich lustig über das arme Tier.

Ich kam mir genauso vor wie dieser Affe. Sich wild von einer Wand zur anderen schwingen und tun, als ob ich irgendwohin wollte. Aber ich war in meinem Leben gefangen, genau wie dieser Affe. Ich fing an zu weinen, und mein Vater brachte mich nach draußen. Er dachte, ich hätte einfach empfindlich reagiert auf dieses arme Ding. Dabei war mir dieses dämliche Tier vollkommen gleich.

Danach sind wir nur noch zu den Käfigen gegangen, wo die Tiere ein bißchen mehr Freiheit hatten.

Wir haben uns hauptsächlich Vögel angesehen. Reiher und Kraniche und Pelikane und Pfauen. Ich hab mich für nichts anderes interessiert als für die Vögel. Sie waren so schön mit ihren feinen, bunten Federn. Die Pfauenmännchen haben ihre Schwanzfedern zum Rad geschlagen und sind damit vor den Weibchen rumstolziert, wenn sie sich paaren wollten. Mein Daddy hat mich angelogen und meinte, sie würden bloß spielen. Aber insgeheim hab ich gewußt, was sie da trieben.

Dann, kurz bevor zugemacht wurde, kamen wir bei den Zebras vorbei. Es war niemand in der Gegend, und Daddy hielt meine Hand. Zwei Zebras liefen auf und ab. Das eine versuchte, dem anderen aus dem Weg zu gehen, aber das gemeine Vieh hatte es in die Enge getrieben. Ich hab nach meinem Daddy geschrien, damit er dazwischen geht, weil ich Angst hatte, die beiden würden aufeinander losgehen.»

Daphne hatte meine Hand ergriffen, so aufgeregt war sie. Ich merkte, daß auch ich Angst hatte; doch wußte ich eigentlich nicht, was mich quälte.

«Sie waren ganz nah bei uns», sagte sie. «Am Zaun, als das Männchen das Weibchen bestieg. Sein langes, ledriges Ding fuhr rein und raus. Zweimal hat er es ganz rausgezogen und ihre Hinterbeine mit seinem Saft bespritzt.

Mein Daddy und ich hielten uns so fest an den Händen, daß es mir weh tat, aber ich hab kein Wort darüber verloren. Und als wir wieder beim Wagen waren, da hat er mich geküßt. Zuerst nur auf die Wange, aber dann hat er mich auf den Mund geküßt, wie ein Liebhaber.» Ein verträumtes Lächeln umspielte Daphnes Lippen. «Aber nachdem er mich geküßt hatte, fing er an zu weinen. Er hat seinen Kopf in meinen Schoß gelegt, und ich mußte ihm lange den Kopf streicheln und ihm sagen, es ist alles in Ordnung, bevor er mich auch nur ansehen konnte.»

Man konnte mir meinen Ekel wohl ansehen, denn sie sagte: «Du findest das vielleicht pervers, was wir da getan haben. Aber mein Daddy hat mich geliebt. Das ganze nächste Jahr, ich war damals vierzehn, hat er mich mit in den Zoo und in den Park genommen. Jedesmal hat er mich zuerst geküßt wie ein Vater sein kleines Mädchen, aber dann sind wir allein irgendwohin gefahren und haben uns benommen wie ein richtiges Liebespaar. Und jedesmal, jedesmal hat er hinterher angefangen, leise zu weinen, und mich angefleht, ihm zu verzeihen. Er hat mir Geschenke gekauft und mir Geld gegeben, aber ich hätte ihn auch ohne das alles geliebt.»

Ich wollte vor ihr davonlaufen, aber ich saß zu tief im Dreck, um meinen Gefühlen nachzugeben, deshalb versuchte ich das Thema zu wechseln. «Was hat das alles damit zu tun, ob du zu Carter gehst oder nich?» fragte ich.

«Nach dem Jahr hat mein Vater mich nie mehr irgendwohin mitgenommen. Im Frühling hat er Mama und mich sitzenlassen, und ich hab ihn nie wiedergesehen. Nie hat jemand von der Sache zwischen ihm und mir erfahren. Aber ich wußte es. Ich wußte, daß er deswegen abgehauen war. Er hat mich damals im Zoo einfach so sehr geliebt, und er hat mich gekannt, wie ich wirklich bin, und wenn man jemand so gut kennt, muß man eben abhauen.»

«Wieso n das?» wollte ich wissen. «Wieso mußt du jemand grade dann verlassen, wenn du ihm nahegekommen bist?»

«Nicht nur nahe, Easy. Irgendwie mehr als das.»

«Und so was hattest du mit Carter.»

«Er kennt mich besser als jeder andere Mann.»

Da haßte ich Carter. Ich wollte Daphne kennen, wie er sie kannte. Ich wollte sie, auch wenn sie zu kennen bedeutete, daß ich sie nicht besitzen konnte.

Daphne und ich nahmen wieder die Abkürzung durch die Büsche zu dem kleinen Haus. Alles war in Ordnung.

Ich machte ihr die Tür auf. Nach ihrer Zoogeschichte hatte sie nichts mehr zu erzählen gehabt. Ich weiß nicht weshalb, aber ich hatte auch nichts zu erzählen. Vielleicht lag das daran, daß ich ihr nicht glaubte. Ich meine, ich glaubte, daß sie die Geschichte glaubte oder sie zumindest glauben wollte, aber irgend etwas war faul an der ganzen Sache.

Irgendwann zwischen dem Fu Yung und der Rechnung beschloß ich, meine Verluste so gering wie möglich zu halten. Daphne war mir schlicht zu kompliziert. Ich würde Carter anrufen und ihm sagen, wo sie war.

Ich würde mir das ganze Schlamassel vom Hals schaffen. Ich mach's doch bloß wegen der Kohlen, redete ich mir immer wieder ein.

Mit diesem Gedanken war ich so beschäftigt, daß ich nicht auf die Idee kam, vorsorglich einen Blick ins Zimmer zu werfen. Weswegen hätte ich mir auch Sorgen machen sollen? Erst als Daphne vor Schreck nach Luft schnappte, war ich überrascht, DeWitt Albright am Herd stehen zu sehen.

«N Abend, Easy», sagte er langsam.

Ich griff nach der Pistole in meinem Gürtel, aber noch bevor ich sie zu fassen bekam, explodierte etwas in meinem Schädel. Ich weiß noch, wie der Fußboden auf mein Gesicht zuraste, und dann war eine Weile nichts.

28

Ich befand mich auf einem riesigen Schlachtschiff mitten im größten Feuergefecht in der Geschichte des Krieges. Die Kanonen waren glühend heiß, und die Mannschaft und ich luden Granaten auf. Flieger nahmen uns im Tiefflug unter MG-Feuer, das in Brust und Armen schmerzte, doch ich schleppte weiter Granaten zu dem Mann vor mir. Es wurde dunkel oder begann gerade zu dämmern, und die gewaltige Energie des Krieges elektrisierte mich.

Da kam Mouse auf mich zu und zerrte mich aus der Reihe. Er meinte: «Easy! Wir müssen weg hier, Mann.

Is doch Unsinn, sich für die Weißen abknalln zu lassen!»

«Aber ich kämpf doch für die Freiheit!» schrie ich zurück.

«Die lassen dich nich, Easy. Du ziehst das große Los und landest in null Komma nix wieder aufer Plantage.»

Ich glaubte ihm sofort, aber noch bevor ich weglaufen konnte, erschütterte ein Bombentreffer das Schiff, und wir begannen zu sinken. Ich wurde vom Deck ins eiskalte Meer geschleudert. Wasser lief mir in Mund und Nase, und ich versuchte zu schreien, doch ich war unter Wasser. Am Ertrinken.

Als ich wach wurde, war ich völlig durchnäßt von dem Eimer Wasser, den Primo mir über den Kopf geschüttet hatte. Ich hatte Wasser in den Augen und in der Luftröhre.

«Was is denn los, Amigo? Haste dich mit deinen Freunden geprügelt?»

«Was für Freunde?» fragte ich mißtrauisch. In diesem Augenblick wußte ich lediglich, daß Primo mich naßgemacht hatte.

«Joppy und der Weiße in dem weißen Anzug.»

«N Weißer?» Primo half mir auf die Knie. Ich hockte gleich vor der Tür unseres Häuschens auf dem Boden. Langsam bekam ich einen klaren Kopf.

«Ja. Biste in Ordnung, Easy?»

«Wie war das mit dem Weißen? Wann sind sie gekommen, er und Joppy?»

«So vor zwei, drei Stunden.»

«Zwei, drei Stunden?»

«Ja. Joppy hat mich gefracht, wo du bist, ich hab's ihm gesacht, und dann hat er den Wagen hinten ums Haus gefahrn. Und kurz danach sind sie dann wieder abgezohng.»

«War das Mädchen bei ihnen?»

«Ich hab kein Mädchen gesehn.»

Ich hievte mich hoch und ging durchs Haus. Primo mir dicht auf den Fersen.

Kein Mädchen.

Ich ging hinters Haus und schaute mich dort um, aber da war sie auch nicht. Primo folgte mir. «Habt ihr euch gestritten?»

«Nur n bißchen. Kann ich mal dein Telefon benutzen, Alter?»

«Ja, klar. Steht gleich drin.»

Ich rief Duprees Schwester an, doch sie meinte, er und Mouse wären schon frühmorgens aus dem Haus. Ohne Mouse wußte ich nicht, was tun. Also ging ich raus zu meinem Wagen und fuhr Richtung Watts.

Die Nacht war pechschwarz; kein Mond am Himmel, nur dichte Wolken, hinter denen die Sterne verschwanden. Fast über jeder Kreuzung hing eine Lampe und leuchtete ins Dunkel, ohne etwas zu erhellen.

«Jetzt komm ma wieder aufen Teppich, Easy!»

Ich sagte kein Wort.

«Du mußt das Mädchen finden, Mann. Du mußt die ganze Scheiße wieder einrenken.»

257

«Leck mich!»

«Nh-nh, Easy. Meinste, für den Spruch krichste ne Tapferkeitsmedaille? Den weißen Burschen un dein Freund finden, das is Tapferkeit. Dir so n Scheiß nich bieten lassen, das is Tapferkeit.»

«Und was soll ich tun?»

«Du hast doch die Kanone, oder? Meinste, die Typen sind immun gehng Blei?»

«Die sind auch bewaffnet, und zwar alle beide.»

«Du mußt bloß dafür sorng, dasse dich nich komm sehn. Genau wie im Krieg, Mann. Stell dir vor, du bist die Nacht.»

«Aber ich musse doch erst mal finden, damit ich mich anse ranschleichen kann. Wie soll ich das denn machen, deiner Meinung nach? Im Telefonbuch nachkucken?»

«Du weißt doch, wo Joppy wohnt, oder? Laß da ma kucken. Un wenn er nich da is, könnse einklich nur bei Albright sein.»

In Joppys Haus war alles dunkel, und seine Bar war von außen mit einem Vorhängeschloß verriegelt. Der Nachtwächter, der bei Albrights Büro Dienst tat, ein fetter, rotgesichtiger Bursche, meinte, Albright sei ausgezogen.

Also beschloß ich, mich bei der Auskunft nach jedem Ort nördlich von Santa Monica zu erkundigen. Ich hatte Glück und fand DeWitt Albright schon beim ersten Versuch. Er wohnte an der Route 9, in den Malibu Hills.

29

Ich ließ Santa Monica links liegen, fuhr nach Malibu rein und fand die Route 9. Sie war nichts weiter als ein planierter Feldweg. Dort stieß ich auf drei Briefkästen mit der Aufschrift: Miller, Korn, Albright. Ich ließ die ersten beiden Häuser hinter mir und fuhr noch eine volle Viertelstunde, bevor ich zu Albrights Schild kam. Hier draußen würde jeder Todesschrei ungehört verhallen.

Es war ein einfaches, auf Ranch getrimmtes Haus, nicht allzu groß. Außer auf der Veranda gab es keinerlei Außenbeleuchtung, deshalb konnte ich die Farbe nicht erkennen. Ich wollte wissen, welche Farbe das Haus hatte. Ich wollte wissen, warum Düsenjets fliegen konnten, und wie alt Haie wurden. Ich wollte noch eine Menge wissen, bevor ich starb.

Noch bevor ich zum Fenster kam, konnte ich laute Männerstimmen hören und das Flehen einer Frau.

Über den Fenstersims sah ich in ein großes Zimmer mit dunklem Holzboden und hoher Decke. Vor dem lodernden Kaminfeuer stand eine große Couch, über die eine Art Bärenfell ausgebreitet war. Daphne lag nackt auf der Couch, und die Männer, DeWitt und Joppy, beugten sich über sie. Albright trug seinen Leinenanzug, doch Joppy stand mit nacktem Oberkörper da. Es sah obszön aus, wie sein fetter Wanst so über ihr hing, und ich mußte mich schwer zusammenreißen, um ihn nicht augenblicklich zu erschießen.

«Du hast wohl immer noch nicht genug, was, Schätzchen?» sagte Albright gerade. Daphne spuckte ihn an, und er packte sie an der Kehle. «Wenn ich die Moneten nicht krieg, werd ich mir das Vergnügen nicht entgehen lassen, dich umzulegen, Mädchen, verlaß dich drauf!»

Ich halte mich im allgemeinen für einen intelligenten Menschen, aber manchmal lasse ich meinen Gefühlen einfach freien Lauf. Als ich sah, wie der Weiße Daphne würgte, schob ich das Fenster auf und kroch ins Zimmer. Ich stand da, mit der Pistole in der Hand – doch Albright hatte mich gewittert, noch bevor ich auf ihn anlegen konnte. Er umklammerte das Mädchen von hinten und schnellte herum. Als er mich sah, schleuderte er sie von sich und sprang hinter die Couch! Ich wollte abdrücken, doch da stürzte Joppy zur Hintertür. Das lenkte mich einen Augenblick ab, und während ich noch zögerte, zersprang die Fensterscheibe hinter mir, und es ertönte ein Schuß, laut wie Kanonendonner. Als ich hinter einem Polstersessel abtauchte, sah ich, daß DeWitt Albright seine Pistole gezogen hatte.

Zwei weitere Schüsse zerfetzten die Rückenlehne des fetten Sessels. Wenn ich nicht den Kopf eingezogen hätte und zur Seite gesprungen wäre, hätte er mich schon in diesem Moment erwischt.

Ich konnte Daphne weinen hören, aber ich konnte nichts für sie tun. Ich hatte eine Riesenangst davor, daß Joppy draußen ums Haus kommen und mich von hinten erwischen könnte. Also verdrückte ich mich in eine Ecke, Albrights Blick hoffentlich immer noch verborgen, wo ich Joppy sehen konnte, falls er den Kopf durchs Fenster steckte.

«Easy?» rief DeWitt.

Ich sagte kein Wort. Sogar die Stimme schwieg.

Wir warteten zwei oder drei lange Minuten. Joppy ließ sich nicht am Fenster blicken. Das machte mir Sorgen, und ich überlegte, woher er sonst kommen könnte. Doch in dem Moment, als ich mich umschaute, hörte ich ein Geräusch, als sei DeWitt schwankend aufgestanden. Es rummste dumpf, und der Polstersessel fiel nach hinten, wobei er eine Lampe streifte und umwarf. Die Lampe barst, und als ich einen Schuß in die Richtung abfeuerte, wo ich DeWitt vermutete, sah ich, wie er knapp ein, zwei Meter von mir entfernt aufstand; er hatte die Pistole auf mich gerichtet.

Ich hörte den Schuß und etwas anderes, etwas, das beinahe unmöglich schien. DeWitt grunzte: «Was?»

Da sah ich Mouse! Mit der qualmenden Pistole in der Hand!

Er war durch die Tür ins Zimmer gekommen, durch die Joppy verschwunden war.

Weitere Schüsse krachten. Daphne kreischte. Ich warf mich auf sie, um sie mit meinem Körper zu schützen. Holzsplitter platzten aus der Wand, und ich sah, wie Albright sich auf der anderen Seite des Zimmers aus einem Fenster fallen ließ.

Mouse zielte, doch seine Kanone ging nicht los. Er fluchte, schmiß sie auf den Boden und zog eine Stupsnase aus seiner Tasche. Er rannte zum Fenster, doch in dem Moment hörte ich den Motor des Caddy aufheulen; Reifen schlitterten durch den Matsch, noch bevor Mouse seine zweite Kammer leeren konnte.

«VERDAMMT!!» brüllte Mouse. «VERDAMMT VERDAMMT VERDAMMT!!!»

Ein kalter Luftzug, der durch das kaputte Fenster hereinschwallte, strich über Daphne und mich hinweg.

«Ich hab ihn erwischt, Easy!» All seine Goldzähne blitzten, als er grinsend auf mich herabsah.

«Mouse», war alles, was ich sagen konnte.

«Freuste dich etwa nich über unser Wiedersehen, Ease?»

Ich stand auf und nahm den kleinen Burschen in meine Arme. Ich drückte ihn an mich, wie ich eine Frau an mich drücken würde.

«Mouse», sagte ich noch einmal.

«Los, Alter, wir müssen dein Kumpel da hinten rausholen.» Er deutete mit dem Kopf zur Tür, durch die er gekommen war.

Joppy lag in der Küche auf dem Fußboden. Arme und Beine waren hinter seinem Rücken mit einem Verlängerungskabel zusammengebunden. Dickflüssiges Blut rann aus seinem kahlen Schädel.

«Bringwern nach nebenan», sagte Mouse.

Wir setzten ihn in den Sessel, und Mouse band ihn fest. Daphne hüllte sich in eine Decke und zog sich ans Ende der Couch zurück. Sie sah aus wie ein verängstigtes Kätzchen bei seinem ersten Silvesterfeuerwerk.

Urplötzlich riß Joppy die Augen auf und brüllte: «Mach mich los, Mann!»

Mouse lächelte bloß.

Joppy schwitzte, blutete und starrte uns an. Daphne starrte zu Boden.

«Laß mich laufen», winselte Joppy.

«Mensch, halt's Maul», sagte Mouse, und Joppy verstummte.

«Kann ich jetzt meine Klamotten haben?» Daphnes Stimme klang belegt.

«Na klar, Schätzchen», sagte Mouse. «Aber zuerst müssen wir noch ne Kleinigkeit regeln.»

«Was denn?» fragte ich.

Mouse beugte sich vor und legte mir seine Hand aufs Knie. Es tat gut, am Leben zu sein und die Berührung eines anderen Menschen spüren zu können. «Ich glaub, bei dem ganzen Schlamassel hamm wir zwei beiden uns n bißchen was verdient, meinste nich auch, Easy?»

«Ich geb dir die Hälfte von dem, was ich verdient hab, Ray.»

«Nee, Alter», sagte er. «Dein Geld will ich nich. Ich will n Stück von dem großen Kuchen, den sich unsere kleine Ruby hier untern Nagel gerissen hat.»

Ich hatte keine Ahnung, weshalb er sie Ruby nannte, aber ich ging nicht weiter darauf ein.

«Mann, die Moneten sind geklaut.»

«Das is doch grade das Schöne da dran, Easy.» Er drehte sich zu ihr um und lächelte. «Was hältste davon, Schätzchen?»

«Das ist alles, was Frank und ich haben. Das geb ich nicht her.» Ich hätte ihr ja geglaubt, wenn sie das nicht gerade Mouse erzählt hätte.

«Frank ist tot.» Mouse verzog keine Miene.

Daphne sah ihn einen Augenblick an, dann sank sie in sich zusammen, wirkte plötzlich zerknittert wie ein zerknülltes Papiertaschentuch, und begann zu zittern.

Mouse fuhr fort: «Das geht auf Joppys Rechnung, nehm ich an. Sie hamm ihn in der Gosse nicht weit von seiner Bar gefunden, totgeprügelt.»

Als Daphne den Kopf hob, war ihr Blick voller Haß, und ihre Stimme war voller Haß, als sie sagte: «Ist das die Wahrheit, Raymond?» Mit einemmal war sie eine andere Frau.

«Also, wieso sollt ich dich wohl anlügen, Ruby? Dein Bruder is hinüber.»

Ich hatte nur einmal ein Erdbeben mitgemacht, doch es war genau dasselbe Gefühl: Der Boden unter meinen Füßen schien sich zu bewegen. Ich blickte sie an, um die Wahrheit zu sehen. Aber die war nicht da. Ihre Nase, ihre Wangen, ihre Haut – sie waren weiß. Daphne war eine Weiße. Selbst ihr Schamhaar kräuselte sich kaum, war beinahe glatt.

Mouse sagte: «Das kannste mir glauben, Ruby, Joppy hat Frank erledicht.»

«Ich hab Frankie nich erledicht!» schrie Joppy.

«Warum nennste sie eigentlich dauernd so?» fragte ich.

«Ich un Frank, wir kenn uns schon ewig un drei Tage, Ease, sogar länger wie wir beide. Die olle Ruby hier hab ich schon als Baby gekannt. Sie is seine Halbschwester. Sie hat zwar n bißchen zugelegt, aber n Gesicht vergiß ich nie.» Mouse zückte eine Zigarette. «Weißte, du bisten Glückspilz, Easy. Ich war drauf und dran, dem Wichser hier auf die Hacken zu treten, wie ich n heut nammittach aus dein Haus komm seh. Ich war dich am Suchen, wie ich n seh. Ich hab Dupree seine Karre gehabt, also fahr ich ihm hinterher inne Stadt, und da hatter dann n kleines Rendezvous mit unserm Bleichgesicht. Und wie ich das mitkrich, kannste ein drauf lassen, daß ich dem notfalls bis in alle Ewigkeit am Arsch kleben bleib.»

Ich sah Joppy an. Er hatte große Augen, und er schwitzte. Wäßriges Blut tropfte ihm vom Kinn. «Ich hab Frank nich umgeleecht, Mann. Hab ich doch gar kein Grund zu. Wieso sollt ich Frank umlehng? Hömma, Easy, ich hab dich doch bloß deswehng da mit reingezohng, damitte das Geld krichst – fürs Haus.»

«Und wieso hängste dann jetzt mit Albright zu-samm?»

«Die hat gelohng, Mann. Albright is bei mir gewe-sen und hat mir von dem Geld erzählt, dasse sich gekrallt hat. Die hat gelohng! Sie hat gesacht, sie hat überhaupt gar kein Geld.»

«Na gut, genuch geschwafelt», sagte Mouse. «Also, Ruby, ich will dir keine Angst machen, aber ich will das Geld.»

«Du kannst mir keine Angst machen, Ray», sagte sie, schlicht und einfach.

Einen kleinen Augenblick lang runzelte Mouse die Stirn. Wie eine winzige Wolke, die an einem sonnigen Tag schnell vorüberzieht. Dann lächelte er.

«Ruby-Schätzchen, ich an deiner Stelle würd mir langsam Sorgen machen. Weißt du, Männer könn ganz schön ungemütlich wern, wenn's um Geld geht...» Mouse ließ seine Worte in der Luft hängen, während er die Pistole aus dem Hosenbund zog.

Er drehte sich ohne Vorwarnung nach rechts und schoß Joppy zwischen die Beine. Joppys Augen weiteten sich, und er fing an zu jaulen wie ein Seehund. Er schaukelte vor und zurück, versuchte, die Hand auf seine Wunde zu legen, aber die Kabel fesselten ihn an den Sessel. Nach ein paar Sekunden hob Mouse die Pistole und schoß Joppy in den Kopf. Für einen kurzen Augenblick traten Joppys Augen hervor, dann war sein linkes Auge nichts als ein blutiges Loch mit zerfetzten Rändern. Die Wucht des zweiten Schusses warf ihn zu Boden; seine Beine und Füße zuckten noch Minuten danach. Mir war kalt. Joppy war mein Freund gewesen, aber ich hatte viele Männer sterben sehen, und ich mochte auch Coretta.

Mouse stand auf und sagte: «Also holen wir uns die Kohlen, Schätzchen.» Er hob ihre Kleider auf, die hinter der Couch lagen, und warf ihr das Bündel in den Schoß. Dann ging er zur Vordertür raus.

«Hilf mir, Easy.» Ihre Augen waren voller Angst und Versprechungen. «Er ist wahnsinnig. Du hast doch ne Kanone.»

«Ich kann nich», sagte ich.

«Dann gib sie mir. Ich mach's.»

Mouse war einem gewaltsamen Tod wahrscheinlich nie so nahe gewesen wie in diesem Moment.

«Nein.»

«Auf der Straße hab ich Blut gefunden», sagte Mouse, als er wiederkam. «Ich hab dir doch gesacht, ich hab ihn erwischt. Ich weiß nich, wie schlimm's aussieht, aber der wird mich nich so schnell vergessen.» Kindliche Freude lag in seiner Stimme.

Während er sprach, band ich Joppys Leiche los. Ich nahm Mouse die leere Pistole ab und steckte sie Joppy zwischen die Finger.

«Was machsten da, Easy?» fragte Mouse.

«Ich weiß nich, Ray. Alles n bißchen durcheinanderbring, würd ich sagen.»

Daphne fuhr mit mir, und Mouse kam in Duprees Wagen hinterher. Als wir ein paar Meilen weit weg waren, warf ich das Verlängerungskabel – Joppys Fesseln – eine Böschung hinunter.

«Hast du Teran umgebracht?» fragte ich, als wir auf den Sunset Boulevard bogen.

«Könnte sein», sagte sie so leise, daß ich mich anstrengen mußte, sie zu verstehen.

«Was heißt, könnte sein? Weißt du's etwa nich genau?»

«Ich hab abgedrückt, er ist gestorben. Aber eigentlich hat er sich selbst umgebracht. Ich bin zu ihm, ich wollte ihn bitten, mich in Ruhe zu lassen. Ich hab ihm

mein ganzes Geld angeboten, aber er hat bloß gelacht. Er hatte die Hand in der Unterhose von dem
kleinen Jungen und hat gelacht.» Daphne schnaubte.
Ich weiß nicht, ob es ein Lachen war oder der Ausdruck ihres Ekels. «Also hab ich ihn umgebracht.»

«Was ist mit dem Jungen?»

«Den hab ich mit zu mir genommen. Er hat sich in
die Ecke verkrochen und keinen Mucks mehr von sich
gegeben.»

Daphne hatte die Tasche in einem Schließfach des
YMCA verstaut.

In East L.A. angekommen, zählte Mouse für jeden
von uns zehntausend Dollar ab. Die Tasche überließ
er Daphne.

Sie bestellte ein Taxi, und ich ging mit ihr nach
draußen; wir warteten neben dem steinernen Later-
nenpfahl am Straßenrand.

«Bleib bei mir», sagte ich. Motten flatterten in dem
winzigen Lichtkegel um uns herum.

«Ich kann nicht, Easy. Ich kann nicht bei dir bleiben.»

«Warum nicht?» fragte ich.

«Ich kann einfach nicht.»

Ich streckte die Hand aus, doch sie wich zurück und
sagte: «Faß mich nicht an.»

«Ich hab doch schon viel mehr getan, als dich nur
anzufassen, Schatz.»

«Das war nicht ich.»

«Was soll das heißen? Wer war es denn, wenn du's

nicht warst?» Ich trat näher an sie heran, und sie stellte sich hinter ihre Tasche.

«Wir können uns gern unterhalten, Easy. Wir können uns unterhalten, bis der Wagen kommt, aber faß mich nicht an. Faß mich nicht an, sonst schrei ich.»

«Was ist denn los?»

«Du weißt genau, was los ist. Du weißt, wer ich bin; was ich bin.»

«Du bist nicht anders als ich. Wir sind beide bloß Menschen. Mehr nicht.»

«Ich bin nicht Daphne. Mein richtiger Name ist Ruby Hanks, und ich bin in Lake Charles, Louisiana, zur Welt gekommen. Ich bin anders als du, weil ich zwei Menschen bin. Ich bin sie, *und* ich bin ich. Ich bin nie in dem Zoo gewesen, das war sie. Sie ist da gewesen, und da hat sie auch ihren Vater verloren. Ich hab einen anderen Vater gehabt. Der ist nach Haus gekommen und mindestens genau so oft zu mir ins Bett gestiegen wie er ins Bett von meiner Mutter gestiegen ist. Das ging so lange, bis Frank ihn eines Abends umgelegt hat.»

Als sie zu mir aufblickte, hatte ich das Gefühl, sie wollte die Hand nach mir ausstrecken, nicht aus Liebe oder Leidenschaft, sondern um mich zu beschwören.

«Begrab Frank», sagte sie.

«Na schön. Aber du könntest doch bei mir bleiben, und wir könnten ihn zusammen begraben.»

«Ich kann nicht. Tust du mir noch einen Gefallen?»

«Was denn?»

«Tu was für den Jungen.»

269

Ich wollte eigentlich gar nicht, daß sie blieb. Daphne Monet war der leibhaftige Tod. Ich war froh, daß sie ging.

Aber ich hätte sie auf der Stelle genommen, wenn sie es gewollt hätte.

Der Taxifahrer merkte, daß irgendwas nicht stimmte. Er schaute sich dauernd um, als würde er damit rechnen, jeden Moment überfallen zu werden. Sie bat ihn, ihre Tasche zu nehmen. Sie legte ihm die Hand auf den Arm, um sich bei ihm zu bedanken, mir wollte sie die Hand nicht mal zum Abschied geben.

«Wieso haste ihn umgebracht, Mouse?»

«Wen?»

«Joppy!»

Pfeifend wickelte Mouse sein Geld in ein Päckchen aus braunen Papiertüten.

«Der hat dir doch den ganzen Ärger eingehandelt, Easy. Und außerdem mußt ich der Kleinen ja ma zeigen, daß ich's ernst mein.»

«Aber sie hat ihn doch sowieso schon gehaßt wegen Frank; hättste nich da was dran drehn könn?»

«Ich hab Frank erledicht», sagte er. Diesmal war es Mouse, der mich an DeWitt Albright erinnerte.

«Du hast ihn erledicht?»

«Na und? Was haste denn gedacht, was der dir Gutes tut? Meinste etwa, der hätt dich nich umgeleecht?»

«Das heißt aber doch noch lang nich, daß ich n umlehng muß.»

270

«Scheiß drauf!» Mit wütenden Augen blitzte Mouse mich an.

Es war Mord, und das mußte ich schlucken.

«Du bist genau wie Ruby», sagte Mouse.

«Was sollen das heißen?»

«Die will weiß sein. Die ganzen Jahre verklickern ihr die Leute, wasse doch für ne helle Haut hat un wie schönse is, aber sie weiß immer, dasse nich das haben kann, was die Weißen haben. Also tutse so als ob, und dann is alles hin. Sie kann zwar nen Weißen lieben, aber er kann bloß das weiße Mädchen lieben, für das er sie hält.»

«Und was hat das alles mit mir zu tun?»

«Mit dir isses doch genau dasselbe, Easy. Du lernst alles mögliche und denkst, wie die Weißen denken. Du denkst, was für die gut is, is auch für dich gut. Sie sieht aus, wie wennse weiß wär, und du denkst, wie wennde weiß wärst. Aber, Bruder, du hast keine Ahnung, daß ihr beide ahme Nigger seid. Und n Nigger wird im Leben nich glücklich, solang er sich nich so nimmt, wie er is.»

30

Sie fanden DeWitt Albright ein Stück nördlich von Santa Barbara zusammengesackt über seinem Lenkrad; so lang hatte er gebraucht, um zu verbluten. Ich konnte es kaum fassen. Ein Mensch wie DeWitt Albright starb nicht, konnte nicht sterben. Allein der

Gedanke an eine Welt, die so einen Menschen umbringen konnte, machte mir angst; was konnte so eine Welt erst mir antun?

Mouse und ich hörten es im Radio, als ich ihn am nächsten Morgen zum Busbahnhof fuhr. Ich war heilfroh, mich endlich von ihm verabschieden zu können.

«Das ganze Geld, das geb ich Etta, Easy. Vielleicht willse mich ja wiederhaben, wo ich doch jetz dein Arsch gerettet hab un reich geworden bin.» Mouse schenkte mir ein Lächeln und stieg in den Bus. Ich wußte, daß ich ihn wiedersehen würde, und ich wußte nicht, was ich davon halten sollte.

Noch am gleichen Morgen fuhr ich zu Daphnes Apartment und fand den kleinen Jungen. Er war völlig verdreckt. Seine Unterwäsche war seit Wochen nicht gewechselt worden, und Schleim klebte ihm in Nase und Gesicht. Er sagte kein Wort. Ich fand ihn in der Küche, wo er aus einer Tüte Mehl aß. Als ich auf ihn zuging und die Hand ausstreckte, nahm er sie einfach und folgte mir ins Badezimmer. Als er sauber war, brachte ich ihn raus zu Primo.

«Ich glaub, er versteht kein Englisch», sagte ich zu Primo. «Vielleicht kriegst du ja was aus ihm raus.»

Primo war der geborene Vater. Er hatte genau so viele Kinder wie Ronald White, und er liebte sie alle.

«Ich würd auch ein, zwei Jahre n paar hundert Piepen springen lassen für ne Mamasita, die sich um ihn kümmert», sagte ich.

«Ma sehn», sagte Primo. Er hatte den Jungen schon auf dem Schoß. «Ich kenn da vielleicht jemand.»

Als nächstes ging ich zu Mr. Carter. Ich erntete einen kühlen Blick, als ich ihm erzählte, daß Daphne weg war. Ich erzählte ihm, ich hätte über Albright von den Morden erfahren, die Joppy und Frank begangen hatten. Ich erzählte ihm, daß Frank tot war und Joppy verschwunden.

Aber richtig hellhörig wurde er erst, als ich ihm erzählte, ich wüßte, daß Daphne eine Farbige ist. Ich erzählte ihm, ich solle ihm ausrichten, daß sie ihn liebt und bei ihm sein möchte, daß sie jedoch niemals Frieden finden werde, solange sie bei ihm wäre. Ich trug ein bißchen dick auf, aber ihm gefiel das.

Ich erzählte ihm von ihrem Strandkleid, und während ich redete, dachte ich daran, wie ich es ihr gemacht hatte, als sie noch eine Weiße war. Er bekam einen verzückten Gesichtsausdruck; ich spürte ein dunkleres, aber ebenso starkes Gefühl, tief in mir.

«Aber ich hab da noch n Problem, Mr. Carter, und Sie genauso.»

«Ach?» Er ließ noch immer ihren letzten flüchtigen Schimmer auf sich wirken. «Was denn für eins?»

«Für die Polizei bin ich der einzige Verdächtige», erzählte ich ihm. «Und wenn nich schnell was passiert, werd ich denen von Daphne erzählen müssen. Und Sie könn sich drauf verlassen, daß sie Sie hassen wird, wenn Sie die Sache in den Zeitungen breittreten.

Vielleicht bringt sie sich sogar um», sagte ich. Ich hielt das nicht unbedingt für eine Lüge.

«Und was kann ich dagegen tun?»

«Sie sind doch wohl derjenige, der dauernd mit seinen ganzen Rathauskontakten protzt.»

«Ja?»

«Dann holense die doch ma an die Strippe. Ich hab denen ne Menge zu erzählen, aber dazu brauch ich Sie im Rücken. Wenn ich nämlich allein da reinmarschier, könnse Gift drauf nehmen, daß die mich solang ausquetschen, bis ich denen von Daphne erzähl.»

«Weshalb sollte ich Ihnen helfen, Mr. Rawlins? Ich hab mein Geld verloren und meine Verlobte. Sie haben nicht das Geringste für mich getan.»

«Mensch, ich hab ihr das Leben gerettet. Ich hab sie mit Ihrem Geld und heiler Haut davonkommen lassen. Jeder, der in diese Sache verstrickt ist, hätte sie am liebsten tot gesehn.»

Noch am selben Nachmittag fuhren wir zum Rathaus und trafen uns mit dem Stellvertreter des Polizeichefs und Lawrence Wrightsmith, dem stellvertretenden Bürgermeister. Der Polizist war klein und fett. Er sah erst den stellvertretenden Bürgermeister an, bevor er irgendwas sagte, und sei es auch nur guten Tag. Der stellvertretende Bürgermeister war ein vornehmer Mann im grauen Anzug. Beim Sprechen fuchtelte er mit den Armen, und er rauchte Pall Mall. Er hatte silbergraues Haar, und einen Moment lang dachte ich, er sähe genauso aus, wie ich mir als Kind immer unseren Präsidenten vorgestellt hatte.

Als ich von Miller und Mason erzählte, ließ er die beiden rufen.

Wir saßen alle miteinander in Mr. Wrightsmiths Büro. Er hockte hinter seinem Schreibtisch, und der stellvertretende Polizeichef stand hinter ihm. Carter und ich saßen vor dem Schreibtisch, und Carters Anwalt war hinter uns. Mason und Miller saßen etwas abseits auf einer Couch.

«Also, Mr. Rawlins», sagte Mr. Wrigthsmith. «Sie haben uns etwas über all diese Morde zu berichten?»

«Jawoll, Sir.»

«Mr. Carter sagt, Sie hätten für ihn gearbeitet.»

«Gewissermaßen, Sir.»

«Wie soll ich das verstehen?»

«Ich bin von DeWitt Albright angeheuert worden, über Joppy Shag, einen gemeinsamen Freund. Mr. Albright hatte Joppy damit beauftragt, Frank und Howard Green ausfindig zu machen. Und später hat Joppy ihn dann dazu überredet, mich anzuheuern.»

«Frank und Howard, hä? Brüder?»

«Ich hab gehört, sie wären entfernte Verwandte, aber beschwören könnt ich das nicht», sagte ich. «Mr. Albright wollte, daß ich Frank finde, und zwar im Auftrag von Mr. Carter. Aber er hat mir nicht gesagt, weshalb er ihn gesucht hat, nur, daß es um was Geschäftliches ging.»

«Es ging um das Geld, von dem ich dir erzählt hab, Larry», sagte Carter. «Du weißt schon.»

Mr. Wrigthsmith lächelte und sagte zu mir: «Haben Sie sie gefunden?»

«Joppy war Howard bereits auf die Schliche gekommen, dabei hat er dann auch die Sache mit dem Geld rausgekriegt.»

«Und was genau hat er herausgekriegt, Mr. Rawlins?»

«Howard hat für einen reichen Mann gearbeitet, für Matthew Teran. Und Mr. Teran war sauer, weil Mr. Carter ihm die Bürgermeisterkandidatur vermasselt hatte», sagte ich und lächelte. «Ich nehm an, er war ganz wild darauf, ihr Boss zu werden.»

Auch Mr. Wrigthsmith lächelte.

«Auf jeden Fall», fuhr ich fort, «wollte er, daß Howard und Frank Mr. Carter umbringen und es wie einen Raubüberfall aussehen lassen. Aber als sie ins Haus kamen und die dreißigtausend Dollar fanden, wurden sie so nervös, daß sie sich einfach aus dem Staub gemacht haben, ohne den Auftrag zu erledigen.»

«Welche dreißigtausend Dollar?» fragte Mason.

«Später», sagte Wrigthsmith. «Hat Joppy Howard Green umgebracht?»

«Genau das nehm ich an. Verstehen Sie, ich bin nämlich erst dazugekommen, als sie nach Frank gesucht haben. Verstehen Sie, DeWitt war hinter Matthew Teran her, weil Mr. Carter ihn in Verdacht hatte. Als er Howard aufgespürt hatte und dabei auf Franks Namen gestoßen war, interessierte DeWitt sich plötzlich für die Greens. Er wollte jemand, der in den illegalen Kneipen drüben in Watts nach Frank sucht.»

«Weshalb waren sie auf der Suche nach Frank?»

«DeWitt wollte ihn, weil er es auf Mr. Carters Geld abgesehen hatte, und Joppy wollte ihn wegen den dreißigtausend Dollar, für sich allein.»

Die pralle Sonne schien auf Mr. Wrigthsmiths grüne Schreibtischunterlage. Ich schwitzte, als ob sie auf mich herunterscheinen würde.

«Woher wissen Sie denn das alles, Easy?» fragte Miller.

«Von Albright. Er wurde mißtrauisch, als Howards Leiche auftauchte, und er war ganz sicher, als Coretta James umgebracht wurde.»

«Weshalb?» sagte Wrigthsmith. Jeder im Zimmer starrte mich an. Ich hatte noch nie vor Gericht gestanden, aber in diesem Augenblick hatte ich das Gefühl, als stünde ich vor den Geschworenen.

«Weil sie auch nach Coretta gesucht haben. Verstehen Sie, sie war oft mit den Greens zusammen.»

«Wieso sind Sie nicht mißtrauisch geworden, Easy?» fragte Miller. «Wieso haben Sie uns kein Wort davon gesagt, als wir Sie festgenommen haben?»

«Davon hatte ich doch noch keinen blassen Schimmer, als Sie mich verhört haben. Albright und Joppy hatten mich auf Frank Green angesetzt. Howard war bereits tot, und was wußte ich schon von Coretta?»

«Machen Sie weiter, Mr. Rawlins», sagte Mr. Wrigthsmith.

«Ich konnte Frank nicht finden. Niemand wußte,

wo er steckte. Trotzdem hab ich Geschichten über ihn gehört. Die Leute haben sich erzählt, er wär sauer über den Tod von seinem Vetter, und er wär auf Rache aus. Ich glaub, er war hinter Teran her. Er hat ja von Joppy nix gewußt.»

«Sie glauben also, daß Frank Green Matthew Teran umgebracht hat?» Miller konnte seinen Ekel nicht verbergen. «Und Joppy hat Frank Green und DeWitt Albright erledigt?»

«Ich weiß bloß das, was ich grade gesagt hab», sagte ich so unschuldig, wie ich nur konnte.

«Was ist mit Richard McGee? Hat der sich etwa selbst erstochen?» Miller war aufgestanden.

«Davon weiß ich nix», sagte ich.

Sie verhörten mich noch ein paar Stunden. An der Geschichte änderte sich jedoch nichts. Joppy hatte die meisten Morde auf dem Gewissen. Er hatte es aus Geldgier getan. Ich war zu Mr. Carter gegangen, als ich von DeWitts Tod gehört hatte, und er hatte beschlossen, sich an die Polizei zu wenden.

Als ich fertig war, meinte Wrightsmith: «Vielen Dank, Mr. Rawlins. Wenn Sie uns jetzt entschuldigen würden.»

Mason und Miller, Jerome Duffy – Carters Anwalt – und ich mußten gehen.

Duffy schüttelte mir die Hand und lächelte. «Wir sehen uns dann bei der gerichtlichen Untersuchung, Mr. Rawlins.»

«Was sollen das heißen?»

«Reine Formsache, Sir. Wenn ein schweres Verbrechen begangen worden ist, wollen sie immer erst ein paar Fragen stellen, bevor sie die Akte schließen.»

Wenn man ihn hörte, klang es nicht schlimmer als ein Strafzettel wegen Falschparkens.

Er stieg in den Fahrstuhl, und Miller und Mason begleiteten ihn.

Ich nahm die Treppe. Ich überlegte, ob ich nicht vielleicht sogar den ganzen Weg zu Fuß nach Hause gehen sollte. Ich hatte zwei Jahreslöhne im Garten vergraben, und ich war frei. Es war niemand hinter mir her; ich hatte nicht die geringsten Sorgen. Es waren ein paar harte Sachen passiert, aber das Leben war damals eben hart, und man mußte das und Schlimmeres hinnehmen, wenn man überleben wollte.

Als ich die steinerne Rathaustreppe hinunterstieg, kam Miller auf mich zu.

«Hallo, Ezekiel.»

«Officer.»

«Da haben Sie ja nen ungeheuer einflußreichen Freund da oben.»

«Ich weiß nich, was Sie meinen», sagte ich, obwohl ich es genau wußte.

«Meinen Sie etwa, Carter zieht Ihnen den Arsch aus dem Dreck, wenn wir Sie alle drei Tage verhaften, weil Sie bei Rot über die Straße gegangen, auf den Bürgersteig gerotzt oder einfach groben Unfug getrieben haben? Meinen Sie, der geht noch ans Telefon, wenn Sie anrufen?»

«Wieso sollte ich mir deswegen Sorgen machen?»

«Sie sollten sich Sorgen machen, Ezekiel» – Miller stieß mir seine schmale Visage direkt vor die Nase, er roch nach Bourbon, Pfefferminz und Schweiß –, «weil ich mir Sorgen mache.»

«Weswegen machen Sie sich denn Sorgen?»

«Ich hab nen Staatsanwalt im Nacken, Ezekiel. Der hat nen Fingerabdruck, der jemand gehört, den wir nicht kennen.»

«Vielleicht isser von Joppy. Vielleicht hamm Sie Ihren Mann, wenn Sie den gefunden haben.»

«Vielleicht. Aber Joppy ist Boxer. Weshalb sollte der plötzlich aufhören zu boxen und zum Messer greifen?»

Ich wußte nicht, was ich sagen sollte.

«Laß hören, Söhnchen. Laß hören, und ich laß dich laufen. Ich vergeß, daß du rein *zufällig* in die ganze Sache reingeraten bist und mit Coretta in der Nacht vor ihrem Tod einen zur Brust genommen hast. Wenn du dich mit mir anlegst, sorg ich dafür, daß du den Rest deines Lebens hinter Gittern verbringst.»

«Sie könnten's ja mal mit Junior Fornay probieren.»

«Mit wem?»

«Dem Rausschmeißer bei John. Auf den könnte der Fingerabdruck vielleicht passen.»

Es könnte sein, daß der letzte Augenblick, den ich als freier Mann erlebt habe, dieser Gang die Rathaustreppe hinunter gewesen ist. Ich erinnere mich noch immer an die bunten Fenster und das gedämpfte Licht.

280

31

Sieht ganz so aus, als ob alles doch noch mal gutgegang wär, hä, Easy?»

«Was?» Mit der Gießkanne in der Hand blickte ich von meinen Dahlien auf. Odell hütete eine Dose Helles.

«Dupree geht's gut, und die Polente hat die Mörder.»

«Ja.»

«Aber weißte, eins macht mir nu doch Sorgen.»

«Was denn, Odell?»

«Na ja, Easy, soweit ich weiß, haste seit drei Monaten weder n Job gehabt, noch haste dich nach einem umgekuckt.»

Es gibt nichts Schöneres als die Gebirgskette von San Bernardino im Herbst. Die starken Winde vertreiben all den Smog, und der Himmel raubt einem den Atem.

«Klar hab ich gearbeitet.»

«Nachts?»

«Manchmal.»

«Was sollen das heißen, manchmal?»

«Ich bin jetz selbständich, Odell. Und ich hab zwei Jobs.»

«Ja?»

«Ich bin bei ner Versteigerung billig annen Haus gekomm, die Steuern warn nämlich nich bezahlt, und das hab ich jetz vermietet –»

«Wo hasten soviel Geld her?»

«Abfindung von Champion. Und soviel Steuern waren's gar nich, weißte.»

«Und was machste sons noch?»

«Das mach ich nur, wenn ich n paar Dollar brauch. Privatdetektiv.»

«Du willst mich wohl verscheißern!»

«Im Ernst.»

«Für wen arbeiteste denn?»

«Bekannte von mir und Bekannte von denen.»

«Wer sollen das sein?»

«Mary White zum Beispiel.»

«Was machsten für die?»

«Ronald hatse vor zwei Monaten sitzenlassen. Ich bin ihm hinterher bis nach Seattle und hab ihr die Adresse gegeben. Ihre Familie hat ihn wieder nach Haus gebracht.»

«Und was noch?»

«Ich hab Ricardos Schwester in Galveston aufgespürt und ihr verklickert, was Rosetta so mit ihm anstellt. Sie hat mir n paar Kröten gegeben, wiese raufgekommen is, und dann hatsen losgeeist.»

«Verdammich!» Das war das einzige Mal, daß ich Odell habe fluchen hören. «Das hört sich aber gefährlich an, Mann.»

«Mag schon sein. Aber weißte, man kann auch den Löffel abgehm, wemman nur über die Straße geht. So kann ich zumindest sahng, ich hab's verdient.»

Später machten wir uns über ein Abendessen her, das ich auf die schnelle zusammengepfuscht hatte. Wir saßen draußen vor dem Haus, denn es war noch immer heiß in L. A.

«Odell?»

«Ja, Easy.»

«Wenn du weißt, daß wer im Unrecht is, ich mein, wenn du weißt, dasser was Übles aufem Kerbholz hat, aber du verpfeifst ihn nich an die Polente, weil er dein Freund is, findste das richtich?»

«Freunde sind alles, was du hast, Easy.»

«Aber wenn du noch wen kennst, der was Übles angestellt hat, aber nich ganz so was Übles wie der andere, aber du verpfeifsten trotzdem?»

«Ich glaub, dann könnt man sagen, da hatter aber man Pech gehabt.»

Wir haben noch lange gelacht.

Raymond Chandler / Robert B. Parker
EINSAME KLASSE
Roman
271 Seiten. Leinen

«Auferweckt aus großem Schlaf... Einen pfiffigeren Vollender hätte der selige Meister sich wahrlich nicht wünschen können.» *Der Spiegel*

«Parker präsentiert uns einen überzeugenden Marlowe...» *Die Welt*

«Viel Applaus, doch Parker hat ihn verdient.» *Süddeutsche Zeitung*

Robert B. Parker
TOTE TRÄUMEN NICHT
Die Fortsetzung von
Raymond Chandlers *Der große Schlaf*
253 Seiten. Leinen

«Zum zweitenmal hat US-Autor Parker einen Roman des Krimiklassikers Raymond Chandler kongenial fortgeschrieben.» *Spiegel Spezial*

«Parkers Marlowe ist genauso echt wie der von Chandler.» *Bremer*

Albrecht Knaus Verlag

Raymond Chandler
BRIEFE 1937–1959
Herausgegeben von Frank MacShane
Übertragen von Hans Wollschläger
688 Seiten. Leinen

«... ‹Er meint, ich sei nicht weit genug gegangen, ich
hätte Hollywood mit den Sozialproblemen der Zeit
koordinieren sollen. Das ist das Schlimmste, was von
diesen tiefsinnigen Denkern kommt. Sie können einfach nicht zulassen, daß man seinen Part spricht, dann
den Hut nimmt und nach Hause geht.› Das schrieb
Raymond Chandler dem Atlantic Monthly, steht in
einem der schönsten Bücher der Saison, gut gesetzt, in
richtigem Leinen, mit Fußnoten und Registern.»
Johannes Gross

«Statt das Buch zu rezensieren, möchte man nur noch
daraus zitieren. Chandler war klug, belesen und wit-
zig. Er litt darunter, daß zwischen Kriminalroman und
Literatur unterschieden wurde. Ihm ging es nie um die
Handlung, ihm ging es um Stil...»   *Die Weltwoche*

«Wer sich nun allerdings trockene Abhandlungen eines humanistisch gebildeten Intellektuellen erwartet,
muß enttäuscht werden. Wortwitz und Schwung und
die Unbestechlichkeit der Beobachtung, die Chandlers Romane so einzigartig machen, sind auch das
Hauptmerkmal seiner Korrespondenz.»
Männer Vogue

Albrecht Knaus Verlag